"태양에 바래면 역사가 되고
월광에 물들면 신화가 된다."

산하 7
이병주

한길사

이병주전집 편집위원

권영민 문학평론가·서울대 교수
김상훈 시인·민족시가연구소 이사장
김윤식 문학평론가·서울대 명예교수
김인환 문학평론가·고려대 교수
김종회 문학평론가·경희대 교수
이광훈 경향신문 논설위원
이문열 소설가
임헌영 문학평론가·중앙대 교수

산하

지은이·이병주
펴낸이·김언호
펴낸곳·(주)도서출판 한길사

등록·1976년 12월 24일 제74호
주소·10881 경기도 파주시 광인사길 37
www.hangilsa.co.kr
E-mail: hangilsa@hangilsa.co.kr
전화·031-955-2000~3   팩스·031-955-2005

출력·지에스테크 | 인쇄·현문인쇄 | 제본·자현제책

제1판 제1쇄 2006년 4월 20일
제1판 제2쇄 2018년 3월 10일

값 12,000원
ISBN 89-356-5934-7 04810
ISBN 89-356-5921-5 (세트)

잘못된 책은 구입하신 서점에서 바꿔드립니다.

이 도서의 국립중앙도서관 출판시도서목록(CIP)은 e-CIP 홈페이지
(http://www.nl.go.kr/cip.php)에서 이용하실 수 있습니다.
(CIP제어번호: CIP2006000763)

1권	1부 배신의 일월 서장 운명의 출발 날마다 좋은 날
2권	역사의 고빗길 굴절의 색채 2부 얼룩진 승리 허망한 도주
3권	허허실실 악의 선풍 1 악의 선풍 2
상하 4권	명암의 고빗길 | 7 3부 승자와 패자 어설픈 막간 1 | 117 어설픈 막간 2 | 217
5권	별 하나 떨어지고 운명의 고빗길 권력의 희화
6권	4부 배신의 종언 갈수록 산 허상과 실상
7권	얼룩진 무지개 모략의 덫 종장

행간에 묻힌 해방공간의 조명 • 이광훈
작가연보

명암의 고빗길

1

1948년 5월 10일.

맑게 갠 날이었다. 남산의 신록이 구름 한 점 없는 하늘에 선명한 윤곽을 드러낸 채 눈앞에 있었다. 동식은 세수를 한 얼굴을 타월로 훔치고 한참 동안이나 남산과 하늘을 바라보고 서 있었다.

'화려한 5월의 아침!'

그 화려한 5월의 아침에 나는 이렇게 남산을 보고 서 있다는 사실이 어쩌면 고맙기 한량없다는 생각이 들었다.

어두운 낮과 밤을 헤치고 탁류에 휩쓸려 흐르다가 드디어 이 화려한 아침에 서게 되었다는 느낌엔 감동이 있었다. 그런데 하필 이동식은 왜 이날 이러한 감동을 얻었을까.

이 나라 역사상 처음 있는 총선거의 날이란 것이 자기도 깨닫지 못하는 가운데 동식의 가슴속에 자리잡고 있었던 것이다.

동식은 생각해보았다.

'이날이 분명 나라와 겨레에 축복일 수 있는 날일까. 아니면 저주일

수밖에 없는 날일까?'

이승만과 이종문의 얼굴이 떠올랐다. 그들을 비롯해 선거를 서두르고 있는 사람들에겐 축복의 날일 것이었다. 선거를 반대하고 있는 사람들에겐 저주의 날이 될 수밖에 없을 것이고…….

'그런데 진정, 이날의 뜻은 어떻게 될 것인가. 십 년 후, 백 년 후 이 날은 어떤 빛깔로 회상될 것일까!'

역사 이래 처음인 총선거란 뜻에선 한없는 축복이다. 그러나 만일 이것이 남북의 분단을 영구화시키는 계기가 된다면 이 이상으로 불행한 날이란 없다.

그러나 그것을 이 시간에 앉아 만인이 납득할 수 있도록 판단할 수 있는 사람은 아마도 없을 것 같다.

분단의 계기는 오늘에 있은 것이 아니라 38도선이 설정되었을 그때에 있었다고 치고, 어떻게 하더라도 분단을 막지 못하는 대세에 있다면 1948년의 5월 10일 선거는 민족사상 불가피한 일로도 되는 것이다. 이런 정도의 생각에서 망설이고 있다가 동식은 송남희와 같이 밥상을 받았다. 언제 결혼식을 올릴지 가늠하지 못하면서도 일상생활은 부부생활의 형태를 닮아가고 있었다.

"투표하러 가실 거요?"

하고 남희는 동식을 쳐다봤다.

그 눈에도 5월의 아침이 있었다.

"당신 눈에 5월의 아침이 있어."

"짓궂긴."

남희는 상냥하게 웃었다.

"내가 5월의 아침에 있었으면 있었지, 어떻게 내 눈에 5월의 아침이 있단 말예요?"

"5월의 아침처럼 당신의 눈이 아름답단 말요."

"눈만 아름다워 뭣 하게요?"

"눈은 마음의 창이라고 하지 않소."

하고 동식은 이번엔 남희의 입언저리에 시선을 모았다. 언제나 느끼는 일이지만 남희의 젓가락질은 우아하기 짝이 없다.

남희의 손가락 사이에 잡히기만 하면 젓가락도 다소곳한 숙녀를 닮는다. 하얀 은빛의 세신細身이 조심스럽게, 그러면서도 민첩하게 움직여 많지도 적지도 않은 분량을 집는다. 그리고 그것이 입에까지 옮겨지는 과정이 퍽 재미가 있다. 천천히, 그러나 느릿느릿하진 않게 밥상에서부터 입으로 옮겨지는 것인데 어느 순간이 되면 입이 마중을 나간다. 그리곤 젓가락과 입이 소리 없이 합쳐진다.

대강 아무리 점잖은 사람도 음식을 먹을 때만은 동물을 느끼게 하는 것인데 남희의 경우는 결코 그렇지가 않다. 그렇다고 해서 무엇을 먹고 있다는 실감과 그것에 따른 재미를 상실하게 할 만큼 그 우아함이 빈혈화하는 것도 아니다.

동식의 시선을 의식하고 남희는 왼손으로 입을 가렸다. 씹고 있는 현장을 보이지 않기 위해서다. 그리고 눈이 묻는다.

"왜 그러죠?"

그러나 동식은 이유를 설명하지 않는다. 그런 얘길 했다간 남희가 자기 앞에서 음식 먹길 거북하게 여길까봐 한 배려였다.

"투표하러 가실라우?"

남희가 다시 물었다.

"남희 씬?"

동식은 송남희가 하자는 대로 할 작정이었다.

"동식 씨 의견에 따르겠어요."

"나는 남희 씨 하자는 대로 할 작정이었는데."

"어떻게 오늘은 그처럼 양보심이 많죠?"

하고 남희가 웃었다.

"화려한 5월의 아침이니까."

두 사람은 신앙의 문제를 제외하고는 이처럼 서로 양보하길 서슴지 않았다.

"화려한 5월의 아침이니까 성당에 안 가실려우?"

남희의 말엔 장난기가 있었다.

"당장 저렇게 나온다니까. 투표 문제에 관해선 우리 진지하게 토의를 합시다."

"진지하게 토의할 만한 일일까요?"

"그렇지 않구."

하고 동식은 말을 이었다.

"정치적인 행동, 사회적인 행동, 그 밖에 대인적인 행동을 할 땐 우리 서로 의논해서 하기로 해요."

"성당에 가는 문제도 그럼 의논해요."

"그 문제는 보류합시다. 아직도 평행선인 걸요. 의논하나마나 아니겠소?"

"평행선은 언제나 평행하는 것으로서 영영 합칠 때가 없다던데요."

남희의 표정이 갑자기 우울하게 되었다. 동식은 껄껄 웃었다.

"남희 씨, 그건 유클리드 기하학이고, 비유클리드 기하학이란 건 평행선도 합칠 때가 있다고 했소. 그러니 너무 비관하지 말아요."

성당 문제의 해결은 곧 결혼 문제의 해결을 의미하는 것이다. 남자인 동식은 태평하게 결혼 문제를 관망할 수 있었으나 송남희는 그렇질 못했다. 뿐만 아니라 성당에 가기조차 거부하고 있는 남자와 연애관계에 있다는 사실에 날카로운 죄의식을 느끼고 있는 참이었다.

　성당 문제가 나타나기만 하면 동식이 두고 쓰는 말이 있었다.

　"종교심을 가진다는 것, 가질 수 있다는 것, 그것까진 납득할 수가 있어요. 우리는 설명할 도리가 없는 신비에 둘러싸여 있으니까. 우리의 힘으론 어떻게 할 수 없는 운명에 사로잡혀 있으니까. 언제 어떤 불행이 닥칠지 모르는 공포 속에 있으니까. 우리 주변에 있는 그 많은 비참을 보고도 구해줄 능력이 없다는 한탄을 되씹고 있으니까. 불합리하고 부조리한 압력을 견디며 살고 있으니까. 어떤 초월자의 의지를 느끼고, 어떤 신의 섭리를 느끼고, 그 앞에 외포하는 심정이 없을 수가 없지. 그 커다란 신의 앞에 겸손하게 처신해서 외포에서 해방될뿐 아니라 스스로 안심을 얻고자 하는 마음을 갖지 않을 수가 없지. 그러니까 천주님을 찾고, 부처님을 찾고, 알라를 찾고 하는 것 아니겠소?

　그러나 나는 그런 마음까진 이해할 수 있어도 하필이면 천주, 하필이면 알라, 하필이면 부처님을 찾아야 할 까닭은 알 수 없단 말요. 어떤 절대자를 심정적으로 공상할 수는 있으나 이성과 심정이 합친 전신적全身的으론 절대자를 상정할 수도 파악할 수도 없단 얘기요. 그러니 나의 종교에 대한 인식은, 종교심까질 거부하는 것은 인간으로서의 교만이고, 그렇다고 해서 천주님에의 신앙을 고집하는 것은 인간으로서의 경솔 또는 미망이란 데 있소. 이 인식이 고쳐질 때까진 성당에 가는 문제는 보류해야 하겠소. 나는 비록 천박하긴 하나 철학자로서 인생을 살 각오를 한 사람이오. 철학자가 자기를 납득시키지 못하는 길을 걸을 순 없지 않겠소?"

 몇 번이고 이렇게 거듭 말했는데도 굴하지 않고 성당에 가자는 권고를 포기하지 않는 송남희를 동식은 소녀와 같은 순진성과 광신자의 패내터시즘이 결합된 탓으로 치고 있었다. 그러나 송남희로선 동식의 그런 견해가 '사울'을 '바울'로 갱생시킨 천주의 은총으로 눈에서 비늘이 떨어지듯, 태양에 이슬이 녹듯 하는 날이 언젠간 있고야 말리란 신념을 단념할 순 없었다.

 그런 신념을 포기하는 날 남희는 동식과 더불어 지옥에 떨어지길 택하든지, 동식의 곁을 떠나 천주의 신부로서 일생을 끝내든지 하는 결단의 기로에 서게 될 것이었다.

 "하여간 우리는 서툴게 자기를 속이는 짓은 하지 맙시다."

 동식의 이러한 제안에 남희도

 "자기를 속여 백 년을 살아도 그건 헛되게 산 것이고, 하루를 살아도 자기를 속이지 않으면 충실히 살았다고 할 수 있을 거니까요."
하고 동조한 것인데, 이를테면 이 두 남녀의 사랑은 그 양해사항 위에서 아슬아슬한 곡예를 하고 있는 것이나 다를 바가 없었다.

 그런데 돌연 그날 아침, 동식은 화려한 5월의 아침을 담은 눈과 침참한 상아빛깔의 얼굴과 우아하게 젓가락질을 하고 있는 남희를 앞에 하고 피가 소용돌이를 치는 걸 느꼈다. 그 조용한 몸과 마음이 얼마나 거센 정열의 폭풍을 간직하고 있는지를 탐색해보고 싶은 욕망의 충동을 강렬하게 느꼈다.

 "자, 남희 씨."
하고 동식은 밥을 뜬 숟갈을 불쑥 남희의 입 가까이에 내밀었다.

 "어머나."

남희는 일순 주춤하는 것 같았으나 그 눈엔 이상한 광채가 돌기 시작했다.

"먹어봐요."

동식의 말이 약간 떨렸다. 남희는 다소곳한 입을 가만히 열고 동식이 내민 숟가락을 품었다. 그러고 나서 이번엔 남희가 밥숟갈을 동식에게 내밀었다. 어느덧 어색한 기분은 사라지고 다정한 부부의 단란한 식사 풍경으로 바뀌었다. 밥상을 물리며 동식이 한마디 했다.

"이래저래 5월 10일은 기념할 만한 날이 될 것 같다."

커피를 마시며 토론이 벌어졌다.

"투표하러 가야 할 이유를 쭉 열거해봐요. 뒤에 가선 안 될 이유를 열거해보기로 하고."

동식의 제안이 있자 남희는 잠깐 생각하는 눈치더니

"오늘 날이 좋지 않아요? 그러니까."

하고 웃음을 머금었다.

"날이 좋으니까 투표를 해야 해?"

동식이 빈정댔다.

"날이 좋으니까 산책도 할 겸 투표하러 가잔 말예요."

"좋은 이유구나, 그리구?"

"신부님께서 투표는 하는 게 좋다는 말씀이 계셨어요."

"그 이유는?"

"그럴 경우 응당 했을 그런 이유예요."

"남희 씨의 의견은?"

"항상 미군정의 지배만 받고 살 순 없잖아요. 우리 정부가 서야죠. 정부를 세우려면 선거가 필요하지 않아요? 그렇다면 누구나 참여해야 되지 않겠어요? 선거에. 그리구 반대하는 사람들은 모두 공산당 아녜요? 난 공산당이 싫어요."

"김구, 김규식 선생도 선거에 반대하시고 있는데?"

"그분들은 또 그분들의 의견이 있겠죠. 그러나 전 선거를 해선 안 된다고는 생각하지 않아요."

"또?"

"그것뿐예요."

"투표를 안 해도 좋다는 이유는 없을까?"

"귀찮아서 가기 싫으면 안 가는 거죠 뭐. 내 경우 같으면 성당 일에 피치 못할 사정이 있으면 가지 않겠어요. 집안에 병자가 있어도 가지 않겠구요."

"그런 특수한 사정 말구 일반론으로 말해보란 말인데."

"난 일반론에 흥미가 없어요. 그럴 재간도 없구요."

동식은 정직한 의견이라고 생각하고 고개를 끄덕였다.

"왜, 내 말만 시키고 자기는 말 안 하는 거죠?"

남희가 뾰로통하게 표정을 꾸몄다.

"우선 투표를 해야 한다는 설명부터 해보지."

하고 동식은 다음과 같이 말했다.

첫째, 이 선거를 통해 새로운 변화가 생긴다. 그 변화에 미국은 순응할 태도를 취하고 있다. 그렇다면 그렇게 변화된 체제 안에 우리는 살아야 한다. 그러니 우리 마음에 내키는 대표자를 선출해서 좋은 변화를 마련하도록 해야 한다. 그러자면 투표를 해야 한다.

둘째, 이 투표의 결과로써 공산주의를 지지하는 사람이 많은가, 공산주의를 지지하지 않는 사람이 많은가를 세계만방에 보여주는 결과가 된다. 김구나 김규식 선생을 지지하기 때문에 기권한 사람들의 수까지 공산당 지지의 수로 계산될 것이 뻔하다. 그러니 공산당을 지지하지 않는 수에 조금이라도 보탬이 되는 행동을 안 할 도리가 없다. 그러자면 투표를 해야 한다.

셋째, 앞으로의 내 행동에 책임을 지고 내 행동에 방향을 줄 필요가 있다. 투표를 한다는 건 그 정부의 수립을 승인한다는 뜻이다. 정부의 수립을 승인했으니 그 정부가 잘되도록 힘을 보태야 할 의무가 생긴다. 정부가 잘못하면 그런 잘못은 시정하라고 외칠 수 있는 도의적인 바탕과 권리가 생긴다. 만일 이 선거에 기권하면 먼 훗날 정부가 잘되었을 경우 나도 이 정부를 위해 한 역할 했다는 자부를 가질 수 없게 된다. 정부 없이 살 수도 없거니와 살리지도 않는다. 그럴 바에야 단 한 표나마 표를 던져 이 정부에 책임을 지고 그로써 앞으로의 내 행동을 규제해야 한다. 그러니 투표를 해야 한다.

넷째, 공산당을 비롯한 좌익세력, 게다가 김구·김규식 씨가 영도하는 일부 민족진영까지 가담해서 수단 불구하고 금번의 선거를 못하게끔 방해했다. 그 방해공작이 주효했더라면 우리가 오늘 투표할 기회도 갖지 않았을 것이다. 그런데도 그 방해공작은 효과를 거두지 못하고 선거는 진행되게 되었다. 결과적으로 말해 선거를 하자는 편으로 다수의 민의가 모였다고 판단할 수가 있다. 민주주의는 소수의 의견을 존중하되 다수의 의견에 추종해야 한다는 교훈이기도 하다. 그러니까 투표를 해야 한다.

"어떻게 그런 정연한 이론이 나오죠?"

남희는 부신 듯 동식을 보고 있더니

"그럼 이번엔 투표를 하지 말아야 할 이론을 전개해보세요."

하고 무릎을 옮겨 앉았다.

"투표를 하지 말아야 할 이유도 많지."

우울한 표정으로 동식은 담배를 피워 물었다.

"첫째, 남북한을 통한 통일정부수립에의 노력이 모자랐어. 단정을 세우려고 애쓸 것이 아니라 남북통일회의를 만들 노력을 앞세워야 했던 것이오. 이승만과 한민당은 김구, 김규식 씨와 제휴해서 남북회의를 추진할 백방의 노력을 했어야 옳았소. 성급하게 서두를 것이 아니라 1년, 2년, 3년쯤 시간을 두고 끈질기게 추진해야 하는 거요. 그렇게 하면 북한엔 어디 공산당만 있는 줄 아십니까? 북한인민들에겐 생각이 없는 줄 아십니까? 38선을 없애자, 통일회의를 갖자, 하는 방향으로 나가면 미국도 소련도 별 도리가 없을 거요. 북한이라고 해서 공산당이 득세하고 남한이라고 해서 한민당이 득세하는 상황만은 지양할 수 있었을 거요. 어떤 형태로든 통일정부를 세울 수 있었을 거요. 줄잡아서 정 그렇게 안 된다는 판정이라도 있고 그 사정이 남한대중에게 골고루 납득되었을 때에 남한만의 단독정부를 세워도 늦지 않을 것 아뇨? 서둘러 반쪽의 정부를 만들어 민족과 국토의 분단을 경화시킬 필요가 없었단 말요. 그러니 남한만의 단정수립은 보기에 따라선 배신행위라고도 할 수 있죠. 그런 배신행위의 공범자가 되기 위해 투표를 해야 한단 말요?"

동식은 자기도 모르게 장광설이 됐다 싶어

"이 정도로 해두지."

하고 웃었다.

"아녜요. 또 하실 말씀이 있으면 하세요. 진지한 토의가 퍽 재미나네요."

하고 송남희가 졸랐다.

"둘째, 두고 보시오. 오늘로서 비극이 시작 되는 거요. 북한은 사사건 건 남한에 반대하는 행동을 할 것이오. 나라의 체면만이 아니라 정권을 쥔 책임자로서 북한을 가상으로 한 국방태세를 강화하지 않을 수 없을 거요. 배보다 배꼽이 큰 군대를 가져야 한단 말이오. 그나마도 가난한 나라가 힘에 겨운 군대를 지탱할 도리가 있겠소? 외국, 특히 미국에 의존할 수밖엔 없을 거요. 그래가지고도 독립국가라고 할 수 있어요? 그래도 좋다고 합시다. 전쟁이 나면 어떻게 할 거요? 남북전쟁 말요. 지금 이런 위험한 불씨를 심고 있는 거요. 지금 보이지 않는 불씨를 심어 장차 이 강산을 불바다로 만들 거란 말요. 남희 씨가 좋아하는 성경에 이런 구절이 있죠? 바람을 심어 폭풍우를 거둔다는……."

동식은 말을 뚝 끊고 남희를 봤다. 장난기와 우울함이 섞인 묘한 표정이었다. 남희가 물었다.

"그래 어쩔 거예요. 투표를 하실 거요, 안 하실 거요?"

"어떤 결론이 날 것 같애?"

"몰라요. 그 말 들으면 그렇구, 이 말 들으면 이렇구."

"남희 씨의 생각은?"

"모른다니까요."

남희는 짜증을 나타내보였다.

동식은 불현듯 남희를 끌고 그 언젠가 로푸심을 만났던 골짜구니로 끌고가고 싶은 충동을 느꼈다. 거기서, 외쳐도 울부짖어도 사람이라곤 없는 산중에서 남희의 동물을 일깨우는 작업을 하고 싶었다. 5월 10일을 그런 날로 만들고 싶었다.

남한이 어떻게 되든 북한이 어떻게 되든 항차 선거가 어떻게 되든 아랑곳없이 남희와의 인생에만 몰두하고 싶었다. 그런 심중의 갈등을 알아차릴 까닭이 없는 남희는 다시 물었다.

"어떻게 할 거예요?"

"음."

하고 동식은 꿈에서 깨어난 사람처럼 어깨를 펴며 하품을 섞어 말했다.

"투표하러 갑시다."

"예?"

"일은 이미 시작되지 않았소. 남한에 공산당을 지지하는 사람이 그다지 많지 않다는 표시만은 해야 할 거요. 그 목적 하나만으로라도 투표만은 해야 할 것 같애."

동식이 일어섰다. 남희는 그에게 상의를 입혔다.

"어느 모로 보나 우리는 부부가 아뇨?"

하고 동식이 등 뒤에서 넘어온 남희의 손을 잡았다. 남희는 날쌔게 손을 뺐다.

"천주님을 두려워할 줄 알아야 해요."

"또 천주님이오?"

"또가 아니라 만 번, 천만 번이라두."

둘이는 나란히 걸어 대문을 나섰다. 남희의 어머니는 눈으로 두 사람을 전송하며 흐뭇하게 웃었다. 딸의 고집이 걱정일 뿐 동식에게 대해선 추호도 불만이 없는 것이었다.

화려한 5월의 거리에 화려한 옷차림과 얼굴들이 붐비고 있었다. 확실히 어떤 역사가 이루어지고 있다는 느낌이 햇빛과 더불어 거리엔 깔려 있었다.

서대문에 있는 투표소에 가까워져서야 누구에게 투표할 것인가가 화제에 올랐다.

"누구에게 투표할 거예요?"

하는 남희의 물음에 동식은 금방 머리에 떠오른 사람의 이름을 들먹였다.

"김도연이란 사람에게 할 작정이오."

"그건 왜요?"

"사진이지만 얼굴이 신중한 사람 같아서."

"이유란 그것뿐?"

"투표를 해야 하나, 안 해야 하나 그것만 생각하느라고 누구에게 해야 할진 생각해본 일이 없었으니까."

"나도 그럼 김도연 씨에게 투표할래요."

"이렇게 우린 의논이 잘 맞는데……."

하고 두 남녀는 부부처럼 화창한 얼굴로 투표소에 들어섰다.

2

투표를 마치고 동식과 남희는 송남수 씨의 하숙을 찾았다. 예상한 그대로 송남수는 방에 들어 앉아 책을 읽고 있었다. 동식이 투표를 했다는 것과 그렇게 한 이유를 간단히 말했더니 "잘하셨소."란 말이 있었다. 구김도 빈정댐도 없는 청랑한 말이었다. 그러나 그는 자기가 투표하지 않은 데 대한 얘긴 일체 하지 않았다. 송남수가 읽고 있는 책은 라인하르트 니부어의 『도덕적인 개인과 부도덕한 사회』란 책이었다.

"개인은 아무리 나쁜 사람이라도 가능한 한 정이 있게 그리고 도덕적으로 행동하려고 하는데, 일단 사람들이 모여 단체를 조직하기만 하면 그 조직의 이름으로 가혹하게, 또는 부도덕한 짓을 하는 것을 삼가지 않는다는 논지인데 신학자답지 않은 달견의 소유자라."
고 송남수는 동식에게도 읽기를 권했다.

　짤막하게 들은 얘기지만 동식은 남수의 설명에 감동을 얻었다. 조그마한 예를 들어도 그렇다. 학생 하나하나는 모두 좋은데 응원단 같은 단체가 되면 난폭하기 짝이 없어진다. 마을과 마을의 대립이 생기면 사람들의 행동이 가혹해진다. 전체를 위한다는 의식은 봉사정신의 발휘라는 명분을 방패삼아 엉뚱하게 비인간적인 행패를 저지를 수가 있다. 정당이 하는 짓이 왕왕 상식적으로 납득이 가질 않는 것도 까닭이 그런 것에 있는 것이 아닐까 싶었다. 그래 동식은 "확실히 그건 달관인데요." 하고 그 책을 빌려보기로 했다.

　남수는 남희와 동식의 결혼에 대해선 여전히 빈정대는 소리를 되풀이했다.

　"이군을 데리고 성당으로 들어갈 것이 아니라 이군을 따라 성당에서 나오는 것이 유리할걸."
하다가 남희로부터 호된 공격을 받기도 했다.

　"나는 오빠까질 천국에 인도하기 위해 밤낮 기도하고 있는데 오빠의 그 말은 뭐죠? 믿지를 못하겠거든 가만이나 있어요."

　"이군을 설복하려 해봤자 맨탕 헛된 짓일 거니까 답답해서 하는 소리다."

　"왜 헛된 짓이에요. 요즘의 동식 씨는 종교심, 신앙심을 갖는 마음까진 인정하게 됐어요. 그만큼 진보한 거예요. 그리구 오빠처럼 신성을 모독하는 말은 삼가게 됐어요. 한발대죽쯤 남았을 뿐예요."

　"대단한 자신이시구먼."

　동식은

"송 선생, 앞일이 큰일 아닙니까?"
하고 화제를 돌렸다. 오늘 본 선거풍경으로 미루어 선거의 성과가 하나의 제도로서 진전해나가겠더라는 짐작을 말하고 물었다.

"그렇게 되면 송 선생은 반체제적인 인간으로 속박을 받게 되지 않겠습니까?"

"그렇게 될 테죠. 나는 그런 상황을 예견하고 있소. 불원 박해가 있을 것이란 생각도 들구요. 그런데 김규식 박사는 단정을 수립해봤자 미군정의 후견 없인 작용할 수 없을 테니까 결국 군정의 연장, 변태 정도로 밖엔 생각하지 않으니 답답해. 이승만을 무서운 사람이라고 알고 있으면서도 행동은 그렇게 하지 않으니 탈이야."

"꼭 공산당 닮았다고 할 수 있네요. 공산당은 미 제국주의는 무서운 것이고 혹독한 세력이라고 선전만 디릿다 하곤 실지 행동은 미국을 얕잡아 보는 식이거든요."

이런 얘길 한참 동안 하고 있으니 송남수는 점점 불안해지는 모양이었다.

"오늘 투표하러 나온 사람이 많아요?"

"많습다. 우리가 간 것이 열한 시쯤이었는데 계원들 얘길 들으니 투표구 유권자의 5할 가량이 벌써 투표를 마쳤다거든요. 그러구도 줄을 짓고 있었으니까요."

송남수는 도무지 믿어지지 않는다는 표정이었다. 그만큼 놀라고 있음이 분명했다.

"유권자의 5할 이상이 참가했으면 적법성, 즉 레지티머시를 가지게 되는 겁니다."

송남수는 자기의 마음에 다지듯 말했다.

"5할이 뭡니까. 이대로라면 9할이 넘을지도 몰라요."

동식의 말에 귀를 기울이고 있더니 송남수는 심각한 생각에 잠겼다. 동식은 아까 송남수가 김규식 씨에 관해서 한 얘기가 결국 그 자신에 관한 얘기였다고 짐작했다. 송남수는 말은 그렇게 하면서도 이번 선거가 결코 유권자 5할 이상을 커버하는 성과는 얻지 못할 것이라고 보고 있었던 것 같았다.

선거는 했으되 적법성은 갖지 못할 것이다, 하는 예측 위에 김구나 김규식의 행동이 있었던 것이고, 그만큼 좌익들의 선거반대운동을 기대하고 있었던 것이라면 실로 어처구니없는 일이 아닌가. 송남수는 김규식 씨가 묵고 있는 삼청장엘 가봐야겠다면서 일어섰다.

경복궁 들머리에서 송남수와 헤어져 종로 쪽으로 내려오면서 동식이 남희를 보고 말했다.

"아무래도 지금부터 송남수 씨의 고생이 시작될 것 같애. 성격이 쉽게 현실과 타협할 수 없을 뿐더러, 불리한 걸 번연히 알면서도 옳은 일을 해야 직성이 풀리는 그런 어른이니까 말요."

"오빤 왜 정치운동을 하시려고 그러는지 몰라."

남희는 걱정스럽게 중얼거렸다.

"송 선생은 정치운동을 하고 있는 게 아니라 애국운동을 하고 있는 거요."

"그게 그거 아녜요?"

"비슷하지만 다르죠."

"평생 저 모양으로 하숙으로만 돌아다니며 살려는지."

"하숙에서 산다는 건 문제가 안 되지. 나도 평생 하숙에서만 살게 될지 모르는 일이니까."

"왜 동식 씨가 평생 하숙에서만 살아요?"

남희는 발끈한 투가 되었다.

"남희 씨의 고집을 보아하니 평생 하숙생활을 면하지 못하겠다는 생각이 드느면요."

동식은 부러 자포자기하는 듯 한숨을 섞어 말했다.

"동식 씨의 고집은 어쩌구요. 평생 하숙생활 하는 게 두려우시면 그 고집을 꺾으면 될 것 아녜요?"

"나를 위해 자기의 고집을 꺾어줄 만한 사람을 만나지도 못한 주제에 내 고집만 꺾어 뭣 합니까?"

그러자 남희는 순간 질린 얼굴이 되더니 길 한복판에 서버렸다. 옆골목에서 자동차가 질주해오는데도 피할 생각조차 안했다.

"왜 이래요?"

하고 자동차의 틈을 보아 동식은 얼른 남희를 길가로 끌어냈다.

"동식 씨는 자기의 고집을 꺾어서까지 사랑할 사람을 가지지 않았단 말예요?"

아차, 내 말이 지났쳤었구나 싶었지만 동식은 변명하기가 쑥스러웠다.

"피차 마찬가지 일을 갖구 왜 이러십니까?"

이 말이 또 남희에겐 충격이었던 모양이다.

"내겐 꺾어야 할 고집이란 게 없어요."

남희는 조용히 말했다.

"그렇다면 내게도 그런 것 없어요."

동식은 지지 않고 말했다.

"아녜요. 동식 씨에겐 불통도 이만저만이 아닌 고집이 있어요. 고집이 없다면 왜 성당에 안 가시려는 거예요?"

"그건 고집이 아니고 내 철학이오."

"철학이 곧 고집이란 뜻으로 들리는데요."

"남희 씬?"

"천주님을 배신않겠다는 게 고집이에요? 그건 고집이 아녜요. 신앙이에요."

남희가 피식 웃었다.

"웃는 걸 보니 내 말이 옳았다, 그거구만."

"어처구니가 없어서 웃었어요, 왜."

"하여간 웃어주어서 고맙소."

"이처럼 먼저 양보하는데두 내가 고집을 꺾지 않는다는 거요?"

"아무튼 인생이란 본래 하숙생활 아니겠소? 그러니 하숙생활한다고 불평하는 건 아니니 안심하십시오."

"또 사람의 밸을 돋우려는 거유?"

"아냐, 아냐."

하고 동식은 손을 저었다. 손을 젓는다는 것이 어쩌면 항복했다는 의사 표시였다. 청진동이 가까워지자 동식은 문득 생각이 났다.

"남희 씨 우리 그야말로 평생 하숙생활자인 사람을 만나러 갑시다."

"누군데요?"

"문창곡 씨 말이오. 오늘 투표를 했나, 안 했나도 물어볼 겸 갑시다."

"좋아요."

남희는 그날은 어디든지 동식을 따라갈 마음이 되어 있었다.

수송동 합숙소 앞에서 성철주를 만났다. 그들의 일행으로 보이는 4, 5명의 청년이 있었다. 문창곡과 성철주와는 남희도 이미 면식의 사이여서 그들은 동식과 마찬가지로 남희를 반겨 맞았다. 인사가 끝나고 난 뒤 동식이 물었다.

"어디를 가시는 길입니까?"

"이종문 사장의 초청으로 우리 일동이 이종문 씨 댁으로 가는 길이오. 이 교수도 같이 갑시다."

하고 이동식에게 권했다.

"무슨 일인데요?"

"오늘 선거일을 기념하는 뜻으로 큰 잔치를 한다나요."

성철주가 보충설명을 했다. 이종문 씨 같으면 한번 찾아가보고 싶었던 터라 동식은 남희의 동의를 얻어 같이 가기로 했다. 차 여사의 일이 궁금했다. 단연코 헤어질 것이란 각오를 들은 뒤론 그 집을 찾지 않았던 것이다. 그래 동식이 문창곡에게 물었다.

"차 여사는 아직 계시는가요?"

"계시지."

하곤 문창곡이 웃으며 이런 얘길 했다.

"수습할 도리 없이 헤어지게 되었는데 이종문 씨가 이승만 박사에게 달려간 모양이오. 뭐라고 했는지는 모르지. 그런데 이승만 박사의 편지를 받아왔다나요. 차 여사에게 보낸 편지를 말요. 그 편지가 그렇게 극진할 수가 없더란 거요. 남편에게 잘못이 있다고 떠날 수 있는 것이라면 그건 부부가 아니다. 부부란 잘못이 있을수록 헤어질 수 없는 것이란 뜻의 간곡한 것이었대요. 이종문의 잘못은 이 늙은이가 사죄할 터이고 앞으론 그런 일이 없도록 엄중 단속도 할 것이니 마음 고쳐먹고 다시 가정을 시작하라는 것이었다니 의지가 굳은 차진희 여사인들 어떻게 할 수 있었겠소."

"어쨌든 별난 사람이라."

하고 성철주는 껄껄대고 웃으며 말했다.

"그런 가정 사정을 이승만 씨에게 고해바칠 수 있는 사람도 대단한 사람이고, 그렇다고 편지를 쓰는 영감도 대단한 사람이 아니겠소."

동식이 그 얘길 듣고 이종문과 차 여사의 재결합을 기뻐하는 한편 이승만이라는 사람을 다시 보아야 하겠다는 생각이 들었다.

이승만 씨가 편지 쓰길 좋아한다는 사실은 이미 듣고 있었지만 개인의 사사로운 일에까지, 한창 바쁜 정치운동의 소용돌이 속에서 그런 편지를 쓸 수 있었다는 것은 대단한 일이라고 아니할 수 없었다. 그것이 또 그만큼 이종문을 좋아하는 증거로 칠 수도 있었다.

그런 뜻으로 생각하니 이승만의 뜻대로 선거가 무사히 치뤄지고 있는 이날 이종문이 큰 잔치를 베풀 만도 한 것이다.

"그건 그렇고 문 선생님 투표는 어떻게 했습니까?"

"우리 수송동 동지의 합의 하에 투표만은 하기로 했지."

"양근환 선생도 하셨습니까?"

"양근환 선생이 안 하셨어. 그러나 우리가 투표하는 덴 동의해주셨소."

"투표를 하게 된 특별한 이유라도 있습니까?"

"있죠. 단정을 반대하는 것이 빨갱이를 지지하는 것으로 오인될까봐 투표하기로 한 거요. 말하자면 좌익을 지지하는 숫자가 많지 않다는 것을 보여주기 위해서 한 거죠."

어떻게 그렇게 생각이 같을 수가 있을까 싶어 동식은 걸으면서도 문창곡을 쳐다봤다.

"헌데 이 교수는 어떻게 했소?"

"나도 문 선생과 꼭 같은 이유로 투표하기로 했습니다."

"어쩌면 그렇게 생각이 같으실까요?"

남희는 짐짓 놀랐다는 표정을 지으며 말했다.

"놀랄 것 없어요. 우리랑 이 교수는 뭐든 통해요. 그래 동지가 아닙니까."

이종문은 현관문을 활짝 열어놓고 기다리고 있었다. 종문의 얼굴엔 만면에 웃음이 있었다. 차 여사는 일행 가운데에 송남희를 발견하자 반색을 했다.

미닫이를 틔우고 마련된 연회장엔 벌써 음식을 담뿍 담은 쟁반이 차려져 있었는데 덮어놓은 밥상보만 벗기면 곧 잔치가 시작될 수 있도록 준비가 완료되어 있었다. 일동이 자리를 잡았다.

"자, 한잔 하이소."

하고 이종문이 술을 손님들 잔에 따르고 앉으려는 것을,

"주인의 연설 말씀이 있어야 잔치의 의미도 알고 술 맛도 날 것 아뇨."

라면서 억지로 이종문을 일으켜 세웠다. 이종문이 싱글벙글 폼을 차렸다.

"오늘은 우리나라 역사에서 두 번째 좋은 날 아닙니꺼. 제일 좋은 첫날은 재재작년의 8·15해방이고요, 그 다음엔 오늘입니더. 오늘 우리는 반만년 역사 동안 처음으로 주인 행세 한 번 했습니더. 일본놈들에게 짓밟혀 눈 한 번 크게 떠보지 못하고 소리 한 번 제대로 질러보지 못한 우리가 말입니더, 오늘 처음으로 주인 행세한 것 아닙니꺼."

그러더니 이종문은 돌연 울먹이기 시작했다. 감격에 벅찬 것이었다.

동식도 콧잔등이 찡 하는 것을 느꼈다. 동식뿐만이 아니라 모두가 그런 모양이었다.

"오늘 내 투표장에 나가 참말로 눈물이 나서 견딜 수가 없드마요. 여

자들이, 할무니들이 투표하러 왔습디더, 글을 몰라 기호를 세아가며 도장을 찍는 걸 본께 정말 눈물이 납디더. 거렁뱅이처럼 살던, 사람 대접 제대로 받아보지 못한 그 여자들까지 주인 노릇을 해갖고 우리 대의사 뽑는 걸 본께 참말로 참말로……. 내 일본서 도카다할 때 일본놈들 선거하는 거 봤는디, 놈들이 신이 나서 지랄하는 거 봤는디, 그 생각도 납디더. 세상에 이렇게 고마운 일이 어딨습니꺼. 우리 이승만 아부지 덕택 아닙니꺼. 그 어른이 고집을 세우고 서둘지 안 했드라몬 이런 일 있었겠습니꺼. 그런게 오늘 이 잔치는 좋은 날 우리가 주인 행세했다쿠는 거하고 이승만 아부지 고맙다쿠는 거하고 합해갖고 축하하자쿠는 깁니더. 채린 거는 변변찮지마는 술은 얼마든지 있습니더. 한번 멋지게 신나게 놀아봅시더…….”

문창곡의 축사가 없을 수 없었다. 문창곡이 이종문의 초대를 감사하게 여긴다는 간단한 말 끝에

“우리 이종문 사장의 연설은 천하의 일품이었습니다. 3년 전 수송동 합숙소에 왔을 때는 장바닥에 갖다놓은 촌닭 같더니 이제 와선 훌륭한 사업가가 되었을 뿐 아니라 기막힌 웅변가를 겸하게 되었으니 오늘 이 잔치의 의미에 웅변가 이종문을 축하하는 뜻을 보였으면 합니다.”
하자 박수와 환성이 일었다.

그리고 문창곡이 자기 앞에 나란히 앉아 있는 이동식과 송남희를 보고 엉뚱한 아이디어를 냈다.

“이종문 사장, 음식이 있는 김에 고사 지낸다는 속담이 있지 않소. 오늘 이만큼 음식을 차린 김에 아까 말한 그 축하에 겸해 이동식 교수와 송남희 씨의 결혼식을 이 자리에서 올리는 게 어떻겠소?”

문창곡의 말뜻을 알아차리자 이종문이 선뜻 일어섰다.

"그 참 좋은 생각이구만요. 이동식 군과 송남희 씨의 결혼식을 합시다."

일동이 와아 하고 환성을 올렸다. 동식은 어리둥절했고 송남희는 새파랗게 질렸다. 자리의 분위기에 압도되어, 안 된다는 외마디 소리도 채 못 낼 형편이었다. 그런 송남희 대신 동식이 말했다.

"그건 안 됩니다."

"안 되긴."

하고 성철주가 일어섰다.

"천주님 앞에 하는 결혼식은 이 다음에 하시오. 오늘의 결혼은 지상에 있는 친구들 사이에서 하는 결혼식이오. 이를테면 친구인 우리들은 두 분을 부부로서 인정하겠다 이겁니다. 그러니 천주님께 죄 될 것은 없습니다."

문창곡이 다시 말했다.

"성서 말씀에도 있지 않습니까. 하나님의 것은 하나님에게, 카이저의 것은 카이저에게. 그러고 보니 분명히 우리 인간엔 하나님이 차지할 부분과 우리 육신이 차지할 부분이 따로 있다는 얘깁니다. 남희 씨 겁낼 필요 없습니다. 나도 곧 영세를 받을 각오를 하고 있습니다. 그러한 내가 어찌 천주님을 모독할 말을 하겠어요? 천주님께 속하는 부분은 이 다음 천주님 앞에서 결합하도록 하구 우리에게만 속하는 부분의 결합식을 이 자리에서 하자는 겁니다. 두 분의 사랑은 지극한데 그 구분 때문에 자꾸 망설이고 있는 것이 하두 딱해서 내가 제안하는 거죠. 부모님이 계시지 않으니 정식결혼이라고 우길 순 없으나 그렇다고 해서 장난을 하자는 것도 아닙니다. 우리들 친구가 두 분을 한 쌍의 부부로서 인정하는 의식을 올리겠다는 것뿐입니다."

동식은 굳이 반대할 필요가 없다고 생각했다.

"당신이 이 일로 참회를 하시겠다면 내 언제든 남희 씨를 따라 그동안이라도 성당엘 가겠소."

하는 동식의 말에 남희도 응낙하는 마음을 보였다.

문창곡의 주례로 간단한 의식이 있었다. 의식이래야 서로 절을 주고받고 악수를 한 뒤, 결혼의 선포와 축배가 뒤따르는 것이었다.

그 축배에 이어 잔치는 시작되었다. 화려한 5월의 하늘 밑, 신록이 그림자를 드리운 5월 10일의 잔치는 밤까지 계속되었다. 이래저래 1948년 5월 10일은 이동식과 송남희에 있어서 잊지 못할 날이 되었다.

3

다음은 5·10선거에서부터 정부수립까지의 경위를 자기의 감상을 섞어가며 적은 이동식의 메모이다.

총유권자 수의 95퍼센트가 등록을 했다.

의원정수 200명에 대해 948명의 입후보자가 있었다.

총유권자 수의 91퍼센트가 투표에 참가했다.

이것은 공산분자의 끈덕진 선거방해와 좌익계 그리고 남북협상파가 불참한 가운데에서 이루어진 결과다.

이로써 하나의 역사적 결정이 내려진 셈이다. 5·10선거는 남한의 인민 절대다수의 의사가 집약된 결과라는 것과, 그러니 결정적인 적법성을 가졌다는 것과, 그 앞날의 명운이 어떻게 되었든 이 선거를 통해 이룩된 국가체제에 대해선 전 국민이 공동으로 책임을 져야 한다는 사실이 확정된 것이다.

　바꿔 말하면 이승만의 정치 노선이 옳았느냐, 옳지 않았느냐, 하는 문제는 역사연구자의 연구 제목은 될망정 정치적인 문제로서의 테두리는 넘어버리는 것이다.

　5월 31일, 제헌국회의 개원식이 있었다. 이승만 씨가 의장으로 선출되었다. 의장으로 선출된 이승만은 다음과 같은 연설을 했다.
　"제헌국회는 기미년의 3·1독립운동 이후 상해에서 조직된 임시정부를 계승하는 것이며, 북위 38도선 이북의 450만에 달하는 동포가 하루속히 선거를 실시하여 국회의 나머지 100석의 의석을 채울 수 있도록 기원한다……"
　상해임시정부를 계승한 것이란 말이 왜 필요했을까. 유권자의 91퍼센트 투표이면 충분히 그 적법성을 증명하고도 남음이 있는데 무엇 때문에 이런 말이 필요했을까. 이에 대한 송남수 씨의 풀이는, 상해임시정부를 계승하는 것이라고 못을 박음으로써 5·10선거에 참가하지 않은 중경임시정부 인사들이 임시정부의 명분으로 반대운동을 할지도 모르는 획책을 봉쇄하는 한편, 전국적인 정부란 인상을 심고, 아울러 과거 임시정부의 초대 대통령이었던 자기의 위치를 상기시켜 곧 있을 대통령 선거에 당선될 확고한 명분과 바탕을 삼기 위한 것이라고 했다. 치밀한 술수라고 할 수가 있다.

　6월 1일부터 7월 17일까지 헌법을 만드는 작업이 진행되었다.
　국호를 대한민국이라고 하자고 제의되었다. 그러나 그것도 임시정부와 연결성을 강조하기 위한 것으로 보면 납득이 간다.

대통령을 간접선거제로 하겠다는 것은 이승만의 술수라고 볼 수가 있다. 그러나 이 시기에 다시 대통령을 직선하겠다고 하는 것은 정국의 혼란을 더할 위험이 있으니 당연한 처사라고 할 수가 있다.

국무의원 임명을 국회의 동의 없이 한다는 건 대통령의 독선을 조장하는 결과가 되지 않을까.

농지를 농민에게 분배함을 원칙으로 한다는 대목이 알쏭달쏭하다. 왜 '분배한다.'로만 규정하지 못하는가. 원칙은 그렇게 하되 안 할 수도 있단 말인가. 내게 헌법에 관한 지식이 없으니 이러한 의혹을 품어볼 정도였는데 송남수 씨의 말을 빌리면 헌법의 3분의 1이 되어먹지 못하다는 것이다.

그러면서도 그는 이렇게 말했다.

"그런 헌법이나마 잘 준수할 성의가 있다면 다행한 일이겠지."

7월 20일 국회에서 대통령 선거가 있었다. 이승만 박사가 재적 198명 가운데 180표를 얻어 당선되었다. 김구 씨가 13표, 안재홍 씨가 2표, 서재필 선생이 1표를 얻었다. 각본대로 진행된 셈이다.

이종문 씨의 기쁨을 상상할 수가 있다. 가만 생각하니 해방 이후의 정세가 이종문의 짐작대로 진행된 것 아닌가. 옳고 그른 것을 제외하고 정세의 판단력만을 두고 생각하면 이상한 현상이 나타난 셈이다. 두뇌가 명석하고 성과 열이 겸전한 송남수 씨 같은 사람의 정세판단은 거의 전부가 빗나가고, 무식할 뿐 아니라 애국적인 정열도 성의도 없는 이종문 같은 사람의 정세판단, 판단이랄 수도 없는 기분적인 추측이 척척 들어맞았다는 이런 현상을 어떻게 풀이해야 옳을까.

이런 점에 재치와 도덕과의 괴리, 정치와 양심과의 배치背馳를 볼 수 있는 것이 아닐까. 정치는 언제나 승자의 정치다. 승자가 되기 위해선 수단과 방법을 가릴 순 없다. 그럴 때…….

엉뚱하게도 이승만 대통령은 국무총리에 이윤영이란 사람을 앉히겠다는 제안을 했다. 이승만에게는 맹목적인 듯싶은 국회의원들도 이 문제에서만은 반대의사를 표명했다.

쟁쟁한 인물들을 두고 거의 무명에 가까운 목사를 국무총리에 임명하겠다는 그 저의가 의심스럽다.

"그의 무서운 독재근성이 시작부터 나타나는군."

송남수 씨가 전한 김규식 씨의 말이다.

각부 장관의 임명이 있었다. 당연한 일이지만 내겐 모두 낯선 이름들이고 사람들이다. 그 가운덴 나와 송남희가 투표를 한 김도연 씨가 재무장관으로 끼어 있었다. 사람의 심리란 묘한 것이다. 자기가 투표를 했다는 그 사실만으로 그 사람이 장관으로 발탁된 것이 그저 반갑기만 하다.

그런데 그 내각의 구성이 문제인 것 같다. 문창곡 씨의 말에 의하면 한민당은 이승만에게 배신을 당했대서 야단법석이란 것이다. 이승만은 선거를 치르고 국회를 구성하고 자신이 대통령으로 선출될 때까진 한민당을 교묘히 이용했다. 그러고 나선 한민당의 의향을 전적으로 무시해버렸다는 얘기다.

한민당은 헌법을 내각책임제로 할 구상이었고 이승만 박사도 처음엔 그러한 한민당의 의견에 동조하는 듯한 태도를 꾸몄다. 그래놓곤 마지막 판에 가서 대통령책임제로 탈바꿈을 시켰다.

허나, 그것까지도 좋았는데 한민당으로부턴 국무위원으로서 단 한 사람만을 입각시켰다. 그 단 한 사람이 김도연 씨인 것이다.

"한민당은 김성수 씨가 국무총리로 임명되길 기대한 모양이구, 각료의 반수 이상을 자기들의 당에서 낼 생각이었던 것 같은데 결과가 그렇게 되고 보니 흥분하게도 되었지."

문창곡의 설명을 듣고 나는 물었다.

"그럼 문 선생은 이승만 박사가 한 노릇을 잘했다고 봅니까, 잘못했다고 봅니까?"

"백 번 잘하는 일이지. 초대 내각에서 한민당을 소외한 것은 잘한 일이오. 그러나저러나 무서운 영감이야."

불만을 품은 한민당의 농간으로 행정권 이양이 잘 되지 않을 것이란 풍설이 돌았다. 그러나 8월 14일까진 일체의 행정권을 인계인수하도록 할 것이란 하지 사령관의 성명이 있자 그것이 하잘것없는 유언비어란 사실이 밝혀졌다.

시간은 급격하게 흐르고 있다. 공포된 헌법에 의해 정부가 만들어져나가자 선거를 반대하던 세력 가운데는 초조한 빛이 보였다. 김구 선생은 경교장에서 칩거한 채 두문불출이라고 했다. 김규식 박사도 삼청장에서 침묵하고 있다는 얘기다.

좌익들은 그 흔적을 지하로 감추어버렸다. 제주도의 폭동은 맹렬한 기세를 보이고 있는 모양이지만 그 조그마한 섬의 폭동이 불원 진압되리란 건 명약관화한 일이다.

일부 인사들은 단독정부가 서보았자 미군정의 한인화쯤으로 생각하고 있었던 모양인데 사태의 진전은 그들의 예상을 뒤엎었다. 막강한 권력자로서의 이승만의 이미지가 착실하게 그 자리를 잡아갔다.

이승만은 스스로 카리스마를 만들고 그 카리스마를 최대한으로 활용했다. 일설에 의하면 하지 사령관마저 그 카리스마에 압도되어 본국의 훈령 이상으로 철저한 행정권 이양을 서두르고 있다는 이야기다. 경찰력은 이양되기도 전에 이승만의 장악 하에 들어갔다.

바야흐로 이승만의 시대가 개막된 것이다. 정치학자들에겐 좋은 교재가 될 것이다.

좌익이 남한에서 주도권을 잡을 희망은 당분간 사라졌다. 권력의 형성과정을 무너뜨리지 못한 세력이 철벽처럼 구축된 권력의 아성을 향해 어떻게 효과적인 공격이 가능할 것인가 말이다.

하나의 의혹이 남는다.

김구와 김규식의 경우는 제외하고 공산당이 어떻게 이처럼 서투른 짓을 했을까 하는 의혹이다.

레닌의 투쟁원칙에 의하면 어떤 세력을 공략하려면 외부에서의 공격과 내부에서의 파괴공작을 동시에 병행해야 한다고 되어 있다.

그 웅변한 예가 러시아 혁명의 과정에 나타나 있다. 볼셰비키는 입법의원의 존재를 무시하면서도 일부는 입법의원의 구성에 참가했다. 케렌스키의 임시정부에 반대하면서도 일부는 그것의 구성에 동조하는 척했다. 그래놓고 외부로부터의 공격과 내부로부터의 파괴공작으로 혼란을 극대화시켜 급격히 권력의 핵심을 자기들 수중에 넣어버렸다.

이러한 예가 있다면 공산당은 의당 이 선례에서 배울 수 있지 않았던가. 한편으로는 반대하고 한편에서는 선거에 참가하는 전술을 쓸 수가 충분히 있었음에도 불구하고 공산당은 전략을 단일화시켜 선거

반대에만 몰두했다. 그런 결과 제헌국회는 이승만을 지지하는 사람들의 독무대가 되게 했다.

결과적으로 공산당은 이승만에게 권력을 내주기 위해 결정적인 역할을 한 셈이다.

시기를 좀더 거슬러 올라가 생각해본다. 만일 공산당이 단정에 찬성하고 나섰다면 결과가 어떻게 되었을까. 아마 미국은 안심하고 남한만의 총선거를 실시하게끔 내버려두진 않았을 것 아닌가. 그러니 공산당은 찬성이 곧 반대의 효과를 가져오고, 반대가 곧 적을 이롭게 할 수 있다는 세정의 기미를 포착하지 못한 것으로 된다. 결정적으로 100만 당원을 과시하기도 한 조선공산당이 그 지략에 있어서 이승만 개인에게 졌다는 결론인 것이다.

이 문제에 대한 송남수의 대답은,

"공산당이 그런 융통무애한 전략을 쓸 만큼 성숙돼 있지 못했다는 것이 원인이겠죠. 그런 융통무애한 전략을 쓰자면 당수의 영도력이 절대적이어야 하는데 반당분자들의 반란과 북쪽으로부터의 압력을 받아 전전긍긍하는 처지에 있었는데 어떻게 그럴 수가 있었겠소? 자칫하면 자기가 반역자로 몰릴 판인데 말요. 소련의 지령에 충실히 따른다는 태도 이외의 어떠한 태도도 취할 수 없었을 거요. 공산당엔 더욱이 남한의 공산당에 자주성이 있었을 까닭이 없지 않겠소."

하는 것이었는데 공산당이 스스로 묘혈을 팠다는 결론엔 변함이 없다.

공산당은 그들의 사력을 다해 이승만에게 정권을 넘겨준 것이나 다를 바가 없는 것이다.

학생들 사이에 미묘한 변화가 일고 있다. 평소에 학생 5, 6명밖에 출석하지 않았던 내 교실이 반수 이상으로 차게 된 것을 비롯해서 학생들의 거동에 침착성이 생긴 것 같은 기분이다.

지금 만들어지고 있는 체제에 순응하려는 움직임이 결정적인 것 같다. 좌와 우 사이로 갈팡질팡하던 학생들이 방향을 잡기 시작한 것이다.

교실에서 이런 질문이 있었다.

"선생님은 지금 수립되어가고 있는 정부를 지지합니까?"

이에 대한 내 대답은 이러했다.

"지지를 한다기보다 추종할 작정이다."

"그건 너무나 소극적인 태도가 아닙니까?"

"적극적으로 나설 만큼 내겐 확고한 정치적 식견이 없다."

"옳고 그른 판단은 있어야지 않습니까?"

"설혹 좌익의 명분이 옳다고 해도 좌익의 선동에 반대하여 유권자의 91퍼센트가 이 정부를 세웠다. 나는 그 다수의 사람들과 행동을 같이 할 작정이다."

만일 이런 말을 기왕에 100명 가까운 학생들 앞에서 했더라면 교실은 수라장이 되었을 것이다.

"반동교수 물러가라."

"그런 따위의 말 듣기 싫다."

"양심이 없는 사람이 무슨 교육자냐!"

하는 따위의 아우성이 책상을 치는 소리와 함께 소란했을 것이었다.

그런데 오늘 교실은 조용했다. 내 말에 은근한 말투로써도 반대하는 학생이 100명 가운데 한 사람도 없었다. 아직은 무슨 말을 해도 괜찮을 상황인데도 말이다.

명분은 고사하고 하나의 사실이 발생하면 그것이 기정사실로서 자기주장을 하게 되는 사회현상의 표본 같은 것을 본 느낌이다.
 학생 몇몇은 동호자들만 모여 오붓한 철학 서클을 만들자는 제의를 해왔다. 정치에 초연해도 좋고 정치를 문제삼아도 좋은 그야말로 융통성 있는 모임을 만들자는 것이다.
 강사생활이 거의 1년이 다 돼가는 터이지만 이때까진 학생들이 만드는 서클이란 거개 정치적인 것이었다. 이런 제안을 받아보긴 처음 있는 일이다.

 오랜만에 이종문 씨 댁엘 갔더니 이종문 씨는 없었다.
 밤낮 이화장에 들어박혀 이승만 박사의 심부름을 하고 있다는 차 여사의 얘기였다.
 "몹시 바쁜 모양이에요. 전화로 안 될 서신은 그 사람이 나르고 있는가봐요."
 나는 차 여사에게 이승만 박사가 보낸 편지를 보여줄 수 없느냐고 간청했다.
 "보여드리죠."
하며 내놓은 편지는 선화지에 붓으로 쓴 것이었는데 참으로 감동적이었다.
 첫머리에 '며누님 보아라.'고 씌어 있었다. 구구절절에 정이 넘쳐 있었다. 확실히 이승만 씨는 사람을 사로잡는 기술이 뛰어나다는 느낌을 강렬하게 받았다.
 '······부부의 사랑은 상대방의 결점까질 용서하고 사랑하는 그런 깊은 사랑이라야 하는 것이니······.' 하는 구절은 계시와도 같았다. 나는 그 대목을 그대로 송남희에게 옮겨줘야겠다고 생각했다.

차 여사는

"자꾸만 선물과 돈이 들어오는 바람에 난처해요."
하는 소릴 했다. 그것을 받지 않겠대도 막무가내고, 돌려주자니 번거롭기도 한데 아침저녁이면 수레에 꽉 찰 만큼한 분량의 선물이 들어온다는 것이다.

"감투라도 쓰고 싶어서 하는 짓일 겁니다."

"그러니 딱하지 않아요? 그 사람이 아무리 이 박사의 총애를 받고 있기로서니 그 많은 사람을 어떻게 천거하겠어요?"

"이종문 씨는 뭐라고 합니까?"

"그런 게 들어오는 대로 자동차로 실어내요. 이 박사께 갖다드리기도 하고 임명된 장관들에게 나눠주기도 하는가봐요."

"그럼 됐습니다. 자기도 요량이 있겠죠. 그런 일엔 이 사장이 도를 통하고 있는 것 아닙니까."

세상은 이런 것이다, 하고 말해버리면 그만이지만 이종문 씨 집에 산더미 같은 선물이 매일 날라들고 있다는 사실엔 쓴웃음을 짓지 않을 수가 없다.

그러고 보니 안방에 새 전화기가 놓여 있었다. 바깥의 전화와 불과 3미터 거리도 떨어지지 않은 곳에 새 전화기를 놓고 스위치를 바꾸는 것인가 했더니 그건 이화장과의 직통전화란 것이었다.

이종문은 벌써 어제의 이종문이 아니고 새 나라, 새 정부의 요인이었다.

새벽인데 이종문 씨로부터 전화가 왔다. 새벽이 아니면 집에 있을 것 같지 않아서 전화를 걸었다면서

"이군 경찰서장이나 한 자리 안 할래?"

하고 물었다. 나는 호의는 감사하다고 말하고 거절했다.

"군대에 들어가 장군이 안 될래?"

그것도 거절했다.

"그라몬 문교부라 쿠는디가 있다쿠대. 거게 국장이라도 해라."

"안 할랍니다. 자격이 없어요."

"허허, 그럼 뭣 할래? 아무것도 안 할라쿠고."

"난 지금 하는 일이 있지 않습니까?"

"대학교 훈장!"

"그렇습니다. 그게 내 천직인 걸요."

그러자

"큰일 났구마."

하는 소리가 들려왔다. 그 까닭을 물었다.

"아부지가 날 보고 좋은 사람 천거하라쿠는디 사람이 있어야 말이재. 난 이군을 제일로 꼽고 있었는디, 아무도 천거할 사람이 없다쿠몬 아버지가 섭섭해 하실끼라."

"문창곡 씨나 성철주 씨는 어때요?"

"아무것도 안 하겠대."

"그 왜 임형철이란 사람 있지 않습니까?"

"큰일 날 소리 하느만. 그 사람 감투 씌워주었다가 아부지 얼굴에 똥 칠할라꼬. 임형철이는 내 회사에나 쓸까, 달리 천거할 사람은 못돼."

"선물을 갖고 와서까지 감투운동을 하는 사람이 많다던데요."

"안 돼, 안 돼. 지금 새 정부를 세워 멋진 정치를 할라쿠는디 내가 자신이 없는 사람을 천거할 수가 있나. 그 사람들은 이따가 짬이 생기면 내가 관상을 한 본씩 봐야지. 그래갖고 천거를 하든지 말든지 할끼고……."

하더니 바쁘게 물었다.

"앗 참, 송남수 씨는 어떨까? 내가 천거하면 승낙을 해줄까?"

"글쎄요."

하고 나는 망설였다. 굶어죽어도 이종문의 천거를 받고 이승만 박사 밑에 가서 일할 사람은 아니다.

"아마 안 될 겁니다. 그리구 그분의 경력이 문제가 안 되겠소."

"그런 걱정은 하지마. 빨갱이 하던 조봉암 씨를 농림부장관으로 임명하는 어른인데, 그리고 말씀도 계셨어. 과거야 어쨌든 능력 있고 마음을 고쳐먹은 사람이면 얼마라도 등용하시겠다고 내게도 누누이 말씀이 있었던 기라."

하여간 송남수의 천거는 단념하라고 이르고 나는 농담을 한마디 했다.

"이 사장님 팔자가 쭉 늘어졌습니다."

"하모, 하모, 내 팔자가 왜 이리 좋노 싶은께 미칠 지경이구마. 갑짝 사랑이 뭐 어쩐다고, 갑자기 늘어진 팔자라서 겁도 난단께. 그래 길을 건널 땐 조심조심 주위를 둘러보고 골목길을 걸을 땐 기왓장이라도 떨어질까 싶어 한복판을 안 걷나, 너무 팔자가 좋아져도 무서운 기라……."

이종문이 호방하게 웃는 소리가 수화기의 진동판이 꽉 차게 울려왔다.

바야흐로 이종문의 시대가 열렸다는 신호처럼 그 웃음 소리에 나는 한참 동안이나 귀를 기울이고 있었다.

4

이 해의 8월, 한국의 역사는 더위를 몰랐다.

이승만과 그 추종자들은 기쁨에 들떠서 더위를 몰랐고, 김구·김규식과 그 추종자들은 분통이 터질 듯한 울굴한 심정으로 해서 더위를 몰랐다.

좌익은 새로 만들어진 정부에 대한 민중의 증오를 끌어모으기에 바빠 더위를 몰랐다.

일반 국민들은 새록새록 터져나오는 새로운 사실들이 보도되는 신문을 읽느라고 더위를 몰랐다.

그러나 이동식은 더웠다.

내일에 정부수립 선포식이 있고 맥아더 장군이 동경에서 날아오리라는 소식이 나돌고 있을 무렵, 이동식은 서울의 더위를 피해 고향인 마산으로 내려갔다.

모든 일이 자기 뜻대로 착착 진행되는 바람에 이승만은 회심의 미소를 띠고 8월 14일의 저녁 한때를 프란체스카와 조용히 지내고 있었다.

밤인데도 매미 소리가 뜰로부터 들려오고 있었다.

"매미도 기쁨을 나타내고 있는 거예요. 파파!"

"만물유정은 동양의 사상이오, 마미!"

"긴 여로였죠?"

"그래요, 롱 롱 트립이었지."

"내일도 맑은 날씨라고 했어요, 천기 예보가. 파파."

"그럴 테지, 마미."

"맥아더 장군의 부인은 안 오신다죠?"
"아마 그런 모양이오, 마미."
 프란체스카는 흥분을 가눌 수가 없었다. 동양의 일 망명객을 남편으로 맞은 그 단순한 인연이 한 나라의 제1부인이 되게 한 것이다. 그는 오로지 이날만을 기다리고 살고 있었다. 그런데 그날이 오고야 말았다.
 내일이면 떳떳이 제1부인으로서 대중 앞에 나서게 된다. 비록 반동가리이긴 하나 인구 2천만을 가진 큰 나라의 제1부인이 되는 것이다. 신데렐라 얘기는 결코 꿈 얘기가 아니다. 늙긴 했어도 프란체스카는 신데렐라임에 틀림이 없었다. 그 벅찬 감격이 새삼스러운 말이 되었다.
"파파의 승리를 기뻐해요."
"모든 것이 마미의 덕택이오."
"파파는 위대해요."
"위대한 건 마미 당신이오."
 말은 토막이 났지만 기쁜 감정은 숨소리가 되어 고동하고 있었다.
"그런데, 파파?"
"말하시오, 마미."
"한민당을 푸대접한 게 마음에 걸려요."
"나는 한민당을 푸대접한 적이 없소."
"왜, 장관 자릴 하나밖에 주지 않지 않았어요, 파파?"
"그게 적당한 것이오."
"김성수를 국무총리로 했더라면 좋지 않았을까요?"
"마미는 몰라서 그런 말을 하는 거요. 한민당은 지주와 자본가들을 중심으로 이루어진 정당이오. 그런데 우리 백성 가운덴 지주와 자본가 아닌 사람이 더욱 많소. 김성수를 국무총리로 하면 우리 정부를 지주와 자본가의 이익을 위한 정부라고 하지 않겠소? 민심을 그만큼 잃는단 말이오. 한국민주당이 받을 비난을 내가 받아야 헌단 말이오. 우리 백성은 일본인에게 시달린 것 못지않게 이조 이래 지주에게 시달려온 소작인들이거든. 그래서 나는 김성수를 국무총리로 하지 않았소."

"잘 알겠어요. 그러나 인물은 훌륭하다고 하던데요."

"인물이야 나무랄 데가 없지. 그런데 나무랄 데가 없는 바로 그 점이 곤란한 사정이 될 수 있다는 것이 정치란 걸 마미도 잊어선 안 돼요."

이승만이 조금 더 심중을 털어놓을 수가 있었더라면 김성수는 금력을 가졌고, 대학을 비롯한 교육기관을 가졌고, 동아일보와 같은 언론기관도 가졌고, 게다가 많은 추종자와 거기 따른 막강한 정치력을 가지고 있기 때문에, 조금만 키워놓으면 만만치 않은 정적이 될 염려가 있으니 미리 소외시킨 것이라고 했을 것이었다.

권력을 잡기까지엔 김성수의 힘이 필요했지만 권력을 잡은 연후엔 김성수를 거세해야 한다는 것이 이승만의 솔직한 심정이었던 것이다.

이화장의 밤은 깊어만 갔다.

이승만은 필묵을 챙기게 하고 하얀 백지를 향해 붓을 들었다. 만감을 한 수의 한시로서 집약해보고 싶어서였다. 그러나 팽배한 감정이 하나의 상상으로서 고이기엔 너무나 벅차 있었다. 드디어 '양소치천금'良宵値千金이란 한 귀만을 써놓고 붓을 던졌다.

그럴 때의 이승만은 프란체스카에 있어선 먼 거리에 있는 사람이었다. 도무지 이해할 수 없는 어느 세계로 가버린 사람, 넘어설 수 없는 하나의 선을 격한 사람으로서 이승만이 있는 것이다.

그런 만큼 이승만은 프란체스카에 있어선 언제나 신비로운 인물이었고, 항상 외포를 느끼게 하는 인물이기도 했다.

프란체스카는 워싱턴의 교외에서, 로스앤젤레스의 한구석에서 조촐한 식탁을 대하고 앉아 있을 무렵의 일을 회상했다. 황색인과 사는 백인 여성이 받아야 했던 수모가 얼룩진 회상을 되씹으며, 내일의 화려한 식전을 옛날의 이웃들에게 과시하고 싶은 충동을 억제할 수가 없었다.

붓을 던지고 소파에 가 앉은 이승만 곁으로 살짝 다가서며 프란체스카는 물었다.

"내일의 식전 광경이 미국의 신문에도 보도 되겠죠, 파파?"

"물론이지, 마미."

"사진도 같이 나겠죠?"

"나구말구요, 마미."

"식전 전체를 영화로 찍어놓았으면 얼마나 좋겠어요."

"우리 사람 가운데도 그런 기술 가진 사람 많습니다. 영화로 찍을 준비도 다 돼 있을 것이오, 마미!"

"아아, 파파, 전 기뻐요."

"마미가 기뻐하는 것을 보니 나는 더욱 기쁘오. 내일의 영광은 물론이고 앞으로 차지할 내 모든 영광을 마미에게 돌리겠소."

"감사해요, 파파."

이승만은 프란체스카의 손등을 조용히 만졌다. 이미 그 젊었던 시절의 탄력은 없다. 깊은 감개가 그의 목소리를 떨리게 했다.

"마미."

"예, 파파."

"그 어느 해의 워싱턴의 겨울을 잊지 않았죠?"

"잊을 리가 있겠어요, 파파?"

"영하 30도라고들 했지. 그 추운 겨울을 석탄 한조각 없이 지냈으니까. 타이프라이터를 치는 내 손은 얼었고 당신 손은 동상에 걸렸지. 헌 신문지를 태워 다소간의 온기를 유지했지만 신문지들 무한량으로 있었을 까닭이 없구……."
"왜 그런 말씀을 하세요, 파파."
"여름철에 앉아 겨울철의 일들을 회상해보는 것은 흥미 있는 일 아니겠소?"
"그래요, 그렇습니다. 부디 오래오래 사세요. 이 민족의 영광을 위해서요."
"마미의 행복을 위해서 나는 오래오래 살 작정이오."
"생큐 유어 마제스티, 오오! 마이 달링, 파파."
만월을 닷새 앞둔, 이른바 쓰리 쿼터의 달이 이때 이화장 바로 위의 하늘에 있었다.

이 무렵 계동 김성수의 집에선 또 다른 의미로서의 흥분이 감돌고 있었다. 침통한 기분과 비분의 감정이 섞인 잔치를 구성하고 있는 사람들은 주인 김성수를 중심으로 모인 한민당 소속의 국회의원과 당 간부들이었다.
조병옥은 얼근하게 취한 김에 그 독특한 음성으로 장광설을 폈다.
"선거방해의 건수가 얼마나 되었는지 아세요? 살상사건이 846건이에요. 폭행사건은 1,000여 건이에요. 이런 가운데서 총유권자의 97퍼센트가 등록하고 그중의 96퍼센트가 투표했단 말예요. 이렇게 해서 탄생한 것이 국회이며 정부란 말예요. 그렇게 한 결정적인 힘이 어디에 있었겠소? 이승만 씨 개인에게 있었겠소? 어림도 없는 말. 우리 당이에요, 우리 당. 한국민주당이 만들어낸 정세가 이번 선거를 가능하게 했단 말예요. 우리 당 소속으로 점을 찍힌 것이 29명이라고 하지만 200명 정원의 8할이 우리 당이 만든 지반을 힘입고 당선됐다는 말예요. 구체적으로 말하면 한민당이 뒷받침한 군정의 경찰력이 만들어낸 결과라고 할 수가 있는 거예요. 내일 발족하는 정부의 일등공신은 두말 할 나위 없이 우리 한민당 아녜요? 그렇죠? 그런데 그 일등공신을 대접하는 태도가 뭐란 말예요. 이 따위 취급을 받고도 가만히 있어야 해요?"

김성수는 근엄한 얼굴로 듣고만 있었다. 말을 끼운 사람은 백남훈이었다.

"유석, 새삼스러운 말을 왜 하는 거요. 그래서 어쩌자는 거요."

"영감의 그 독선적인 버릇을 당장에 부숴놓아야 헌단 말예요. 그 영감 미국에서 돌아왔을 때 어중이떠중이말군 발붙일 데가 있었수? 우리가 만들어준 것 아뇨? 모든 사람들이 좌익들의 세에 질려 꿈쩍도 못하고 있을 때, 우리들이 당을 만들어 그 영감 발붙일 곳을 만들어준 것 아뇨? 그뿐입니까? 우리가 가만히만 있었더라도 그 영감은 미군정 때문에 정계의 일선에서 물러나야 했을 거예요. 지금쯤 다시 미국에 망명길로 떠나 있을 거예요. 하지가 노골적으로 얘기합디다. 이승만을 추방하자구요. 김규식 박사를 이용하면 될 텐데 왜 능구렁이 같은 노인을 잡고 늘어지느냐고 핀잔을 합디다. 우리만 동의한다면 정치생명을 잘라버리겠다고 합디다. 그리고 그건 가능한 일이기도 했어요. 이건 나와 창랑만이 알고 있는 일예요. 틀림없는 사실이에요. 그런데도 나와 창랑은 버틴 거예요. 이승만 이외엔 지도자가 없다구요. 이승만을 거세하는 태도를 끝끝내 고집한다면 우리 한민당은 군정에 협력할 수 없다고까지 했죠. 말하자면 해방 후 이날까지의 이승만은 한민당이 만들어놓은 거나 다름이 없다는 얘기예요. 정치자금 문제는 그만두고라도 말예요.

그런데 우리의 오늘날 이 꼴이 뭡니까? 뭐죠?"

"그러니까 어쩌자는 얘긴지 묻고 있는 것 아니겠소?"

나용균이 한 말이었다.

"그 버르장머릴 고쳐놓자, 이 말이에요. 쇠뿔은 단김에 빼야 해요. 그 영감의 버릇 아는 게 아녜요? 그냥 두면 큰일 납니다. 큰일 나요."

"고양이 목에 방울을 달자는 쥐새끼들의 회의 같구먼."

백관수가 한마디 했다. 조병옥은 그 말에 더 흥분했다.

"백 선생, 고양이 목이라뇨. 그럼 그 영감이 고양이구 우리가 쥐새끼란 말요?"

"방법은 말하지 않고 울분만 토하고 있으니 하는 말 아닌가."

"방법이 왜 없어요."

"유석, 무슨 방법인지 말해보시오."

김준연이 한 말이었다.

"내일 독립식전에 우리 한민당은 전부 보이콧합시다."

조병옥이 결연하게 말했다. 만좌는 물을 끼얹은 듯 조용했다. 조병옥이 말을 이었다.

"우리가 보이콧함으로써 우리 한민당의 의사가 결코 이승만의 의사와 동일하지 않다는 것을 우선 미국 친구들에게 알릴 필요가 있는 겁니다. 그렇게 해서 영감이 태도를 고치도록 압력을 가해야죠. 두고 보시오. 지금 결행하지 않으면 뒤에 후회할 날이 올 겁니다. 영감은 우리에게 이런 말을 하지 않았소? 정부만 세워놓으면 자기에겐 그 이상 원도 한도 없으니 앞으론 자네들이 알아서 하라구. 자기는 우리들 말에 그저 따르기만 하겠다구. 그렇게 말한 입의 침도 마르기 전에 한 짓이 뭐예요. 이건 중대한 배신입니다. 배신이구 말구요. 배신은 용서할 수 없는 겁니다. 어떤 무슨 일도 다 용서할 수 있어도 배신만은 용서 못하는 거예요. 배신을 용서한다는 건 비굴한 노릇입니다. 비굴해갖고는 정치 못합니다. 뭣 때문에 우리가 비굴해야 합니까. 우리가 생명을 걸고 만든 정권에 야당 노릇 하려고 비굴해야 합니까? 여당 노릇하기 위해선 비굴할 수도 있겠죠. 그러나 비굴해갖곤 야당 못합니다. 우리는 야당 노릇을 떳떳이 하기 위해서도 비굴해선 안 됩니다. 야당 노릇을 할 각오라면 지금 이 순간부터 야당 노릇 합시다. 말이라고 길렀더니 사람 잡아먹을 호랑이란 걸 알았다면 새끼 호랑일 때 잡아버리잔 말예요."

"우리가 내일 식전을 보이콧한다고 해서 문제가 해결될까?"

김준연이 고개를 갸웃했다.

"문제를 해결하려면 먼저 문제를 만들어야지 않겠소. 해결은 이따가 하구 문제부터 만들자, 이 얘기예요."

"신중히 생각해볼 문제요."

나용균이 점잖게 말했다.

"뭘 신중하게 생각하자는 거예요. 나는 신중히 생각한 끝에 지금 말하고 있는 겁니다. 몇 밤을 자지 않고 거의 뜬눈으로 새우다시피 해서 생각한 나머지 얻은 결론이에요."

"보이콧도 하나의 방법이지."

백남훈이 조병옥의 의견에 동조하는 빛을 보였다.

조병옥은 용기를 얻었다. 그래 한민당이 내일의 식전을 보이콧했을 경우 나타날 사태에 관해 소상한 설명을 하기 시작했다. 그 골자는 미군정이 민족진영의 의견 불일치를 이유 삼아 행정권 이양을 무기연기할 수도 있다는 것이었다.

"미군정이 납득할 수 있는 인수태세를 이승만 박사가 만들지 않는 한

명암의 고빗길 49

행정권 이양을 하지 않겠다고 나서면 아무리 고집이 센 영감인들 도리가 없을 거 아녜요? 이건 막상 나의 희망적 관측만으로 얘기하는 건 아닙니다. 현재 군정청 내부에서 발생하고 있는 일부의 의견이기도 한 겁니다."

너무나 엄청난 발언이었던 탓으로 이 말엔 아무도 반응을 보이지 않았다.

"그렇게라도 해서 영감의 고집을 꺾어놔야지 우리가 비굴할 정도로 양보만 하고 있으면, 국가의 장래를 영영 망칠 폐단을 자초한다는 걸 우리는 알아야 할 거예요. 이 문제에 관해서 장차 말썽이 생겨 그게 우리 당에 화를 미친다면 이 조병옥이 할복해서라도 내 개인이 책임을 지겠소……."

무거운 침묵이 흘렀다.

"유석, 발언을 중단하시오."

김성수가 침통하리만큼 장중하게 입을 열었다.

"유석은 지금 큰일 날 소리를 하고 있소. 그러지 않아도 지금 항간엔 이승만 박사로부터 푸대접을 받았으니 한민당은 군정청에 작용해서 행정권 이양을 못하도록 책동할 것이란 풍문이 나돌고 있소."

"그것도 영감이 퍼뜨린 걸 겁니다."

"유석, 내 말을 끝까지 들어보우. 그게 영감이 퍼뜨린 말이었든 아니든 그런 사태가 되면 그 책임은 우리 당이 질 수밖엔 없지 않겠소. 모처럼 독립을 서둘러놓고 자기들 마음대로 안 되니까, 이젠 독립을 방해한다고 비난하면 우리는 뭐라고 대답해야 되겠소. 이승만 박사의 고집을 꺾기 위한 수단이었지 타의는 없었다고 설명할 수 있겠소? 그게 변명이 되겠수? 우리 당은 그 순간에 침몰하고 말 거요. 당만이 아니라 나두, 유석두, 그 밖에 모든 동지들두 인간으로서 매장될 거요. 유석, 유석의 심정과 능력을 내가 잘 알고 있기에 하는 소리요. 앞으론 어느 때, 어느 자리에서라도 그런 말은 하지 말두록 하시오."

김성수의 말은 간곡했다. 그러나 조병옥은 납득할 수가 없었다.

"인촌, 들어보시오. 인촌은 너무나 양보가 많습니다. 헌법만 해도 그렇지 않습니까. 인촌이 양보하시지 않았더라면 내각책임제가 대통령책임제로 바뀔 까닭이 없지 않았습니까. 그렇게 양보를 하시고 인촌께서 이승만 박사로부터 받은 것이 뭐예요. 인촌께서 계속 그런 식의 양보를 하셨다간 언젠가는 후세의 사가들로부터 이승만 박사의 공범이란 규탄을 받을까봐 두렵습니다."

"유석의 말뜻은 잘 알겠소. 그러나 지금 이 마당에서 어떻게 해야 한단 말요. 지금의 단계는 민족진영의 단결을 과시해야 할 단계가 아니겠소. 김구, 김규식 양 씨가 떨어져나간 이 마당에 우리 당까지 그 단결에서 탈락한다면 이 정부의 앞날이 어떻게 되겠소. 미국을 비롯한 우방들의 신임을 얻을 수 있겠소? 유엔 총회의 인정을 받을 수 있겠소? 보다도 9할 이상의 국민이 어려움을 무릅쓰고 정부수립에 협력을 했는데 그 국민들의 실망이 오죽하겠수. 뭐니뭐니해도 지금은 이승만 박사가 필요할 때요. 그 어른의 비위를 거스르지 말도록 합시다. 일단 우방의 신임부터 얻어놓고 봅시다. 유석은 배신에 대한 용서는 비굴이라고 했지만 나라를 위해서 국가를 위해선 나는 얼마든지 비굴해도 좋다고 생각해요. 배신을 용서하는 노릇이 아니라 민족과 나라를 위해서 참자는 겁니다. 인내하자는 겁니다. 일등공신이 그것에 합당한 논공행상을 못 받았다고 등을 돌리면 전공이 무색하게 되는 법이오. 우리 일제 시대에도 참아오지 않았소. 어느 시기까진 참읍시다. 우리의 단결을 공고히

하고 있으면 그 위력으로 잘못된 점이 고쳐질 것 아니겠소. 그러니 내일 식전을 보이콧한다는 건 얼토당토 않는 말입니다. 나는 여러분이 반대할 지경이면 혼자라도 식장에 나갈 참이오. 그래 군중들 틈에 끼어 우리나라 만세나 실컷 불러볼 작정이오……"

"좋은 말씀이었소. 훌륭한 말씀이었소."

한 것은 김준연.

"이런 심덕을 이승만 박사가 모르다니 딱한 일이다."

하고 한숨을 쉰 것은 백관수.

"그러나 고하가 살아 있었다면 유석의 의견에 동조했을 거요."

하고 백남훈은 천장을 쳐다봤다.

묵묵한 건 나용균이었다.

자리의 이곳저곳에서 갖가지 말들이 있어 때론 엇갈리기도 했으나 인촌의 의견에 대한 반론은 제시되지 않았다.

조병옥은 안주가 들어 있는 큰 쟁반을 비우곤 거기다 술을 가득 자작하곤 벌떡벌떡 마셨다. 그리고 양손으로 술상을 짚고 고개를 떨구곤 울먹였다.

"인촌, 인촌 선생, 나는 서글퍼서 서글퍼서 죽을 지경입니다. 세상에 이럴 수가 있습니까. 나라에 운이 없는 거다 싶으니 견딜 수가 없군요. 나는 그 영감이 다소나마 버릇을 고쳤거니 했는데 하는 짓 보니 조금도 고치지 않았어요. 새 나라를 이끌 영감이 그 버릇 그대로 지니고 해나갈 수가 있겠습니까? 인촌! 그러나 인촌의 심정은 내가 잘 알아요. 알고 있으니까 이처럼 눈물이 난다, 이겁니다……"

조병옥의 넋두리는 만좌를 숙연하게 했다. 김성수는 일어서서 조병옥의 곁에 가 앉아 그의 어깨를 가볍게 두드렸다.

"유석, 유석이 우는 것을 본 것도 참으로 오래간만이구려. 자 유석, 그만하고 술이나 듭시다. 나도 한잔 하고 싶어졌소. 자 유석, 내 잔에도 한잔 가득 술을 따라주시오."

이화장 바로 위의 하늘에 있는 쓰리 쿼터의 달이 계동 김성수 집 바로 위의 하늘에도 있었다.

5

동식에겐들 고향에 대한 애착이 없을 까닭이 없었다. 동식은 고향인 마산에 남다른 애착을 가꾸고 있기도 했다.

'인생은 마땅히 양주楊州에서 죽어야 하거늘.'이란 글귀를 어떤 한시집에서 읽곤 동식의 센티멘털리즘은 자기는 마산에서 났으니 평생을 마산에서 살다가 마산에서 죽어도 좋다고 생각하고 있었다.

그런데 마산으로 돌아온 지 일주일도 안 되어 동식은 지쳐버렸다. 마산은 그 규모에 따라 서울을 10분의 1쯤으로 축소한 내용으로 흥분하고 있었다.

마산에서 가장 큰 간판은 한국민주당 마산지부의 간판이었는데 동식이 만난 옛 친구들은 예외 없이 좌익동조자들이었다.

밑바닥엔 붉은 물결이 거세고 표면엔 하얀 거품이 일고 있다고나 할까. 시민의 대다수는 북으로 향하고 있는데 현실의 정치는 남으로 향하고 있다는 이 배리적 현상이 지역이 좁은 그만큼, 마음을 꿰뚫어 볼 수 있는 친구가 많은 그만큼 너무나 역연하게 느껴지곤 했다. 그리고 어떤 재변이 예상되기도 했다. 이를테면 북으로 향한 민심을 두고 남으로 향한 작용이 무사히 저항 없이 그 목적을 달성할 순 없는 것이다.

그러나 아직은 이렇다 할 징후가 나타나고 있는 건 아니었다. 가끔 후미진 골목의 전신주에 '반동의 음모를 분쇄하라!'는 벽보가 붙어 있을 정도이고, 한국민주당의 간판 앞을 지나며 좌익청년들이 가래침을 뱉어보는 정도일 뿐이었다. 그런데도 그 도시가 만들어내고 있는 공기엔 이상한 냄새가 있었다. 고향의 냄새라곤 할 수 없는, 어딘지 모르게 어둡고 살벌한 공기가, 뱀이 등 위로 지나간 것 같은 촉각을 회상시켰다.

고향이 그 고장인 사람이 나그네의 길에서 돌아왔는데 그런 공기로 대한다는 것은 어불성설의 일이다. 광막한 천체의 일부분, 그 일부분 가운데의 한구석을 자기 고향으로 한, 그 소중한 인연에 대한 배신이기도 한 것이었다. 이처럼 정치는 공기의 빛깔과 냄새마저 바꿔버린다.

서울의 더위를 피해온 동식에게 고향 마산의 공기는 서울 이상으로 더웠다.

마산이 선출한 국회의원은 권태욱이라고 했다.

마산역 부근에서 해변 쪽으로 판자촌이 꽉 차 있다. 그곳은 귀환동포의 밀집지대였다. 귀환동포는 바야흐로 우환동포, 또는 기한동포란 이름으로 불리고 있었던 무렵이었다. 권태욱은 그 지대에 사는 사람으로서 어떤 의미보다도 귀환동포의 대변자 자격으로 뽑혔다는 것이다.

"저 만주 벌판에서, 저 북해도 탄광에서 죽을 고생을 하다가 돌아온 우리가 아닙니꺼. 모든 동포는 고향에서 편안하게 살고 있었을 때 우리는 객지에서 일본놈의 억압을 독으로 받고 고생하지 않았습니꺼. 그러한 우리가 해방이 되었다고 돌아와 본께, 지금부턴 내 나라 내 고향에서 걱정 없이 살 수 있을 끼라고 돌아와 본께, 우리를 사람 취급 합디꺼? 집 한 채, 아니 방 한 칸 빌려줍디꺼? 쌀 한 되 동정해줍디꺼? 우리가 살고 있는 꼴이 뭡니꺼. 이게 사람 사는 꼴이랴요? 머슴애는 구두닦이하고, 계집애는 구걸하고, 사내는 일자리가 없은께 빈들빈들 놀다가 싸움이나 하고, 여자는 철도국 창고 근처에 가서 코쿠스나 줍고……. 모두들 남 밥 묵듯이 굶기나 하고……. 이기 사는 깁니꺼? 그러니께 저 제헌국회에 보내주이소. 국회에 보내만 주문 양식 얻어 오겠소. 일자리 구해줄끼요. 집도 마련해줄끼요. 우리 사람처럼 한분 살아봅시더. 그러기 위해 나는 악착같이 여러분 심부름꾼 노릇할낍니다. 나를 보내주이소. 우리 귀환동포, 우환동포를 위해서 쎄가 빠지게 일할낑께요……."

술자리에서 어떤 친구가 권태욱의 연설을 흉내내서 동식을 웃겼다. 권태욱은 이런 연설을 통해 지방의 토착 유지들을 앞지를 만큼 표를 모았다는 것이다.

마산 시민 중에는 선거 자체를 같잖게 알고 권태욱을 선출함으로써 단독정부수립을 나름대로 야유한 셈으로 치고 있다는 얘기를 해수욕장에서 들었다. 그래 동식은 해수욕장 근처에 있는 솔밭에 누워 '역사를 야유할 수 있는 것일까.' 하는 생각을 해보았다. 하늘을 보고 침을 뱉는 격이란 대답이 돌아왔다.

유권자의 9할 가까운 투표율이라고 했는데 그 투표 가운덴 적잖은 수의 야유표가 섞여 있을 것이었다. 그러나저러나 그런 표가 하나의 정권을 만들어냈다. 통계라는 것은 묘한 역할을 한다. 그 숫자가 약할 때는 접시에 담긴 물과 같아 아무런 소용이 없다. 그런데 일단 그 부피가 크기만 하면 몇만 톤의 배를 띄우는 대양의 구실을 한다.

안희철은 동식의 국민학교 동기동창이었다. 그는 상업학교를 나와 남전회사南電會社에 취직했다. 지금은 서무과장 직을 맡아보고 있다고 했다.

그는 박헌영을 한때 일본인이 천황폐하를 들먹이듯 들먹였다.

동식에게 있어서 박헌영은 서울의 한구석에 앉아 별의별 음모를 짜고 지령하곤 하다가, 사불리事不利해지자 이북으로 내뺀 도망자일 뿐이다. 그러한 박헌영을 안희철은 자세를 바로하지 않곤 들먹이지 못했다.

'박헌영 당수님께선' 또는 '박헌영 선생님'은 또는 '박헌영 동무께선' 또는 '위대한 지도자이신 박헌영 선생님은' 해야만 뒷말이 이어지는 것이다.

그런 만큼 이승만에게 대해선 가차가 없었다.

'그놈 이승만인' 하는 정도는 약과이고 '반동의 괴수' '민족분열의 범죄자' '흉측한 미제 앞잡이' '천인 공노할 민족반역자' 등 혹독한 욕설을 예사로 열거하는데 심지어는 '×승만'이란 표현마저 서슴지 않았다.

그러면서 그는 조국의 민주화를 위해선 생명을 바칠 각오라고 했다.

"조국의 민주화를 위해선 많은 욕설도 마스터해야 하는 모양이구나."
하며 동식은 웃었다.

"인민의 적에 대해선 무자비한 투쟁이 필요한 기라."
고 그는 응수했다. 욕설의 남발도 무자비한 투쟁수단인가 보았다.

"욕을 너무 많이 하면 욕을 먹는 사람에게 동정을 느끼게 하는 역효과도 있을 텐데."

"그런 걸 소시민적 의식이라 안 하나. 인민대중의 의식을 개조하기 위해선 인민의 적에 대한 비난을 되풀이함으로써 습관화시켜야 해. 반역자라고 하면 이승만을 연상하고 이승만이라고 하면 반역자, 흉악한 범죄자, 반동의 괴수를 즉각 상기할 수 있도록. 그렇게 해서 다른 인식을 가질 여유와 틈서리가 없도록 마구 쏟아놓는기라. 인식도 결국은 습관 아니가. 이런기 말하자몬 정신무장이라쿠는 거라."

동식은 그런 말을 하는 안희철을 철저한 남로당의 당원으로 봤다. 그리고 당원으로서의 자기에 긍지를 느끼고 있는 것도 분명했다. 그렇지 않고서야 옛날 친구 앞이기로서니 그런 말을 함부로 할 순 없다.

"자네가 말하는 민주화란 공산화하겠다는 뜻인가?"

"아니지, 아직은 부르주아 혁명 단계 아닌가. 공산화는 그 뒤에사 밟을 수 있는 단계이고······."

"부르주아 혁명이란 건 뭐지?"

"자네 그런 것도 모르나?"

안희철의 표정에 비웃는 듯한 빛이 스쳤다.

"모르니까 안 묻나."

"봉건 잔재, 식민지 잔재를 일소하고 민족자본에 의한 경제체제를 확립하는 동시, 정치권력을 대중이 장악하도록 하는 혁명을 말하는 기라."

안희철도 결국 녹음기의 일종이었다. 동식은 그를 상대하고 있기가 거북했지만 모처럼 찾아온 사람을 가랄 수도 없었다.

"자네가 그런 일 하고 있다는 게 탄로가 나면 직장은 어떻게 되나?"

"우리 남전 노동조합은 강력해. 세포 조직도 강력하고. 그 압력 때문에 우리 같은 사람을 호락호락 취급할 순 없지."

"앞으로의 사태를 자신을 갖고 예측할 수가 있나?"

"최악의 경우엔 그만두지 뭐. 그만두고 직업혁명가로 나설 수도 있으니까 괜찮아."

"그게 그렇게 쉬운 일인가."

"쉽지 않으니까 투쟁 아닌가배."

"승리할 자신이 확고한 게로구먼."

"그야 확고하지. 진리는 승리하고야 마는 거니까."

"진리가 꼭 승리할 수 있는 사회가 된다면야 얼마나 좋겠노."

동식은 안희철이 들먹이고 있는 진리와 자기가 말하는 진리는 전연 다른 것이란 사실을 마음속에 전제하면서 말했다.

"진리가 승리하는 사회를 만들어야 안 되겠나. 자네나 내나."

"어떤 형태이든 정부가 섰으니까 앞으론 자네들 일하기가 힘들걸."

"천만에."

안희철은 일언지하에 부인하고 말을 이었다.

"미군정 상대로도 싸웠는데 반동들의 오합지졸쯤이야 문제도 안 돼. 두고 보라몬. ×승만이 미친 ×처럼 거꾸러지고 말끼니까."

이런 말을 하는 안희철을 동식이 한동안 말끄러미 바라봤다. 그런 자신을 안희철이 어디서 얻어왔을까 해서다. 그러나 그런 내색은 않고 말했다.

"얕보지 말아라. 그렇게 쉬운 일은 아닐 테니까."

"제주도의 인민항쟁 알지? 조금 있어봐. 그런 사태가 전국적으로 퍼질끼다."

"그럼 이 마산도 불바다가 되나?"

"물론."

"그거 안 되겠는데. 마산만이라도 그런 일은 없었으면 하는데."

"역사가 개인의 의식에 구애될 수 있나."

"나는 역사가 어떤 귀신인진 모르지만 역사 무서워서 나의 소원을 포기할 수야 있나. 자네 힘으로 마산에만은 그런 일이 없도록 하게."

"그건 반동들의 태도 여하에 달렸어."

"설사 반동이라도 절대다수의 의사는 무시할 수 없는 것 아닌가."

"절대다수? 뭣이 절대다수란 말인가."

"마산에서도 이번 정부수립엔 8할 이상의 유권자가 투표한 것 아닌가. 자네 말로라면 단독정부 지지는 반동이니까 마산의 성인인구의 8할 이상이 반동 아냐?"

"무슨 지각이 있어서 그들이 투표한 줄 자넨 아나? 감언이설에 속아서 한 짓들이라."

"자네들은 투표를 안 하도록 선전하고 공작하지 않았나. 감언이설에 속지 말라고."

"했지."

"그런데도 감언이설에 속았다면 결국 모두들 자기 의사에 따라 한 투표였다고 할 수 있잖나?"

"그렇게 생각해선 안 돼. 투표율이 8할쯤 된 건 귀환동포들 때문이라. 그 우환동포들 말이다."

"그렇다면 더욱 큰일 아닌가. 우환대중이야말로 자네들의 편일 텐데 말이다."

"아닌기라. 프롤레타리아와 룸펜 프롤레타리아는 엄격하게 구별되어야 하는 긴께. 귀환동포는 죄다 룸펜들이 아닌가배. 룸펜들은 근성이 썩어 있어. 노예근성이 고질이 되어 있거든. 그런 건 우린 상대도 안 한다."

"레닌의 도식 그대로다, 그 말인가?"

"레닌을 들먹일 필요마저 없는기라. 룸펜은 상대할 값어치가 없어."

"귀환동포는 이래저래 죽어야 할 팔자구나."

동식은 건성으로 이런 말을 하고 하품을 참았다. 고향에 돌아와도 그리운 고향은 아니었다는 유행가의 가락이 어디선가 들리는 것 같았다. 소꿉장난을 하고 놀던 어린 날의 친구가 혁명가의 모습으로 나타난 데

명암의 고빗길 59

대한 당황함의 메아리라고 할 수 있었다.

동식은 국민학교 때의 동창들 소식을 알고 싶어 화제를 그리로 바꿨다. 설익은 혁명이론을 듣고 싶지 않은 탓도 있었다. 누구는 시청에 있고, 누구는 어업조합에 있고, 누구는 시계점을 하고 있다는 등의 말끝에 오영제의 이름이 올랐다.

오영제란 이름을 듣자 동식의 가슴은 뭉클했다. 그럴 만한 사연이 있었던 것이다. 그런데 안희철의 입에서

"그놈의 자석, 찢어죽일 놈이다. 사찰계 형산가 뭔가를 하는데 악질 중에도 악질, 독질이라고 할밖에 없어. 민주인사를 붙들어다가 고문을 하는 놈이다. 하룻강아지 범 무서운 줄 모른다쿠더니 그런 놈을 두고 하는 말인기라……."

하는 증오에 가득찬 말이 쏟아졌다.

"오영제가 형사라?"

하면서도 동식은 그 옛날 언제나 생글생글 웃고 있던 소년의 모습과 형사라고 하는 무서운 직업을 연결시킬 수가 없었다.

"형사 중에서도 독질이라쿤께 그러네. 그놈이 그런 악질이 될 줄은 정말 몰랐어. 두고 봐, 그놈은 언제든 맞아 죽을끼니까."

안희철의 욕설 섞인 사설이 언제 끝날지 알 수가 없었다. 동식은 부득이 핑계를 꾸며댈 수밖에 없었다.

"안에 손님이 와 계시는데 들어가보아야겠다."

며 동식이 일어섰다.

"오늘밤 친구들과 모여 술이라도 한잔 하고 싶은데, 환영회를 겸해서……."

안희철은 따라 일어서며 말했다.

"오늘밤은 안 되겠어."

"그럼 내일은?"

"내일은 또 그때 가봐야……."

"시간을 내도록 해봐. 뜻에 맞는 동무들끼리 모여 앞날에 대한 의논도 해보자꾸나. 우린 자네를 믿고 있어. 기대도 크고. 이 단계에 있어서 진보적 지식인의 역할이란 여간 중요한기 아니거든……."

오영제는 가무잡잡하게 생긴 민첩한 소년이었다. 가난한 집에서 힘겹게 자라고 있었는데도 언제나 생글생글한 웃음을 잃지 않은 소년이었다.

동식과는 집의 방향이 달라서 학교 밖에선 같이 어울려 놀 기회가 없었는데 우연한 기회에 동식은 오영제의 가정 사정을 알았다.

어린 마음으로도 동식은 오영제를 영리한 소년이라고 생각하고 있었는데 번번이 숙제를 게을리 해서 선생님으로부터 호된 꾸지람을 들었다.

5학년이 되던 어느 봄날의 오후였다. 오영제는 그날도 숙제를 안 해왔다고 해서 방과 후에까지 벌을 서게 되었다. 이토오라는 일인 교사의 벌을 주는 방법은 교실 옆 골마루의 한가운데에 부동의 자세로 세워두는 것이었다. 방과 후면 소제당번들이 소제를 하기에 바쁘다. 동무들이 바쁘게 소제를 하고 있는 한가운데 방해물처럼 부동의 자세로 서 있는 것은 육체의 고통이기에 앞서 정신적인 고통이었다. 벌을 받은 생도는 소제가 끝나 선생님으로부터 소제검사를 받고 소제당번들이 돌아가고 난 뒤에도 한참을 있어야 풀려났다. 그때 골마루에 그가 선 자리엔 걸레질을 하지 않은 발자국이 남는다. 그러니 그 부분을 닦아놓아야 비로소 집으로 돌아갈 수가 있다.

그날 동식은 소제당번이었다. 소제를 끝내고 친구들과 우르르 몰려 교실을 나오는데 그럴 때면 모두들 벌을 서고 있는 아이를 보기가 민망스러워 되도록이면 그곳을 외면하는 버릇이었지만 어쩌다 동식은 오영제의 얼굴을 보아버렸다. 그의 얼굴은 홍건히 눈물에 젖어 있었다.

교실에서 운동장으로 나왔다. 그런데 어쩐지 곧장 교문을 나설 수가 없었다. 동식은 일행의 동무들에게 핑계를 대고 며칠 전에 꽃잎이 떨어진 사쿠라 나무 밑에 앉았다. 오영제를 기다릴 참이었다. 너무나 번번이 숙제를 안 해왔다는 탓으로 그날 오영제가 받은 벌은 퍽이나 무거웠다. 선생들이 운동장으로 나와 배구시합을 시작했는데 그 시합이 끝날 때까지 오영제는 벌을 서고 있어야 했던 것이다.

일곱 시에야 오영제는 풀려났다. 세 시간 동안을 서 있었던 셈이다. 오영제가 교문을 나서는 순간을 기다려 동식은 그의 뒤를 쫓았다. 동식이 오영제와 어깨를 나란히 하자 오영제는 수줍은 웃음을 띠었다. 동식은 그때 주고받은 얘기를 어제 일처럼 기억하고 있다.

"다리 안 아프나?"

"아아니."

그리고 그 다음의 대화가 있을 때까지 50미터는 걸었다.

"요 가까이 우리 집이 있는데 조금 놀다가 안 갈래?"

"오늘은 안 돼. 길에서 가까운 곳이면 집이나 알아둘까?"

"이왕 늦었는데 20분이나 30분쯤 놀다가 가라몬. 미숫가루라도 한 그럭 타묵고 말이다."

오영제는 머뭇머뭇 대답을 않더니

"우리 엄마가 아파. 그런께 빨리 집으로 가야 해. 오늘 벌만 안 섰으몬 벌써 집에 가서 약을 달여 디렸을 긴디."

하고 울먹였다.
 동식은 아까 영제가 울고 있었던 것은 벌을 서고 있는 고통 때문이 아니고 어머니의 병 때문이었다는 것을 짐작했다.
 "느그 어머니 데게 아프나?"
 "응."
 "그라몬 선생님보구 그렇게 말하지 와."
 "선생님이 곧이 들어줄라꼬?"
 하긴 그렇다 싶었다. 그러나 동식에겐 의혹이 남았다.
 "그렇다몬 숙제를 해와야 할 것 아니가."
 영제는 대답 대신 쓸쓸하게 웃었다.
 동식이 물었다.
 "느그 아부진 뭐 하노?"
 "철도 공부를 했었는디 그만두고 일본 북해도 갔어."
 "동생들은?"
 "젖멕이까지 넷 있어. 엄마는 시장에서 콩나물 장수를 했는디 요새는 아파서 그것도 못해. 좁은 방에 다섯 식구가 살거든. 숙제를 하재도 책을 펴놀 자리가 없어. 엄마는 아프지……. 젖멕이 동생을 보다가 보면 잠이 들어버리는기라. 아침에 일어나선 내가 밥을 해야 하는디 그러다가 보면 학교 오기가 바쁜 거라. 숙제 할 여가가 없어. 학교를 그만둘까 하지만 엄마가 그것만은 반대해. 우째도 학교는 댕기야 한다 안쿠나, 그래서……."
 어느덧 동식이 집 근처에까지 와 있었다. 동식은 긴 골목을 가리키며 말했다.
 "이 골목 맨 안쪽에 우리 집이 있다. 문패엔 내 이름도 있어. 언제 한

번 놀러와."

　오영제는 고개를 끄덕여 보이고 달리기 시작했다. 동식은 길 왼편을 택해 달려가는 오영제의 뒷모습이 저만큼 있는 고빗길에서 사라질 때까지 바라보고 서 있었다.

　오영제는 그 뒤론 학교에 나타나지 않았다. 그러나 오영제의 어머니가 죽었다는 것과, 큰아버지가 사는 동리의 학교로 전학했다는 소식만은 동식이 듣고 있었다.

　그리고 어언 15년이 지난 것이다. 동식이 안희철의 입에서 영제의 이름을 듣고 가슴이 뭉클해진 것은 그 어느 봄날의 해질 무렵 가난한 등을 보이며 달려가고 있던 영제의 모습이 어제 일처럼 시야를 스쳐갔기 때문이다.

6

　동식이 오영제를 만난 것은 상경을 일주일쯤 앞둔 9월 초의 어느 날이다.

　안희철의 말을 액면 그대로 믿지는 않았지만 '악질 중에도 악질 형사'란 말이 당장이라도 그를 만나보고 싶어하는 동식의 마음에 제동을 걸어 차일피일했던 것인데, "좋은 사람이 있으면 얼마라도 추천해달라."는 이종문의 말이 상기되기도 해서 우선 만나보고 나름대로의 판단을 해보자는 마음으로 만난 것이다.

　세 번쨴가 네 번쨴가의 전화가 겨우 연결되어 수화기에 나온 오영제는 이편이 이동식인 것을 알자

　"야, 이것 반가운 사람 목소리를 듣게 되었구나."

하면서 환성을 올렸다. 그리고

"몇 시에 만날까."

하는 동식의 물음이 있자

"아무리 바빠도 넉넉한 시간을 잡아야 할낀께 저녁 때에 만나자."

며 저녁 일곱 시, 구마산의 비원 다방으로 하자는 제의를 했다.

 열한 살 때 헤어진 소년들이 26세의 청년이 되어 처음으로 만나는 것이다. 동식은 가벼운 흥분마저 느끼며 약속시간 10분 전에 비원 다방으로 나갔다. 알 듯 모를 듯한 얼굴들이 다방 이곳저곳에 앉아 있었지만 동식은 일체 본척만척하고 한구석에 자리를 잡고 앉았다.

 낡은 레코드판에서 '해방된 역마차에 태극기를 날리며'라는 유행가가 흘러나오고 있었다. 일제 시대 '쌍고동 울어 울어 연락선은 떠난다'는 노래를 부른 여가수 장세정의 목소리였다.

 '유행가수는 시대마다 거품 같은 노래를 남긴다.'는 감회가 있었다.

 동시에 동식은 '오 헨리'라는 미국의 작가가 쓴 『20년 후』라는 소설을 상기했다. 20년 전 같은 학교에서 배운 친한 친구가 한 사람은 경찰관이 되었고, 한 사람은 강도범으로 수배 중인 신세가 되어 만나는 장면이다.

 오영제가 형사라는 바람에 하게 된 연상인데 동식은 자기의 입장이 경찰이 쫓고 있는 혁명가였으면 이번의 해후는 더욱 흥미가 있을 것이란 공상을 잠깐 즐겼다.

 검은 얼굴의 단단한 몸집의 사나이가 문을 밀고 들어섰다. 오영제였다. 그도 재빠르게 알아보았던 모양으로 동식이 앉아 있는 구석으로 왔다. 두 사람은 손을 잡았다. 오영제의 손은 마디마디가 단단한 거칠은 촉감이었다.

"이게 얼마만이고."

"15년 만이라니 꿈만 같구나."

하고 서로들의 얼굴을 웃으며 살폈다.

오영제의 눈빛은 날카롭고, 귀로부터 턱으로 흘러내린 선이 다부졌다. 상냥하고 수줍던 소년 오영제는 온데간데가 없고 영락없이 민완한 형사일 수밖에 없는 오영제가 눈앞에 있었다.

"가끔 이군 생각을 하곤 했지."

하며 오영제는 물었다.

"서울에 있다던데 서울서 뭣 하노?"

마음의 탓인지 형사 투가 느껴졌다.

"학교 선생질 안 하나."

"교육은 신성한 것 아니가."

오영제의 입에서 어울리지 않는 말이 나왔다. 동식의 입에서도 엉뚱한 말이 나왔다.

"자네 수고한단 소리는 들었다."

"직업이 직업이라 자업자득이라고 생각하네. 여기선 얘기도 못하겠고 다른 곳으로 가보자."

하고 오영제는 일어섰다.

굳이 오영제가 하겠다는 것이어서 셈은 그에게 맡겼다.

"어딜 갈까?"

길에 나와 동식이 물었다.

"오늘밤은 일체 내게 맡기게. 사냥개처럼 이곳저곳 쏘다니는 때문에 마산의 사정은 내가 잘 알긴께."

오영제가 동식을 안내한 곳은 오동동파출소 근처에 있는 다소곳한 차림의 술집이었다.

"귀환동포 애들이 나오는 술집인데 꽤 유식한 여자들이 있어. 얼굴도 세련되어 있고……."

하는 것이 오영제의 그 술집에 대한 사전설명이었다.

술상이 들어오기까지의 얘기로써 동식은 오영제의 경력을 대강 알았다.

오영제는 국민학교를 졸업하자 곧 어느 일인 약국의 사환으로 들어갔다. 거기서 3년 가량 있다가 전보배달부가 되었는데 해방 2년쯤 전에 순사시험을 보아 경찰관이 되었다.

"학력도 없는 놈이 해먹을 짓이 어디 있더나. 그래 순사시험을 본 건디 해방됐다고 들었을 땐 참말 기분이 이상하더마. 틀림없이 기쁘긴 기쁜데 한편 겁도 나는기라. 우쩔 줄 모르겠드만. 별반 죄지은 것도 없는디 말이다. 그런데 다행인지 불행인지 군정청 경찰로 눌러 있게 됐지. 지금은 경찰권이 우리 손으로 넘어왔으니까 겨우 안심할 수 있어. 비루한 과거를 보상하기 위해서도 신생 조국의 충실한 경찰관이 될 작정이다."

동식은 꾸밈이 없는 영제의 말에 호감을 느꼈다.

"그런데 계급은 뭣고?"

"경사 아니가."

"이왕 경찰에 투신한 김엔 출세를 해야 할 것 아니가?"

"내 복에 경사가 됐지, 이 이상 더 바랄 게 있나."

"그래도 그런 게 아닌기다."

그러자 오영제는 정색하며 말했다.

"이군은 경찰관을 경멸하지 않나? 더욱이 일제 시대부터의 경찰관을 말이다."

"무슨 소릴 하노. 나는 일제 시대 일본 군대에 간 놈인데."

"참, 이군은 학병에 갔지. 그러나 학병은 사정이 안 다르나."

"다를 게 뭐 있노. 일제에 협력한 건 사실인데."

오영제는 동식의 속셈을 알 수 없다는 듯 한참을 생각하고 있더니

"이군은 차문국을 알지?"

하고 물었다.

"차문국?"

"어디 고등상업학교에 다니던 사람, 자네와 같이 학병 갔던 사람 말이다."

"이름은 들었어. 그러나 학교도 다르고 친하게 알진 못해."

"그 사람이 지금 마산의 민애청民愛靑 위원장 아닌가배. 그리고 노병연이 있지, 국민학교 3년 선배지. 그 사람은 전평 위원장이고……."

"금시초문인데."

"전부 지하조직이 돼놓으니까 관계하는 사람 아니면 알 수가 없겠지."

동식은 안희철이 무슨 직책인가를 물어보려다가 말았다. 이런저런 이야기로 동식이 좌익의 동조자가 아니란 사실을 확인한 오영제는 한결 마음이 가벼워진 모양이었다. 새삼스럽게 반갑다는 말을 되풀이하곤

"자넨 좌익은 아닌 모양이구마."

하고 생글생글 웃기까지 했다. 비로소 형사 오영제 대신 소년 오영제가 되살아난 느낌이었다.

"나는 좌익도 아닌 대신 우익도 아니다."

동식이 못을 박아둘 셈으로 말했다.

"좌익도 아니고 우익도 아니면 뭣꼬?"

오영제는 여전히 생글생글 말했다.

"회색이라고쯤 해두지."

"회색도 좋고 흑색도 좋아. 이군이 좌익이 아닌 것만으로도 나는 반가워 죽겠어. 옛날 친구들이 대부분 좌익진영에 가담하고 있거든. 그들이 붙들려오는 걸 보면 딱해. 각기 영웅이 되어 있는 사람들을 설득할 수도 없고 말이다. 되려 나를 그들 진영으로 끌어넣을라쿠는기라. 그래갖고 말을 안 들으면 악질 중의 악질이란 소문을 퍼뜨리거든. 사람이 나면서부터 악질이 있나? 이런 직업을 하고 있는데 선심만 쓰고 배겨낼 수 있나. 경찰관을 악질로 만드는 건 좌익들 아니가. 독이 없는 뱀을 독사로 만드는 건 좌익들이란 말이다."

"그들은 또 거꾸로 말하겠지."

"사회가 있으면 질서가 있어야 하는긴디, 질서를 지키자면 경찰이란 게 있어야 하는긴디, 경찰이 질서를 파괴하는 놈들에게 가담하몬 그 사회는 우떻게 되는기고. 그런디 거꾸로 무슨 말을 한단 말이고……."

이어 오영제는 해방 후 2년 동안의 마산의 정치상황을 소상하게 설명했다. 마산에 뿌리를 박고 있는 합법, 비합법의 조직 종류들로부터 그 조직들의 원류·인맥·금맥에 이르기까지 오영제는 파악하고 있는 것이었다.

동식은 "미군정과도 맞서 투쟁했는데 단독정부쯤은 문제 없다."는 투로 한 안희철의 말을 상기하고 다음과 같이 물어보았다.

"경찰권이 신정부로 넘어온 바람에 약체화되지는 않을까?"

"절대로 강화되지. 군정 시절엔 미국사람의 간섭이 심해서 빨갱이들을 검거하고 조사하는 데 여간 불편하지 않았던기거든. 경찰권이 우리에게 넘어왔으니까 그런 일은 없을끼라."

"함부루 직권남용도 할 수 있다는 말로 들리는데?"

"직권남용이 또 뭣고. 빨갱인 적인기라. 적과 투쟁하는데 직권남용이고 자시고가 어딨어. 이군은 아까 좌익도 우익도 아니라고 하더라만 불원한 장래에 태도를 명백하게 해야 할 때가 있을낀께 미리 각오해두는 기 좋을끼다."

"협박인가?"

하고 동식은 웃었다. 좌익인 안희철과 오영제의 말은 그 주어만 바꿔놓으면 동일한 내용이었기 때문이다.

"내가 이군을 협박할 까닭이 있나. 가만히 내 소년 시절을 생각하니, 내게 무슨 소년 시절이 있을까만, 그런 시기를 회상하고 내게 친구가 있었을까 생각하면 적적하기 짝이 없는데 꼭 한 사람 친구가 있었어. 그게 이동식이었어. 나는 성호국민학교에 다닌 마지막 날을 잊을 수가 없는기라. 그 이군이 집에 들러 미숫가루 한 그럭 타묵고 가라 안 캤나. 나는 점심도 안 묵었던기라. 그때 얼마나 묵고 싶었는지 너는 상상도 못했을끼다. 그러나 나는 어머니가 어떻게 되었는가 싶어 묵을 수가 없더라. 어머닌 내가 갔을 땐 숨이 깔딱깔딱했어. 주인집에도 모두 일하러 나가고 아무도 없는기라. 젖먹이 동생은 죽어가는 어머니의 젖꼭지를 빨고 있었고 두 살, 세 살, 다섯 살짜리 동생들은 배가 고파 울고 있는기라. 이리 뛰고 저리 뛰어 겨우 인정 많은 의사를 만나 데리고 왔더니만 어머닌 그땐 죽어 있었어……."

오영제는 울먹이려다가 말고 술상을 재촉하는 고함을 버럭 지르더니 본래의 쾌활을 되찾았다.

'아아, 그날이 오영제의 인생에 있어서 최악의 날이었구나.' 하는 마음으로 동식은 15년 전의 그 봄날에 있었던 몇 토막의 정경을 뇌리에 그려보았다.

　술상과 함께 두 여인이 들어왔다.
　둥근 얼굴의 짙은 속눈썹을 가진 여자를 오영제는 특히 좋아하는 모양으로 "부자 씨."라고 동식에게 소개하고 자기 곁에 앉혔다.
　"부자면 토미코였던가요, 일본말로?"
하고 동식이 물었더니 그렇다고 했다. 일본말로 토미코라면 애교가 없지 않은 이름인데 조선말론 부자로 되니 조금 언짢다.
　동식의 곁에 앉은 여자는 문자라고 했다. 물으나마나 일본어론 후미코라고 했을 것이었다. 후미코는 좋지만 문자란 어감은 좋지 않다.
　"한 나이라도 젊을 때 이름을 바꿔요."
　동식이 부러 트집을 잡은 것은 아니었다. 부자의 얼굴도 비범하다고 할 수 있는 미모였다. 그 미모에 부자니 문자니 하는 이름이 어색했고 그만큼 안타까운 심정이 되었던 것이다.
　부자의 눈은 큰데 문자의 눈은 약간 작았다. 그런데 눈이 호소하는 듯한 정염을 담고 있었다. 시원스런 콧날로부터 윤곽이 선명한 입의 모양에 이르기까지 독특한 기품을 풍기고 있었다.
　"일본 어디서 살았죠?"
　"경도에서요."
　일본사람이 한국말을 하는 그런 투가 아직 남아 있었다.
　"고국으로 돌아온 것은?"
　"해방된 그 해의 겨울예요."
　문자는 해방이란 말을 해반이라고 발음했다.
　경도는 동식이 고등학교 시절을 지낸 곳이었다. 그런 뜻의 말을 했더니 문자는 반갑다는 듯 얼굴을 폈다. 작다고 보았던 눈이 결코 작은 눈은 아니었다.

학교는 어디에 다녔는가의 물음에 문자는 부립여상府立女商을 3학년까지 다녔노라고 했다. 아버지가 병든 데다 식량사정이 극도로 나빠, 해방된 기쁨도 겹쳐 고향엘 돌아왔는데 친척들의 냉대와 실직과 기아가 기다리고 있었을 뿐이었다.

오영제와 부자와의 다정한 교환에 자극을 받은 탓도 있어 동식은 문자에게 갑작스런 애정을 느꼈다. 동식이 어떤 여자에게 이처럼 갑작스럽게 애정을 느껴보는 건 처음 있는 일이었다.

한마디씩 다지는 듯하며 조용히 말하는 태도도 좋았고, 가끔 번뜩이는 지성의 편린 같은 것도 반가웠다.

"일본 책에 『이름도 없이 가난하게 아름답게』란 제목의 것이 있었어요. 그런데 그건 결국 불가능하다는 말이었어요. 가난하겐 절대로 아름다울 수 없으니까요. 선생님은 가난을 아십니까?"

왜 이런 델 나왔느냐고 원망 조로 물은 동식에 대한 대답이었다.

"가난? 지독한 가난을 나는 알고 있어. 이동식은 그런 건 몰라. 그러니 인생을 모른다는 얘기라."

오영제가 동식 대신 말했다.

"인생을 몰라도 좋으니 가난하진 안 했으면 좋겠어요."
하고 아까까진 권하는 바람에 마지못해 마셨던 술을 자청을 해서 마시곤 문자는 이런 말을 했다.

"하루를 굶고 나니까, 그처럼 절 밖에 나가 돌아다니지 못하도록 성화였던 어머니가 제 눈치를 슬슬 보데요. 이 어린 것들을 이틀을 거푸 굶길 수야 있느냐면서요. 어서 밖으로 나가 뭣을 해서든 먹을 것을 구해달라는 애원이 어머니의 눈빛에 서려 있었어요. 어머닌 병상에 계셨거든요. 심지어는 자기 몸이 성하기만 하면 도둑질이라도 하겠다고 한숨을 지었어요. 전 견딜 수가 없데요. 그러나 일어나설 수도 없었어요. 밤이 되길 기다렸습니다. 밤이 되었을 때 조용히 집을 빠져나왔지요."

"그만해둡시다."

동식이 가볍게 문자의 어깨를 두드렸다. 그리고 말했다.

"문자 씬 우리 고등학교의 노래를 알아요?"

"알구말구요."

"우리 그거나 부르고 기분을 고칩시다. 일본노래지만 조용히 부르면 되겠지."

동식과 문자는 조용히 그 노래를 불렀다. 동경과 서정이 얽혀 가락이 되고 가사가 된 듯한 그 노래! 노래가 끝난 뒤 문자가 말했다.

"소녀 때 우린 이 노래를 동경을 담은 기쁨으로써 불렀어요. 그런데 지금 이 노래를 부르니 마냥 슬프기만 하네요."

그럴 것이라고 생각했다. 문자가 그 노래를 배웠을 땐 마산 오동동 술집에서 술을 따르는 신세가 될 줄이야 몰랐을 것이니 말이다.

부자는 한 손으로 오영제의 팔을 안고는 수줍게 웃고만 있었다. 동식이 물었다.

"부자 씬 오 형사가 그렇게 좋아?"

"좋아요."

서슴없는 부자의 대답이었다.

"형사 노릇을 하는 사람이 그렇게 좋아?"

"아닙니다. 오영제 씬 형사 같지가 않아요. 가끔 만나지만 그런 티를 조금도 내지 않아요. 겸손하기도 하고······."

문자가 부자를 대변한 셈이었다. 그런 탓만이 아니라 동식은 이종문을 통해서 오영제를 출세시켜주고 싶은 마음을 갖기에 이르렀다. 좋은 사람일수록 영향력 있는 자리를 차지해야 한다고 생각했기 때문이다.

통행금지 시간이 다 되어서야 두 사람은 오동동 그 술집을 나왔다. 문자에게 대한 뭔지 아쉬운 감정이 남았지만 도리가 없었다.
 어두운 골목을 걸어나오며 우익이니 좌익이니 하는 문제보다도 가난이 가장 절실한 문제란 얘기를 주고받았다.
 "무엇보다도 귀환동포가 문제구먼."
 동식이 말하자
 "귀환동포를 돕기 위해 무슨 조직을 만들기만 해놓으면 좌익이 파고들어 정치도구화하거나 사기꾼이 덤벼 이권도구화하기 때문에 탈이라."
고 오영제는 한탄했다.
 바래다준다고 따라온 오영제를 동식은 집 안으로 맞아들였다. 대청엘 올라서며 오영제는 중얼거렸다.
 "15년 전에 한번 와볼 뻔하던 집이구먼."
 차를 내오라고 한 다음 동식이 벼르고 있던 말을 꺼냈다.
 "이승만 대통령을 아버지로 모시고 있는 사람을 난 잘 알고 있어. 무식한 사람이지만 이승만 박사의 신임을 받고 있는 사람이거든. 자네가 원한다면 난 자넬 그 사람에게 소개해주고 싶어. 경사 노릇하는 것보다야 경위 노릇하는 게 낫지 않겠나, 어때?"
 "그렇게만 될 수 있다면야……."
하고 오영제는 싱글싱글 웃었다.

"그런데 조건이 있어."

"뭔데?"

동식은 쑥스러운 느낌이 들었지만 다음과 같은 말을 해보지 않을 수 없었다.

"어디까지나 관대한 경찰관이 되어주었으면 해. 자네의 힘으로 되도록이면 사람이 덜 상하고, 사람이 덜 죽도록 노력하는 그런 경찰관 말이다. 좌익이라고 해서 무조건 미워할 것이 아니라 가능한 한 개과천선 하도록 노력하고 설사 개과천선을 안 하더라도 벌을 너그럽게 하도록 마음을 쓰는 경찰관이 되어달란 말이다."

"이군의 뜻을 잘 알겠네, 그러나 그게 어디 쉬운 일이겠는가."

"쉬운 일이 아니니까 부탁하는 것 아닌가. 우리 쉬운 일은 피하고 어려운 일을 하자꾸나. 경찰관이 요즘 어떻게 하는지 잘 모르지만 너무나 편리주의에 치우쳐 있는 게 아닌가 싶어. 뭐든 편리하게 처리하려고 하니까 무리한 일이 생겨나는 것 아닐까. 나는 학문을 하는 사람인데 편리주의를 갖곤 절대로 학문이 되질 않데. 경찰도 그럴 것이라고 생각해. 공산당을 반대하는 경찰행동이 공산당이 쓰는 무자비한 수단을 닮는다면 그 명분이 어디에 있겠는가 말이다. 공산당이 나쁘다는 것은 공산당은 목적을 위해선 수단과 방법을 가리지 않는 데서가 아닌가. 그런데 공산당과 같은 수단을 쓴대서야 말이 되겠는가?"

동식이 말하는 도중에 오영제가 피식 웃었다.

"왜 그렇게 웃지?"

"이군은 먹느냐 먹히느냐 하는 긴박한 정세를 모르고 있으니까 그런 말을 하고 있는 것 아닌가?"

"낸들 모를 까닭이 있나. 그런 긴박한 정세인데도 자네만은 민주주의의 이념에 투철한 경찰관이 되어주었으면 해서 하는 말이다. 나는 민주정신에 투철한 학자가 되겠다."

"노력을 하겠다. 낸들 포부가 없겠나."

"그럼 한 가지 일만은 약속을 해주어야겠다. 그래야만 나는 자신을 갖고 이승만 박사에게 추천할 수 있을 것 아닌가."

"뭔지 말해보게."

"어떤 일이 있어도 고문을 하지 않는 경찰관이 되겠다고 약속할 수 있어?"

오영제는 순간 심각한 표정으로 변했다. 말이 없었다.

"고문을 하지 않으면 자리를 유지할 수 없는 그런 경우엔 미련 없이 경찰을 떠날 수 있는 각오도 가져야 하는기라. 약속하겠어?"

오영제는 자기의 마음을 살피고 있는 듯 여전히 묵묵했다.

"자네만 고문을 안 하는 경찰관일 뿐 아니라 부하에게도 고문을 금하는 그런 경찰관이 되지 못하겠나? 내가 자네를 경찰고관으로 추천한데 대해 긍지를 가질 수 있도록 말이다. 나는 적어도 그와 그 부하가 고문을 하지 않는 경찰관을 추천했다고 자부할 수 있도록 말이다."

오영제는 새로 붙인 담배를 마저 피울 때까지 묵묵하다가 고개를 들었다. 그리고 조용히 말했다.

"약속하겠네."

동식은 오영제를 보내고 난 뒤 이종문에게 간곡한 편지를 썼다.

하나의 훌륭한 경찰관을 만들어낸다는 것이 사회에 얼마나 중요한 일인가를 역설하고 15년 전의 회상까질 들먹여 승진과 아울러 책임 있는 자리를 차지할 수 있도록 부탁한다는 요지의 편지다. 그리고 확답을 받는 대로 오영제를 데리고 상경하겠다는 뜻도 아울러 밝혔다.

몇 핸가를 지나 이동식은 이날 밤의 일을 기막힌 감회로써 회상하게 된다. 교사로서 설교벽이 몸에 밴 탓은 있었겠지만 형사가 되어 있는 친구를 15년 만에 만난 자리에서 민주경찰관이 되라느니, 고문 안 하는 경찰관이 되겠다고 약속하라느니 한 언동은 이동식의 성격으로 봐서 쉽게 이해될 수 있는 일이 아니다. 그런 만큼 동식 자신도 쑥스러운 얘기를 했다는 씁쓸한 뒷맛을 당분간 지울 수 없었다.

그런데 그 후 이동식은 이러한 일이 있었기 때문으로밖엔 풀이할 수 없는 사연에 의해 자기의 생명을 구하는 국면에 부딪히게 되었던 것이다.

7

우리 정부가 섰다는 기분은 단정이기는 하나 그것을 밝은 면으로 보려는 감정의 빛깔일 것이고, 반동집단이 교두보를 차지했다는 기분은 단정을 어두운 면으로 해석할 수밖에 없는 감정의 빛깔일 것이다.

마찬가지로 이승만을 우리의 대통령으로 숭앙하는 기분이 있는가 하면, 반동의 원흉이 드디어 우리를 지배하려고 든다는 기분으로 이를 가는 무리들이 있는 것도 어찌할 수 없는 노릇이었다.

그러나 혼돈 가운데서 한 줄기 질서의 방향이 움트기 시작할 때 필연적으로 약간의 흥분이 따르게 마련이다. 그것은 가치질서에 대한 인간의 동경이기도 하다. 너무나 꽉 짜인 질서가 혼돈으로 기울어질 때와 마찬가지로 너무나 멸렬한 혼돈이 하나의 가치질서를 만들어내려고 할 때 사람들은 흥분하게 마련이다. 그것은 생명의 작용이기도 한 것이다.

생명의 작용은 오랜 혼돈을 견디어내지 못하고 동시에 너무나 꽉 짜인 질서도 견디어내지 못한다. 단정의 수립은 그 명분과 내용과 경위로

써보다도 혼돈에 싫증을 일으킨 생명의 작용에 힘입은 바 크다는 해석을 도외시할 수 없는 까닭이 여기에 있다.

하여간 정부수립 직후 일시적으로나마 들뜬 기분이 남한전역에 미만했다는 것은 부인할 수가 없다. 그 들뜬 기분이 사람들을 서울로 밀어올리는가보았다.

9월 10일 이동식과 오영제가 탄 열차도 이런 까닭으로 해서 초만원이었다. 동식과 영제는 마산에서 삼랑진까진 그래도 좌석의 가장자리에 걸터앉을 수가 있었는데 삼랑진에서 기차를 바꿔타고부턴 대구까진 줄곧 사람들 틈에 부대끼며 서 있어야만 했다.

그런데 동식 등과 같이 삼랑진에서 바꿔탄 사람들 가운데 세 사람의 노인이 있었는데, 하얀 옥양목 두루마기를 입은 그 노인들이 자리를 잡지 못해 이리 부대끼고 저리 부대끼고 하는 양이 민망스러웠다.

"이런 고생까지 하며 서울로 갈끼 뭐 있단 말인가?"
하고 한 노인이 투덜대면
"글쎄 말이다."
하고 다른 노인이 혀를 끌끌 차고
"그렇다고 돌아갈 수도 없는 것 아닌가?"
하고 또 다른 노인이 얼굴을 찌푸렸다.

동식과 영제는 그 노인들을 위해 어떻게든 자리를 잡아주려고 애썼으나 콩나물시루처럼 돼 있는 기차간에선 어떻게 할 도리가 없었다. 그래
"대구까지만 고생하시면 그때 꼭 자리를 잡아드릴 테니 조금만 참으십시오."
하는 말로써나마 그 노인들을 격려하지 않을 수 없었다.

오영제는 그 비좁은 틈을 부벼 이곳저곳을 다녀선 손님들의 행선지

를 알아내기에 애썼다. 그런 결과 어느 한 좌석이 대구에서 고스란히 비게 되는 것을 알곤 노인들을 그곳으로 데려다놓았다.

대구에서 정차했을 때 불가피하게 승강이가 있었다. 먼저 그 자리 근처에 있던 사람들이 대구 손님이 내리려고 하자 와락 달려드는 것을 오영제가 거의 완력으로 막아버린 것이다.

승강이를 벌이고 있는 동안에 노인들은 자리를 차지했다. 동식도 앉고 영제도 앉을 수가 있었다. 그러나 미리 그 자리를 노리고 달려든 청년들이 영제를 붙들고 늘어졌다.

"우리는 부산에서부터 그 자리를 노리고 왔다. 그런데 새치길 하다니 그게 무슨 경우냐?"

고 한 사람이 따졌다. 건장한 골격으로 보아 힘깨나 쓰게 생긴 사람이었다.

"자리에 어디 표 찍어놨소?"

오영제의 응수는 다부졌다.

"뭐라고? 순서란 게 있잖아?"

또 하나의 청년이 덤빌 듯이 말했다.

"노인들에게 잡고 있던 좌석도 양보라도 해야 할 경우에, 왜 이러는 거요?"

오영제가 이번엔 침착하게 나왔다.

"노인들은 좋다고 하자. 헌데 당신은 왜 앉았지?"

"그렇게 된 걸 어떻게 하겠어."

오영제가 쓰게 웃으며 말했다.

"뻔뻔하군. 당신이 그렇게 뻔뻔스럽게 나온다면, 좋다."

하고 건장하게 생긴 청년이 오영제의 팔을 끌어 일으켜 세우려고 했다.

명암의 고빗길 79

지고 있을 오영제가 아니었다. 팔을 홱 풀어버리며,

"당신들이 뻔뻔스럽게 굴지만 않았더라도 내 자리쯤은 양보할 생각이었어. 그러나 이렇게 되곤 어림도 없다."

고 배짱을 부렸다. 그러자 두 사람이 한꺼번에 오영제의 목덜미와 팔을 잡았다. 그리고 한다는 말이

"이 새끼 어디서 굴러먹던 촌놈이야. 간이 배 밖에 나온 녀석이군."

하더니 와락 힘을 팔에 주었다.

오영제는 한 동작으로 그들의 팔을 뿌리치고 벌떡 일어섰다.

"이 자식들 해볼래?"

그때 노인 하나가

"자리를 갖고 그렇게 시비를 하니 바늘 방석에 앉은 것 같고마. 서서 가는 게 마음 편하겠다."

며 일어서려고 했다. 동식이 노인을 말리고 일어섰다. 그리고 영제를 보곤

"우리 자리를 비켜주자."

고 제안했다.

"안 돼. 절대로 안 돼. 이런 놈들에겐 양보할 필요가 없어. 자넨 가만 앉아 있게."

하고 여차하면 주먹을 휘두를 것처럼 폼을 잡으며 청년들을 노려봤다.

그때사 이곳저곳에서 그 청년들이 무례하다는 핀잔이 나오기 시작했다. 청년들은 오영제의 다부진 체구와 야무진 익살에 위압을 당한 데다 주위의 핀잔이 겹치고 보니 불리하다고 느꼈든지 하나 둘 비실비실 사람들 틈 사이로 빠져 나갔다.

이런 승강이가 있고 보니 한가하게 얘기가 오갈 수 없었는데 기차가

김천역을 지났을 무렵, 노인 가운데의 한 사람이 말을 걸어왔다.

"우리들 땜에 봉변할 뻔했소."

하며 말을 걸어왔다. 그것이 동기가 되어 피차의 말문이 터졌다. 오영제가 물었다.

"영감님들께선 어디 사시는 분들입니까?"

"우리는 하동 사요."

한 노인의 답이었다.

"서울구경 가십니까?"

오영제가 되물었다.

"이번 국회의원이 된 사람이 하두 서울구경 오라고 권해싸서 나선 길인디."

하고 아까의 그 노인이 말했다. 이어 주로 오영제와 그 노인 사이에 말이 오갔다.

"그 국회의원 이름이 뭡니까?"

"강달수란 사람이오."

"자격이 있는 사람입니까?"

"신학문을 한 사람은 아니오만 무던한 인물이오."

"일제 시대 독립운동이라도 한 사람입니까?"

"내놓고 독립운동을 한 사람은 아니지만 일정 때 깨끗하게 지낸 사람이오. 한학밖에 안 했지만 속이 탁 트인 사람이라고 할 수 있지."

"좋은 국회의원을 뽑아서 다행이군요."

"글쎄올시다. 두고 봐야지. 헌데 젊은이는 어디에 사시오?"

"나는 마산 삽니다."

"마산에선 어떤 국회의원을 뽑았소?"

명암의 고빗길 81

"권태욱 씨란 분입니다."

"어떤 인물인데요?"

"선거 전까진 잘 알려지지 않은 사람인데 뜻밖에 그 사람이 뽑혔죠."

"그럼 자격이 없는 인물인가요?"

"뽑힌 게 자격이 아니겠습니까?"

"천운이 없어가지고야 안 되는 법이니까. 젊은이 말 잘했소. 뽑힌 게 자격이지."

"그, 영감님네 군에서 뽑혔다는 분, 강달수 씨란 사람은 부잡니까?"

"부자랄 순 없지. 그저 논 스무 마지기 정도 갖고 있는 자작농이오."

"그럼 쓸 돈도 없었겠네요."

"돈을 쓰다니. 우리 군에서도 돈 쓴 사람이 더러 있긴 했지만…… 돈 갖구 어림이나 있소? 근처도 다 그랬소. 진주선 이강우란 분이 나왔는데 이분도 가난한 사람이오. 산청에서 나온 이병홍이란 사람도 그렇소. 돈 많이 쓴 사람치고 우리 지방 근처에서 국회의원이 된 사람이라곤 없소. 마산의 권씨는 돈을 많이 썼소?"

"그분이야말로 빈털터리입니다. 우환동포라고 하는 귀환동포이니까요."

"그렇게 보면 우리 민도民度가 꽤 높다고 할 수 있지 않소? 돈이 맥을 추지 못하는 선거가 되었으니까요."

"그렇습니다."

"그런 점에서 나는 우리나라가 운이 있다고 보오. 운이 있으니까 그런 결과도 나온 기라요."

"하동에선 선거방해 같은 건 없었습니까?"

"왜 없었겠소. 그러나 다 부질없는 짓이오. 민심이 천심인데 천심을 어떻게 막겠소."
 이런 말들이 오가는 것을 들으며 동식은 주위를 살폈다. 아까까지 무슨 얘기들을 하고 있던 건너편 좌석이 갑자기 조용해져 있다는 것을 동식이 부자연하게 느꼈고, 오영제의 두상을 내려다보는 위치에 기대선 30세 남짓한 사나이의 입언저리에 깔린 애매한 웃음이 마음에 걸렸다. 그 사나이는 금세 무슨 말을 할 것처럼 하면서도 그 충동을 애매한 웃음으로 억누르고 있는 것으로 보였다.
 "모처럼 선 우리 정부니까 앞으론 잘 커나아가야죠."
하고 오영제가 말하고
 "나라가 잘 될라몬 국회가 잘 돼야 하는긴디 그러자면 백성들이 국회의원을 잘 밀어줘야지."
하는 노인의 말이 있자, 그때 애매한 웃음을 띠고 있던 사나이가 불쑥 입을 열었다.
 "어떻게 하는 것이 국회의원을 잘 밀어주는 겁니까?"
 엉뚱한 곳에서 말이 나오자 노인은 약간 당황해 하더니
 "옳은 일을 하도록 권하고, 빗나가는 일이 없도록 깨우쳐주는기 밀어주는 것 아니겠소?"
하고 덤덤히 말했다.
 "옳은 말씀이오. 꼭 그렇게 해야죠."
 그 사나이는 제법 여유 있게 이렇게 말해놓고 다시 물었다.
 "그럼 구체적으로 어떻게 해야 하는 겁니까? 그저 옳은 일을 하라, 빗나가지 말라는 얘기는 너무나 막연하지 않습니까?"
 "구체적인 것은 차차 보아야 되겠지. 지금은 시작인께 뭐라고 할 수 없지."

노인은 대답이라기보다 혼잣말처럼 중얼거렸다.

"지금 당장 중요한 일이 있습니다. 국회의원을 옳게 지도하려면 지금부터 시작해야 합니다."

그 사나이는 단언적으로 말했다. 오영제의 긴장하는 표정이 동식의 눈에 역력하게 보였다. 영제가 노인의 말을 가로맡았다.

"지금부터 뭣을 시작해야 합니까?"

사나이는 제법 신중한 태도를 꾸미고 말을 시작했다.

"아시다시피 지금 우리에게 가장 중요한 문제는 남북의 통일, 통일정부의 수립입니다. 이 방향에 반대되는 방향은 뭐든 나쁜 일입니다. 이 문제를 두곤 좌우익이 있을 수 없습니다. 가장 완고한 민족주의자라고 할 수 있는 김구 선생을 보십시오. 그분은 양심이 있으니까 단정수립에 반대한 것입니다. 그분이 좌익이 좋아서 좌익의 의견에 동조하신 건 아닙니다. 국토의 분열, 민족의 분열이 얼마나 큰 비극이며 앞으로 큰 화근이 된다는 것을 알기 때문에, 통일정부가 아닌 정부는 어떠한 형태의 정부도 원치 않으며 그런 정부를 인정해선 안 된다고 하시는 겁니다."

"그래서요."

오영제는 그런 길다란 말을 듣고 있기가 지루하다는 듯 결론을 재촉했다. 동식이 오영제에게 그 사람의 얘길 찬찬히 들어보라는 뜻으로 발끝과 눈짓으로 신호를 보냈다.

"그러니 결론은 빤하지 않습니까. 나라를 위하겠다고 나선 국회의원이면 하루빨리 통일이 되도록 의견을 모으는 일이 가장 중요합니다. 바람직한 것은 국회의원 전원이 통일정부수립을 준비하는 일 이외의 일은 절대로 안 하겠다고 굳은 결의를 표명하는 일입니다. 서투른 헌법을 만들 것이 아니라 통일의 방안을 먼저 연구했어야 하는 겁니다."

"곧 통일하기가 어렵다고 해서 남한만이라도 정부를 세우자고 하고 그래서 정부를 세운긴디, 당신 말 들어본께 정부를 세우기 이전의 상태로 돌아가자는 얘기네요."

어이가 없다는 듯 노인이 한마디 했다.

"잘못 되었으면 도리가 없는 것 아니겠소. 단정이 정 통일에 방해물이 된다는 것을 뒤늦게라도 알았으면 해소하는 방향으로 가는 것이 가장 애국적인 행동이 아니겠소?"

사나이의 말에 흥분한 투가 섞였다.

"들은께 이북에도 단독정부를 세웠다고 합디다."

노인도 만만치 않게 맞섰다.

"그건 남한에서 단정을 세웠으니까 대항상 만부득이한 노릇입니다. 만일 남한이 단정을 해소한다면 이북에서도 당장 해소할 용의가 있을 겁니다."

"김일성의 속을 우찌 그렇게 잘 아요?"

노인은 빈정대는 투가 되었다.

"원칙이 그렇게 되어 있으니까 단언할 수가 있죠."

"그럼 왜 김구 선생이 이북에까지 협상하러 갔을 때 전 민족이 만족할 만한 결론을 낼 수가 없었을까요?"

오영제의 말이었다.

"원칙적 합의는 이루어진 것 아닙니까? 그걸 이승만 일파가 뒤엎어 버렸죠."

덩달아 오영제가 무슨 말을 하려는 것을 동식이 또 잠자코 있으란 눈짓을 보냈다. 그런데 이편이 잠잠해버린 것을 그의 설득력의 승리로 안 모양으로 사나이는 자신만만하게 이런 소릴 했다.

"만일 이번 뽑힌 소위 국회의원들에게 일편의 양심이라도 있다면 역사의 올바른 진로를 개척할 순 없더라도 방해하진 않을 텐데, 벌써 하는 짓을 보니 글러먹었다는 인상을 씻을 순 없어요. 이렇게 나가다간 최악의 사태가 오지 않을까 그게 겁이 난단 말입니다."

"최악의 사태란 게 뭡니까?"

오영제가 물었다.

"몰라서 묻소?"

사나이는 싸늘하게 말했다.

"모르겠는데요."

오영제는 일부러 바보스러운 표정을 지었다.

"결단코 인민은 억눌린 채로 있진 않을 거란 얘기요."

"누가 인민을 억누르는데요?"

"반동들이지 누구겠소."

사나이는 태연하게 말했다.

"폭동이라도 일으키겠다는 말입니까?"

오영제의 말에 가시가 돋쳤다.

동식이 발끝으로 오영제의 정강일 건드렸다.

"폭동을 일으키는 게 아니라 폭동이 터져나오는 거죠."

당신들에게만 비밀을 알려준다는 식으로 사나이는 나직이 말했다.

오영제는 속이 뒤집혀 견딜 수가 없는지 몸을 비비꼬았다. 그러나 동식의 견제로 입을 다물었다. 노인들도 사나이의 말에 지친 듯 눈을 감고 잠을 청하고 있었다. 아무도 상대를 안 하자 사나이는 동식을 향해 말을 걸었다.

"형씨는 이번 선거에 출마한 인간들을 어떠한 족속들이라고 생각합니까?"

동식은 잘 모르겠다고 얼버무려볼까 했으나

"글쎄요. 나름대로의 포부를 가지고 있는 사람들 아니겠습니까?" 하는 온당한 답을 했다.

"포부라구요?"

사나이는 시니컬하게 웃곤

"사기꾼의 야심을 포부랄 수가 있으면 그들도 포부를 가졌겠죠." 하고 덧붙였다. 그러자 잠을 청하고 있는 듯 눈을 감고 있던 노인 하나가 번쩍 눈을 떴다.

"젊은 사람, 말을 그렇게 함부로 하지 마소. 우리 군에서 뽑은 강달수 씨는 사기꾼이 아니오."

"사기꾼이 아닌 사람이 한둘은 있겠죠."

사나이는 여전히 냉소를 머금은 채 말했다.

"진주에서 뽑힌 이강우 씨는 애국자요. 독립운동을 한 사람이오. 산청에서 뽑힌 이병홍 씨도 독립운동을 한 애국자요. 사천에서 뽑힌 최범술 씨도 애국운동을 한 사람이오. 내 아는 대로는 사기꾼은 하나도 없소."

노인은 흥분을 가누지 못해 몸을 떨기조차 했다. 나머지 두 노인도 눈을 뜨고 사나이를 노려봤다. 그러자 사나이는 늠름하게 이런 말을 했다.

"기왕에 어떤 행동을 했든 그건 문제가 되지 않는 겁니다. 생각해보시오. 민족의 분열을 항구화하려는 단정의 음모에 가담해서 이득을 보려고 국회의원에 출마한 사람들의 사상을 건전하다고 할 수 있습니까? 민족의 장래야 어떻게 되었든 자기들만 호사를 하면 된다는 그런 사고방식을 가진 자들이 사기꾼 아니고 뭡니까? 허기야 그 속에 들어가서도 제정신 똑바로 채리고 단정을 반대하는 운동을 하는 사람이면 또 모르지만 선거 이후 석 달 동안 그들이 하는 짓을 보니 어림없습니다. 그들에겐 반쪼각의 양심도 없어요. 민족주의라도 김구 씨와 김규식 씨를 본받을 수 있는 민족주의면 좋아요. 그런데 석 달 동안 한 짓이 뭡니까? 영감님들 서울에 가시거든 국회의원들 만나는 대로 얘길 하십시오. 정신 뜯어고치지 않으면 훗날 민족반역자의 낙인이 찍힐 것이라구요. 그들의 죄는 친일파의 죄, 유가 아닙니다. 모처럼 얻은 해방의 기회를 짓밟았으니까요. 어떠한 변명도 허용될 수 없습니다. 기왕의 일이 문제가 아니라 오늘의 행동이 중요한 겁니다. 그런 뜻에서 나는 그들을 사기꾼이라고 하는 겁니다."

"당신은 뭐길래 그런 대단한 소릴 하는 거요?"

더 이상 참을 수 없다는 듯이 오영제는 몸을 일으켜 정색을 했다. 동식이 거듭 그 정강이에 발끝을 갖다댔으나 아랑곳하지 않았다.

"내가 뭐냐구요?"

사나이는 능글능글하기까지 했다.

"나는 김구 선생과 김규식 선생을 숭배하는 민족주의자요."

김구와 김규식의 이름을 들먹이기만 하면 호락호락 침범하지 못할 것이란 전제가 풍겨 있는 말투이기도 했다.

"꼭 그렇다면 가만히 있으시오. 김구 선생도 요즘 가만히 계시지 않소?"

오영제가 뱉듯이 말했다.

"김구 선생, 김구 선생 하는데 이승만 박사가 김구 선생만 못하단 말이오?"

노인 하나가 울분을 가라앉힐 수 없다는 듯 말했다.

"이승만요? 그잔 민족분열의 원흉이오. 일제 시대 독립운동을 했다지만 미국이나 유럽을 돌아다니며 호강이나 했지 뭐 대단한 일을 한 줄 아시오? 역적과 애국자를 혼동하지 마시오."

"당신 뭐라고 했지?"

하고 오영제가 일어섰다.

"국가의 원수를 그렇게 모욕할 수가 있소?"

동식이 오영제를 끌어 앉혔다.

"대단한 소릴 듣겠군. 국가원수 모욕죄로 고발이나 할 텐가요? 이승만이 무슨 천황폐하나 되는가부지? 원수 모욕죄가 없어서 미안하게 됐소."

사나이는 차 내에 자기를 지지하는 사람이 많을 것으로 믿고 있는 여유 있는 태도로 이렇게 말하고 껄껄 웃었다. 그리고 또 뭐라고 말하려는 것을 동식이

"영감님들 주무셔야 할 테니까 토론을 그만하는 게 어떻겠소?"

하고 넌지시 말해 막았다.

오영제에게도 눈을 감으라고 했다. 밤은 꽤 깊어 있었다. 기차는 추풍령 가까이를 달리고 있는가보았다.

8

서울역에 도착한 것은 아침 여덟 시였다. 하동에서 왔다는 노인들은 마중나온 사람들에게 맡겨놓고 동식과 영제는 개찰구를 빠져나왔다.

"아, 여기가 서울이고나."

역사 앞에 서서 거기서부터 전개된 서울의 거리를 두리번거려보며

영제가 한 소리다.

"너, 서울이 처음이냐?"

고 동식이 물었다.

"언제 와볼 짬이 있었어야지."

영제의 수줍은 답이었다. 동식은 그런 영제를 데리고 남대문을 향해 걸었다. 걸으면서 동식이 말했다.

"난 자네가 그 사람을 체포하려고 들지나 않을까 해서 은근히 겁을 먹었다."

그 사람이란 어젯밤 기차간에서 이승만과 국회의원들에게 욕을 퍼부은 사람을 말한 것이다.

"내가 그렇게 서툰 형산 줄 아나? 그 속에 어떤 놈이 섞여 있을 거라고 그놈을 체포하려고 들어?"

그리고 덧붙인 말은 이랬다.

"그렇게 대중 앞에서 떠벌이는 놈은 별게 아닌기라. 고의적으로 대중을 선동하는 전술을 맡은 놈이 있기도 한 모양인데 대개 그런 건 피라미 같은 놈들인께. 그리고 단독행동을 하지 않는기라. 만일 그놈이 당의 지령을 받고 있는 놈이라면 적어도 그 찻간엔 그놈의 동류가 서너 명은 있었을기거만."

남대문을 가까이로 하자 오영제는 잠시 걸음을 멈췄다. 그리고

"아닌 게 아니라 남대문이라 써붙여놓았구나."

하고 웃었다.

서울에 와본 사람은 남대문에 남대문이라고 써붙여놓진 안 했더라고 하고, 서울에 와본 적이 없는 사람은 남대문엔 남대문이라고 써붙인 현판이 있다고 우기는 바람에 서울 안 와본 사람이 이겼다는 얘기가 시골

엔 있다. 오영제는 그 얘길 상기한 것이다.
 남대문을 돌면 소공동 이종문의 집까진 지척이다. "어디서 아침 요기나 하자."는 오영제를 동식은 곧바로 이종문의 집으로 안내했다. 아침이 아니면 종문일 만나기가 힘들기 때문이었다.
 그런데 동식은 소공동 이종문의 집, 현관에 이상스런 종이쪽지가 붙어 있는 것을 발견했다. 쪽지엔 다음과 같이 씌어 있었다.

 이종문 씨를 면회하실 분은 다동에 있는 태동여관으로 찾아가시오.

 그럼 이사를 했단 말인가 했지만 동식은 일단 벨을 눌러보았다.
 현관문이 열리고 김춘동의 얼굴이 나타났다.
 "나는 이사를 했나 했지. 이 사장 계시나?"
하고 동식이 물었다.
 "이 사장님은 안 계시고 아주머닌 계십니다. 들어오시죠."
 춘동이 생글생글 웃었다.
 동식이 영제를 현관방에 두고 차 여사가 기거하는 안방으로 갔다. 차 여사는 동식을 반겨 맞았다.
 "아주머니, 어떻게 된 겁니까?"
 동식의 뇌리로 혹시 이혼한 것이 아닐까 하는 생각이 스쳤다.
 "이리로 앉으세요."
하고 차 여사는 웃음을 머금고 다음과 같은 설명을 했다.
 "감당할 수 없을 만큼 손님이 찾아오지 않겠어요? 주로 시골에서요. 그래 그이가 꾀를 낸 거예요. 여관을 차리면 귀찮은 손님 치송 안 해도 되구, 그 대신 돈도 벌게 되구 할 거라구요. 일거양득이라고 하면서 여관을 하나 산 거예요. 그이는 그 여관에 있어요."

동식은 웃었다. 미상불 이종문이 냄즉한 꾀라고 할 수 있었다. 차 여사는 동식이 마산에서 올라오는 길이란 사실을 알자 식모에게 아침식사를 준비시켰다.

"이 사장이 어딜 나가시면 곤란한데요. 사람을 하나 데리고 왔는데."
하고 동식이 사양을 했으나

"김군에게 전화를 걸게 할 테니까 안심하고 식사나 드시고 가세요."
하며 차 여사는 동식을 만류했다.

태동여관을 찾긴 그다지 힘들지 않았다. 다동 골목의 들머리에 일본집을 개조한 3층건물이 태동여관이란 큰 간판을 달고 있었다. 현관에 들어서자 동식이 언젠가 인사한 적이 있는 안성조란 청년이 기다리고 있었다는 듯이 동식을 이종문의 방으로 안내했다.

병풍을 둘러친 벽 보료 위에 이종문이 제법 점잔을 빼고 앉아 있더니 동식이 들어서자 얼른 일어서선,

"아이구, 우리 대학교수님이 오시는구나."
하고 동식의 손을 잡고 보료 위에 앉혔다.

오영제와의 첫 인사가 있었다.

"이 교수 편지를 통해 잘 알고 있었소. 편하게 앉으시오. 나는 이 교수 말이라쿠몬 꼼짝을 못합니다."
하는 등 수선을 피우더니

"쇠뿔은 단김에 뺀다고 무슨 벼슬을 하고 싶은지 말해보소."
하고 껄껄 웃었다.

"오군은 지금 경사니까 그리 알고 승진도 되게 할 겸 좋은 자리에 있도록 부탁합니다."

얼떨떨해 있는 오영제 대신 동식이 말했다.

"아직 젊지만 경찰서장 한본 해보지 뭐."

종문이 아무렇지 않게 말했다.

"지금 제 계급은 경삽니다. 경사가 어디 경찰서장이 될 수 있습니꺼?"

오영제가 얼굴을 붉히고 말했다.

"허 참, 젊은 사람 배포가 그리 작아갖고 우쩔끼요? 이왕 경찰관으로 나섰을 바엔 경찰서장쯤 해야지."

"계급엔 순서가 있는 겁니다."

동식이 웃으며 한마디 보탰다.

"내가 무식하다고 해서 계급에 순서가 있다는 것쯤 모를라고. 그런 것 다 알고 하는 소린 기라. 그럼 꼭 순서를 밟아야 한다는 긴가? 경사 다음은 뭐꼬?"

"경웝니다."

오영제가 공손히 말했다.

"그 다음은?"

"경감입니다."

"그 다음은?"

"총경입니다."

"서장이 될라몬 무슨 계급이라야 되노?"

"총경이라야 합니다."

"그라몬 앞으로 세 층은 더 올라야 하는 것 아니가?"

"그렇습니다."

"제기랄, 그랄라몬 손자 환갑을 기다리는 꼴 아니가?"

종문이 혀를 찼다.

"시골서 서울 올라몬 걸어서 한 달이 걸릴끼다. 그런디 기차를 타몬 하루면 되는기라. 비행기를 타몬, 안 타봐신께 모르긴 하지만 서너 시간이몬 될끼 아닌가배. 우리는 그런 식으로 하자쿠는기라."

"글쎄, 그게 식은 죽 먹듯 되는 일입니까?"

하고 동식이 웃었다.

"허 참, 그럴 재간도 없으면서 내가 뭐 할라꼬 오군을 올라오라 캤겠노? 경사를 경위시킬 배야 제자리에 앉아서도 될 것 아닌가?"

"그러나 이 계급 특진이란 것은 어려운 일입니다."

오영제는 시종 공손한 태도를 보이며 말했다.

"하여간 이 계급 특진이고 삼 계급 특진이고 간에 싫지는 않지?"

이종문이 돌연 위엄을 부리며 말했다.

"싫진 않습니다만."

오영제는 얼굴을 붉혔다.

만일 동식으로부터 사전 설명을 듣고 오지 않았더라면 영제는 이종문을 정신이상자라고 생각할 판이었다.

"그럼 됐어. 붓으로 이력서를 근사하게 써가지고오소."

"뭣이 됐다는 말입니까?"

동식이 물었다.

"이력서만 근사하게 써가지고오면 다 된단 말 아닌가."

이종문이 빙그레 웃었다.

"이력서야 국민학교 졸업한 것밖에 없는데 근사하게 쓴다고 해봤자……."

하고 오영제는 머릴 긁었다.

"근사하게 써오란 말은 근사하게 꾸미란 이야기 아닌가배? 대학을 나왔다고 쓰몬 될 것 아닌가배?"

"안 나온 대학을 어떻게?"

동식이 어이가 없어 웃었다.

"허 참, 사람들이 이렇게 퉁퉁 맥히갖고 우쩔낀고 모르겠다. 중국 갔다온 사람은 장군, 미국 갔다온 사람은 박산데 가만히 국내에 있던 사람은 안 나온 대학쯤 나왔다고 한들 그게 우떻단 말이고? 일본놈들 하고는 교통도 없읭께 뒷걱정 붙들어 매고 제국대학쯤 졸업했다고 쓰몬 될 게 아닌가? 그래만 놓으몬 경찰서장 하나는 얻어 걸치는기라."

동식이 오영제의 표정을 살폈다. 오영제도 동식을 보았다.

"그라고 말이다. 마산경찰서에 있었다캤지? 거겐 사표 내비리란 말이다. 경사 했다캐노몬 아까 말대로 기껏 경위밖엔 안 되는기라. 승진을 할라쿠는기 아니라 특채를 할라쿠는 긴께."

동식과 영제는 그때사 이종문의 배짱을 알았다.

이종문이 계속 너털웃음을 웃으며 하는 소리는 이랬다.

"내 이 교수의 편지 받고 아부지에게 얘기해놨어. 대학교를 나온 우수한 인재가 있는디 빨갱이 잡는 선수이기도 하다고 말이다. 그렇게 경찰서장 자리 한 개 달라꼬 부탁을 했어. 좋다고 하셨어. 내무부장관 불러갖고 하시는 말씀이 이종문이가 훌륭한 사람을 천거한다고 하니 경찰서장을 시키라고 아부지께서 말씀이 계셨단 말이다. 그렇께 오늘이라도 우편으로 사표를 내비리란 말이다. 본서방이 원수라는 말이 노름쟁이 문자에도 있는긴디, 경사 하고 있다는기 알려지몬 10년 공부 나미아미타불이 되는기라."

오영제는 어안이 벙벙한 모양이었다. 그러한 오영제를 보며 종문이 명령하듯했다.

"쇠뿔은 단숨에 빼야 하는기라. 오군은 나가서 이력서를 써오소. 근방에 대서소가 있을긴께. 무슨 대학이라도 좋은게 대학을 나왔다는 이력서를 써와요. 오늘 오후에라도 가서 사령장 맡아다 줄낀께."

하여간 우선은 종문이 시키는 대로 할 수밖에 없었다. 동식이 오영제와 일어서려고 하자 종문이 버럭 고함을 질렀다.

"경찰서장 될라고 이력서 쓰러가는디 대학교수까지 거동할 건 뭐 있노? 오군 혼자 가서 써와요. 이동식 교수는 여기 있고. 내 할 말이 있거만."

그러고는 벨을 눌러 아이를 부르더니

"이분 모시고 근방에 대서소 없는가 찾아봐라."

고 시켰다.

오영제가 나가고 두 사람만 남았을 때 종문은 장난꾸러기 같은 표정을 지으며 동식에게 말했다.

"경찰서장쯤 시켜놔야 부려먹을 수가 있지, 말단 순사 시켜봐야 무슨 소용이 있겠나?"

"아직 젊은데 경찰서장을 해낼까요?"

동식이 사실 불안했다.

"허 참, 춘향 남편 이 도령이가 몇 살에 암행어사 했는가? 스무 살도 안 돼서라네. 그 사람 골상 봤더니 가무잡잡한 게 다부지더라. 경찰서장 아니라 그 하래비라도 해묵겠다. 그라고 장이라쿠는기 제일 하기 쉬운 거 아니가. 아랫놈들 시키면 되는긴께. 눈치만 있으몬 그만이라. 날 보고 장관 하라쿠몬 당장 하겠더라. 아랫놈 불러놓고 오늘 해야 할 제일 중요한 일이 뭣꼬 하고 묻고, 또 다음은 뭣꼬, 하는 식으로 물어갖곤 약간 눈치를 부려 이놈, 제일 중요한 건 네가 들먹인 셋째다. 그런디 어찌 그것을 셋째에 들먹이는고 하고 한두 번 호랭이를 잡아놓으면, 이크, 우리 장관은 보통이 아니라고 절절 맬 것 아닌가."

동식이 폭소를 터뜨리지 않을 수 없었다.

"왜 웃노? 내 말이 틀렸단 말인가?"

"아닙니다, 하두 그럴싸한 말이라서 웃는 깁니다."

종문은 이어 장관이란 게 별게 아니더란 얘길 했다.

국무총리는 얼굴을 찌푸리고만 있으면 위엄이 서는 것처럼 착각한 사람으로 보이더라는 것이고, 내무장관은 장관 하느니보다 유성기를 틀어놓고 춤 가르치는 선생 했으면 어울릴 것이고, 문교장관은 막대기를 삶아먹었는지 빳빳해서 부러질까봐 겁나더라는 것이고, 재무장관은 전당포 주인 했으면 제격이더란 것이고, 사회장관은 엿도가 주인 같더라는 것이고, 농림장관은 털털해서 노가다 십장 했으면 어울릴 사람이라고 익살을 부리며 종문이 웃었다. 그러곤 덧붙였다.

"뭐니뭐니해도 장택상 외무장관만이 장관 관록이 있더마."

"장택상 씨와 친하니까 그렇게 보이는 모양이죠?"

"그런 것도 있겠지. 그런데 알고도 모를 일이라. 내 생각으론 장택상 씨가 내무장관을 하고 지금의 내무장관이 외무장관 했으몬 좋겠던데 와 그래놨는가 모르겠어."

"그럼 이승만 박사에게 직접 물어보시면 될 게 아닙니까?"

"물어봤지."

"그래 뭐라고 합디까?"

"무슨 말씀인지 분간 못할 말씀을 하시는기라."

"무슨 말인데요?"

"창랑은 경찰을 너무 잘 알아. 윤은 외교를 너무 잘 알구. 이러신단 말이다. 그렇다면 경찰을 잘 아는 창랑을 내무장관으로 하고, 외교를 잘 아는 윤씨를 외무장관으로 해야 할 것 아닌가? 그 말씀 들은께 더 이상해지더란께 그러나 자꾸 물어볼 수도 없고……."

동식이 그 말을 다음과 같이 해석해보았다.

"장택상 씨는 경찰을 너무나 잘 아니까 내부에 사당私黨을 만들 염려가 있고 시키는 대로 안 할 경우도 있을 것이니 그걸 생각해서 내무부 장관에 앉히지 않았다는 말씀이구요, 윤씨가 외교를 너무 잘 안다는 말은 역시 외교를 잘 알기 때문에 엉뚱한 재주를 부릴 염려가 있다는 뜻일 겁니다. 만사를 자기 뜻 그대로 시행해야 하는데 너무 잘 아는 사람은 자기나름의 판단으로 시키는 대로 안 할 경우를 예상할 수 있지 않겠습니까? 그런 뜻에서 그런 인사를 했다고 나는 생각하는데요."

듣고 있더니 이종문이 무릎을 탁 쳤다.

"옳거니. 이 교수 말 그대로다. 역시 유식한 사람은 달라. 오늘부터는 내 이군을 박사라고 불러야겠구만."

"제발 그 박사 소린 빼십시오. 미국에 갔다 온 사람은 모두 박사라면서요? 이 교수도 싫고 나는 이군 그대로가 좋습니다."

"그래도 그럴 수가 있는가."

이종문은

"마음 내키는 대로 좋은 자리에 앉게 할낀께 정부에 들어가 일을 해보도록 해요."

하고 권하기 시작했다.

"자꾸 그런 말 하면 갈랍니다."

동식이 일어서려고 하자 종문이

"내 다신 그런 말 안 할께."

당황하며 동식을 붙들었다. 이때 밖에서

"사장님 오늘 접견은 어떻게 하시렵니까?"

하는 말이 있었다.

"오늘 접견은 없다. 전부 내일로 미뤄라."

이종문은 이렇게 고함을 질러놓고

"사람 만나는 것도 여간이 아니라."

하고 동식에게 웃어보였다.

"만날 사람은 만나야죠."

동식이 은근히 말했다

"내가 필요해서 만날 사람은 하나도 없어. 그런께 하루라도 미루는 게 여관으로 봐선 덕이거든. 여관이나 수지를 맞춰야지."

종문이 설명하는 바에 의하면 1, 2층 합해 객실이 서른두 개가 있는데 자기를 만나러 오는 사람으로 매일 꽉꽉 찬다는 것이었다.

"매일 2만 원 순수입이 있은께. 그 재미로도 만나주는기지."

"이 사장, 2만 원 정도를 문제삼는 것 보니 조금 사람이 작아지신 것 아닙니까?"

2만 원이면 웬만한 월급쟁이 한 달 월급을 넘는 액수였지만 동식이 이렇게 말해보았다.

"2만 원이면 푼돈이지만 현금 아닌가배. 매일 현금으로 순수입이 2만 원씩 들어온다는 건 대단한기라. 몇 달 안 가서 집값이 빠질 판인디, 안 그래?"

"요즘 토건회사는 어떻게 돼 있습니까?"

"목하 개점휴업 아닌가. 임형철이란 놈에게 맡겨두고 있는디, 그놈이 또 모사라서 잔뜩 경계는 하고 있지. 정부가 궤도에 올라서면 공사란 공사는 죄다 도맡을 참인게."

"그러자면 회사의 규모를 꽤 키워야 하겠네요."

"모르는 소리 말게. 내가 직접 하는가? 왜말로 와, 시타우께라쿠는 거 안 있나. 우리말로 뭐라쿠더라? 아, 하청이재. 전부 하청을 주고 나는 꿀만 빨아묵을 것 아닌가배."

동식은 화제를 바꿔 대강 어떤 사람이 찾아오냐고 물어보았다.

"별놈 다 오거만."

이종문이 빙그레 웃고 한다는 소리가

"간혹 이권이나 사업관계로 오는 사람도 있지만 대개가 감투 쓰려고 오는 놈들이라. 경찰관 시켜달라, 도청서기 시켜달라, 군청서기 시켜달라쿠는 피라미 같은 놈들도 있지만 나는 그런 것 상대 안 해. 도청관리면 과장 이상 군수, 중앙청이면 계장 이상을 바라는 놈들만 상대로 하지. 그래 정가를 붙여놨어. 경찰서장 할 놈은 50만 원, 군수 할 놈은 30만원, 중앙청 과장은 50만 원, 도청 과장은 30만 원……."

하는 따위로 엉뚱했다.

"돈을 받는다는 건 곤란한 일 아닙니까?"

동식이 얼굴을 찌푸렸다.

"이 사람, 무슨 소릴 하는고? 나도 처음엔 돈 같은 건 받지 않고 좋은 사람만 골라 천거할라꼬 안 했나. 그런디 그래갖곤 끝도 갓도 없어. 이놈이 나은지 저놈이 나은지 모르겠고 말이다. 그래 에라 돈이나 받자, 하는 마음으로 바꿨어."

"돈을 받으면 법에 걸립니다."

"내가 어린앤 줄 아나?"

하고 이종문이 일어서서 맞은편 쪽 벽장문을 열었다. 거긴 먼지를 덮어쓴 사기그릇이 잔뜩 채워져 있었다.

"그거 뭡니까?"

"전부 골동품이라네."

"골동품이라구요?"

동식이 일어서서 그것을 집어보려고 했다.

"볼 것 없어. 시골장에 가면 1, 2원으로 살 수 있는 사기그릇인께."

하고 종문은 벽장문을 닫아버렸다. 동식이 영문을 몰라하자 이종문이 설명했다.

"100만 원을 가지고 오든 50만 원을 가지고 오든 저 사기 그릇을 한 개씩 주는기라. 이를테면 골동품으로 판다, 그기라. 골동품값 얼마라고 영수증을 주고 말이다."

뇌물로써 돈을 받는 것이 아니라, 골동품 매매형식으로 한다는 건데 동식이 그래도 이해할 수가 없었다.

"그게 어디 통하겠어요? 만일 법률 문제가 되면 말입니다."

"나는 골동품을 팔았고, 상대방은 그걸 샀고, 그리고 매매계약서와 영수증이 있으몬 그만이지 법률이 어떻게 할끼고?"

그러면서 이종문은 매매계약서라는 것을 내보였다. 그 계약서의 내용엔 물건의 거래가 있고난 후엔 어떤 사정이 있든 절대로 이의를 제기할 수 없다는 단서가 붙어 있었다.

"이 모든 꾀를 이 사장이 직접 내신 겁니까?"

동식이 하두 이상해서 물었다.

"내가 그런 꾀를 내몬 조조이게? 임형철이란 놈이 낸 꾀 아니가. 우떤 사람이라도 어딘가 쓸모는 있는 기라."

동식은 임형철 같으면 낼 수 있는 꾀라고 생각했다. 그런 만큼 달갑지 않았다.

"그래 몇이나 감투를 씌워주었습니까?"

"그럭저럭 한 수물댓 될 꺼거만."

"돈만 가지고 오면 또나 캐나 감투를 씌웠다, 이겁니까?"

"그럴 수야 있나. 내가 관상을 보고, 이력서도 살펴보고, 필요에 따라선 구두심리 같은 것도 안하나."

동식이 정말 어이가 없었다.

"되는 대로 꾸며댄 이력서를 어떻게 살핍니까?"

"문창곡 씨와 성철주 씨가 챙겨보기도 하고, 그분들이 구두신문도 하고, 그래갖곤 결정을 짓는 기라. 새 정부의 일꾼을 천거하는디 형편없는 사람이면 되것나?"

"지금은 혼란기니까 이럭저럭 그런 일이 통할지 모르지만 곧 통하지 않게 될 겁니다. 그리고 그런 짓은 굉장히 추한 일입니다. 앞으로 정부공사를 도맡아 해서 큰돈을 벌 텐데 뭣 때문에 그런 추한 짓을 합니까?"

"추하다꼬? 천만의 말씀이다. 새 정부가 섰은께 일꾼은 있어야 할 것 아니가? 누가 추천을 해도 추천을 해야 할 것 아니가? 돈을 받으니까 추하다꼬 하지만 그 돈을 어디 내 혼자 묵나? 적당하게 노나 묵는기라. 무슨 핑계를 만들어갖고 높은 사람들에게 바치기도 하고 말이다. 새로 감투 쓴 사람들 대개 가난하더라이. 셋방에 사는 사람도 있고……. 그 사람들 딴 곳에서 뇌물 묵지 말라꼬 내가 미리 돈을 안 갖다주나. 아부지헌테도 갖다드리고……."

"이승만 대통령이 감투를 판 돈인 줄 알면 그 돈을 받겠어요?"

"누가 그런 소릴 하는가?"

"차차 알려질껍니다."

"알려지면 그때 가서 곧이곧대로 말씀드리지 뭐."

"그게 그렇게 간단한 일이 아니란 말입니다."

동식은 짐짓 걱정이 되어서 하는 말이었으나 이종문에겐 마이동풍이었다.

"이 교수가 걱정하는 심정 나는 잘 알고마. 그러나 걱정할 것 없어. 경우에 어긋나는 짓은 안 할낀께."

경우에 어긋난 짓을 하면서 안 한다고 우기니 기가 막힐 노릇이었다. 그러는 가운데 동식은 문득 그런 일을 경우에 어긋난 일이라고 생각하는 자기의 대사회 인식이 그릇된 것이 아닐까 하는 마음이 들었다.

그렇게라도 해서 일제 시대부터 자리에 눌어앉아 있는 관료들을 쇄신하는 것도 의미가 있을는지 모른다는 생각을 해보기도 했다. 하나 이렇게 새로운 관료들이 짜여진다면 시작부터 부패의 곰팡이가 피는 것이라 싶었다.

9

오영제가 만들어 온 이력서는 조도전대학早稻田大學 법학과를 중퇴한 양으로 꾸며져 있었다. 그 이력서를 오영제는 얼굴을 붉히면서 이종문 앞에 내놓았다. 동식도 얼굴이 붉어지지 않을 수가 없었다. 오영제를 이종문을 통해 출세시켜주려고 한 자신의 생각이 틀려먹은 것이라고 후회를 했지만 때는 이미 늦었다.

겸연쩍은 순간이 거북하기도 해서 동식이 물었다.

"왜 하필 조도전대학이고?"

"조도전대학 강의록을 받아본 적이 있어서, 그게 생각이 나서……."

하고 오영제는 어물어물했다.

"그라몬 조도전대학 법학과 출신이다쿠몬 되겠네."

이종문이 이력서를 접어 호주머니에 넣으며 말했다.

"졸업이 아니고 중퇴라고 돼 있습니다."

하고 오영제가 당황했다.

"졸업이면 졸업이지, 중퇴는 또 뭐꼬?"

종문이 중얼중얼했다.

"그쯤 해두면 됐습니다."

하고 동식이 잘라 말했다.

"그라몬 우리 점심이나 묵으러 가자."

며 이종문이 일어섰다. 동식과 영제가 따라 일어섰다. 종문이 유리창을 열고 그 여관집 뒤편에 있는 음식점을 가리키며, 그리로 가라고 하곤

"나는 뒷문으로 해서 나갈게. 바로 이 방, 저 문으로 비밀계단이 있는 기라. 그 비밀계단은 뒷문으로 통해 있지. 일본놈들 집 하나는 묘하게 만들어놨더만. 나는 정문으로 드나들지 않아도 돼. 그랬다간 만나러온 사람들 땜에 꼼짝달싹 못하게 될끼 아닌가배."

하고 득의가 만면한 표정을 지었다.

"아무리 생각해도 도깨비에게 홀린 것 같애."

골목길을 걸어 그 음식점으로 가면서 오영제가 한 소리였다.

"도깨비에게 홀린 셈치고 기다려보게나."

그 이상의 말을 할 기분이 내키지 않아 동식이 이렇게 말했다.

한정식이라고 써붙여놓은 집인데 점심밥상이 요리상 모양으로 차려져 있었다. 손님 수 맞추어 아가씨도 셋이나 들어왔다.

"이건 너무 호화판인데요."

동식이 푸시시 한마디 했다

"화무십일홍이고 달도 차면 기우나니 아닌가. 그런께 아흐레 동안이나마 호화판으로 하라, 그긴 기라. 달이 차 있을 동안에 실컷 호강하자, 그긴 기라."

그러면서도 종문은 오늘 낮엔 술은 안 하겠다고 했으니 나름대론 지각이 든 것이었다.

"낮이라고 술을 안 하시겠다니……."

동식이 빈정대자

"이 사람, 오늘 오후엔 중대사가 있는기라."

하며 종문은 이력서가 들어있는 안 포켓 쪽을 두드려 보였다.

식사가 끝나갈 무렵, 아가씨들이 없어졌을 때 이종문이 장난스러운 표정을 짓고 안방 쪽을 가리켰다.

"이 집 주인이 과분데 말이다. 굉장한 미인이데이."

동식이 이맛살을 찌푸려 보였다.

"하 참, 그러지 마소. 화무십일홍인디 9일 동안은…… 하하하."

하고 금시 정색이 되어 말했다.

"우떻게 해도 이 집을 사 보텔끼라. 여관 뒷문하고 이 집 대문하곤 마주보고 있거든. 이 집을 사갖고 요릿집을 하는기라. 공사를 하게 되면 하청을 줘야 되는디, 동시에 술판이 벌어질긴디 이 집을 요릿집으로 차려놔봐. 그 손님들만 갖고도 수지가 맞을 것 아니가. 내가 교제술을 낼 땐 재료값만 내몬 되는기고……. 힛히. 그런디 우째도 안주인까지 끼워갖고 사야 할긴디."

"자꾸 그런 말씀 하면 나 차 여사에게 일러줄 겁니다."

"차 여사? 일러줘도 소용이 없어. 피차 자유스럽게 살자고 약속이 돼 있은께."

"좋습니다. 돌아가는 길에 소공동에 들리겠소."

동식의 말이 막상 농담이 아닌 성싶자 이종문이 재빨리 무릎을 꿇고 앉아 두 손을 모았다.

"이 교수, 왜 이러노? 난 이 교수를 공산명월로 아는디 이 교수는 나를 흑싸리 껍질보다 더 업수이 여기는구나. 제발 그런 말만은 말아줘……. 그 여자 쌩통해지는 걸 보면 10년 감수한단 말이다."

"그러니까 그런 말씀도, 그럴 요량도 하지 말란 얘기 아닙니까."

"안 할께. 절대로 안 할께."

이종문이 하는 짓이 하두 어처구니가 없는 바람에 시종 공손한 태도를 취해오던 오영제가 피식하고 웃음을 터뜨리고 말았다.

"이렇당께, 오군! 나도 제법 얌전하고, 나갈 데 나가면 위엄깨나 있는 놈인디 이 교수에게 걸리면 이 꼴인기라."

하고 이종문이 어색하게 웃었다.

그럭저럭 식사를 끝내고 나서 이종문이 자기는 거게 볼일이 있으니 먼저 가라고 하며 덧붙였다.

"오후 일곱 시쯤 여관으로 오게. 각단을 내갖고 올낀께."

동식과 영제는 자동차가 다니는 행길까지 나왔다. 동식이 망설였다. 오랜만에 송남희 곁으로 가는데 영제를 동반하기가 거북했던 것이다. 그래

"자넨 여관으로 가서 방이나 하나 치워달래서 한숨 자고 있게. 나는

하숙엘 갔다가 그맘때에 나올게."
하는 말을 남겨놓고 동식은 지나가는 택시를 불러 세웠다.
　택시가 움직이기 시작하면서부터 동식은 불안을 느꼈다. 오영제의 출세를 바라는 마음엔 변함이 없었지만 날조된 이력서를 바탕으로 시작하는 게 과연 옳은 일일까, 하는 문제에 사로잡힌 것이다.
　그것이 악이라면 분명 동식 자신도 공범이 되는 것이었다. 사회의 풍조가 어떻든 그건 악이 아닐 까닭이 없었다. 설령 백 보를 양보해서 사회의 풍조엔 크게 어긋남이 없다고 하자. 그래도 그것이 언제까지나 오영제의 신상에 좋은 결과를 가져온다고는 장담할 수 없는 일 아닌가. 그보다도 자기가 목격하는 범위에선 그런 일이 없도록 서둘러야 할 것이 아닌가.
　동식은 금방이라고 자동차를 되돌려 그 이력서를 못 가지고 가도록 막고 싶은 충동이 솟아오르는 것을 느꼈다. 그러나 간밤에 잠을 설친 피로가 그 충동에 브레이크를 걸었다.
　'일이 그렇게 빨리 될 까닭이 없으니 밤에 가서 말려도 될 수 있지 않겠나.'
　어느덧 동식은 꾸벅꾸벅 졸았다.

"전, 안 오시지 않을까 했어요."
송남희의 첫말이었다.
동식이 약간 그 말이 서운했다.
"어떻게 그런 생각을 했지?"
"어머니 품에 안겨 너무나 기뻐 저 같은 건 잊은 줄 알았죠, 뭐."
"난, 남희 씨가 경건한 천주교도를 만나 시집이나 갔는가 했지."

"뭐라구요?"

"경건한 천주교도가 구혼을 하면 남희 씬 나 같은 것, 언제라도 차버릴 용의가 돼 있는 게 아닐까?"

"몰라요, 전."

하고 남희는 얼굴을 가리고 돌아섰다.

그 가느다란 어깨가 가슴이 저미도록 우아하고 안타까웠다. 안아보고 싶은 충동이 일기까지 했다. 그러나 그 충동을 억누르고 동식은 자기 방으로 들어갔다. 방의 분위기는 이제 막 나왔다가 들어온 것 같은 그런 기분으로 차 있었다.

꽃병엔 가을꽃. 바로 그 위의 벽에 천주님의 초상화. 그러나 동식은 옷을 벗기가 바쁘게 자리를 깔고 드러누워버렸다. 남희가 찻잔을 들고 나타났을 땐 동식이 이미 깊은 잠에 빠져들고 있었다.

남희는 한참 동안 잠든 동식의 얼굴을 바라보고 섰다가 몸을 돌려 천주님의 초상을 벽에서 떼어 들었다. 그 초상을 달갑지 않게 생각할지 모르는 동식의 마음에 영합하려는 감정과, 그런 사람에게 천주님을 강요하고 싶지 않다는 천주의 마음에 영합하려는 감정이 미묘하게 얽힌 행동이었다.

잠에서 깨었을 땐 방 안은 어두웠다. 시계를 살폈다. 여덟 시였다. 동식이 황급히 옷을 챙겨 입고 미닫이를 열었다.

"저녁식사 준비가 다 되었는데요."

식모아이의 말이었다.

"아냐, 바쁜 일이 있어서."

하고 동식이 신을 신었다.

남희가 안방에서 나왔다. 자기가 감정을 상하게 했기 때문이 아닌가 해서 뜰에 내려선 남희는 동식의 표정을 살폈다.

"같은 시골에서 올라온 친구가 있어. 그 사람허구 일곱 시에 만날 약속이었는데 늦었구먼."

하는 말을 남기고 동식은 밖으로 나갔다.

태동여관에 도착해보니 여덟 시 반. 오영제는 1층의 어느 방에서 동식을 기다리고 있었다.

"이군이 오면 같이 오라고 해서 기다리고 있는 중이다."

"한숨 잤나?"

"잤어."

"나도 잤어. 그래 늦어버렸다."

아이를 시켜 연락을 했더니 종문이 빨리 오라는 분부를 내렸다.

3층으로 갔다. 종문이 낮에처럼 거창하게 폼을 채고 앉아 있다가 동식과 영제가 들어오자 한 번 크게 웃었다. 그리고 두 사람이 앉기가 바쁘게 말했다.

"우선 경감부터 하기로 했어."

너무나 급격한 얘기라서 두 사람은 어마지두했다.

"경감만 돼도 시골 경찰서장은 할 수 있다며?"

하고 종문이 경과를 설명했다.

"내가 보증서만 써내면 총경도 좋고 뭐도 좋다캐놓고 이력서를 보더니 경감 이상은 안 되겠다 안쿠나. 그래 부아가 나서 아버지한테 곧바로 달려갈라 안캤나. 그랬더니 한사코 부탁인기라. 1년만 경감으로 있으몬 그 뒤엔 꼭 총경 시켜주겠다고 하잖나. 나이가 어리다고 말이다. 할 수 있어야재. 내가 져줬지."

명암의 고빗길 109

"아무튼 감사합니다."

오영제가 머리를 조아렸다.

"그런디 두 가지 문제가 있어. 꼭 경찰서장을 할라몬 경상도는 안 된다쿠는기라. 아는 사람이 많은 곳에서 젊은 사람이 서장을 하몬 여러 가지 이유로 말썽이 생긴다느만. 그런께 경상도 아닌 도의, 그것도 좀 구석진 군의 서장을 해야 된다쿠는기라. 그거 싫으몬 우선 1년쯤 총경이 될 때까지 서울에 있으라 안쿠나. 서울 어느 곳이라도 좋다고 말이다. 서울에 있으몬 당장은 서장이 안 된다쿠더라. 우쩔래?"

난데없이 안겨진 감투를 안고 오영제는 어떻게 할지 모르는 태도였다. 동식은 모처럼 한 각오가 무너져버림을 느꼈다. 동식은 특채를 피하고 마산경찰서 그 자리에서 경위로 승진하는 방법을 택하자고 강권할 작정이었던 것이다.

"우쩔래? 시골 가서 서장을 할래, 서울에 있을래?"

오영제는 하룻밤만 생각할 여유를 달라고 했다. 종문이 말했다.

"얼핏 생각하몬 곧바로 서장으로 나가는 것도 좋은디, 조금 신중히 생각하몬 서울에서 경험을 쌓아가지고 총경으로 승진한 연후에 큼직한 곳에 가서 서장 노릇하는기 좋을 쌍도 싶으단 말이다."

동식은 그런 문제에 대해 일체 의견을 말하고 싶지 않았다. 공범이 되고 싶지 않다는 기분도 있었지만 종문의 정부에 대한 영향력이 그렇게 강하게 작용할 수 있다는 것을 새삼스럽게 느껴 뭐라고 설명할 수 없는 착잡한 기분이 되었던 것이다.

그 기분 가운덴 비록 말단에 속한 일이긴 하지만 이런 식으로 발족한 이승만 정권의 앞날에 대한 외포가 섞여 있기도 했다.

"오늘밤 우리 실컷 한잔 마시자꼬. 경찰서장 하나 만들어놨응께 한잔 묵을 만도 안 하나, 핫하."

 이렇게 종문이 한창 너털웃음을 터뜨리고 있는데 문창곡과 성철주를 데리고 안성조가 들어왔다. 두루 인사가 끝나고 난 뒤 이종문이

 "오늘 내 세 시간 동안에 경찰서장 하나 만들었거만. 바로 이 사람이라."

하고 오영제를 가리켰다.

 "사람 하나 추천을 하려면 이모저모 다 따지고 나랑 성 동지까지 불러대선 인물감정해보라고 야단법석을 떨더니만, 오늘은 무슨 바람이 불어 그렇게 전격적으로 서둘렀소?"

 문창곡이 웃음을 품고 말했다.

 "우리 이 교수가 소개한 사람인디 여부가 있습니꺼. 그래 고문님들에게도 의논 안 한기라요. 이 교수 말이라쿠몬 콩을 팥이라캐도 들어줄 판인디 그렇게 사람 추천 좀 하라캐도 안 한 사람이 단 한사람 추천한 긴께 서두르지 않을 수 있습니꺼?"

 "그건 그렇겠군."

하고 문창곡이 이동식에게 씩 웃어보이곤 익살 조로 물었다.

 "부인께서도 편안하시오?"

 동식은 왠지 가슴이 무거워 애매하게 웃고 말았다.

 술자리는 낮에 점심을 먹었던 그 집에서 벌어졌다. 좌중에 성철주가 오영제의 나이를 묻더니 종문에게

 "이 사장, 우리 안 동지에게도 서장자리 하나 만들어 주시구려."

했다.

 "안 동지헌테 감정이 있은께 안 돼요."

하고 이종문이 3년 전, 서울에 도착한 그날 역전 음식점에서 안성조로

부터 얻어맞은 얘길 신나게 지껄였다.
"그 일이 없어 보오. 오늘의 이 사장이 있을 수 있겠소?"
성철주가 웃으며 말했다.
"그런께 안 동지헌테 은혜를 갚아야 할 감정이 있단 말 아닙니꺼?"
폭소가 일었다. 영문을 몰라하는 영제에게 성철주가 설명을 했다.
"천하의 정절부인 차 여사를 만나게 된 것을 비롯해서 소공동의 집을 차지한 것, 그것으로 시작해서 이 사장이 돈을 벌게 된 것, 이승만 박사와 인연을 맺게 된 것, 그 모두가 저 안 동지헌테 얻어맞은 덕택으로 이루어진 겁니다."
듣고 보니 꼭 그렇다고 동식은 생각했다.
'운명이라고 하는 이 불가사의한 것. 따지고 들면 오영제가 경감이란 벼락감투를 쓰게 되는 것도 이종문이 안성조에게 얻어맞고 병원에 입원한, 그 우연한 사건에서 비롯된 것이 아닌가.'
동식은 주흥이 가열되어 배반이 낭자하게 되어가는 소용돌이 속에 앉아, 그 우연의 불가사의를 풀지 못하는 한 철학은 궁극에 있어서 불가지론에 귀착할 수밖에 없다는 상념을 쫓고 있었다.
'그렇다. 이승만도 결국 하나의 우연에 불과하다!'
이윽고 이종문의 노래가 터져나왔다.
"화무십일홍이오,
달도 차면 기우나니,
인생 일장춘몽인디
아니 놀고 무엇 하리……"
동식은 종문의 입버릇에 화무십일홍이란 문자가 자주 되풀이되고 있었던 그날 오후의 일을 상기했다.

딴으론 영화의 절정 근처에 이르고 보니, 언젠간 있게 마련일 종말에의 예감이 가슴에 사무쳐 든 것인지 몰랐다.

"이 교수 왜 그리 침울한가?"

하고 문창곡이 내민 술잔에 비로소 정신을 차릴 정도로 동식은 한동안 넋을 잃고 있었다.

노래를 부르다 말고 이종문이 고래고래 소리를 질렀다.

"안주인, 좀 봅시다아!"

오영제는 그 이튿날 마산으로 내려가 사표를 제출하고 사흘 만에 상경했다. 그리고 익일, 경감으로 특채한다는 사령장과 함께 경찰서장으로 임명한다는 발령을 받고 충청도 어느 소읍의 경찰서로 부임해갔다. 그 두 사령장에 기록된 일자는 1948년 9월 15일이었다.

3부 승자와 패자

어설픈 막간 1

1

 어느덧 이종문의 풍채에 위엄이 돋아났다. 검은 얼굴빛이 약간 희게 바래면서 기름기가 흘렀다. 양복 차림새에도 어색한 데가 없어졌다. 병풍을 등지고 보료 위에 앉아 있으면 의젓한 대인풍마저 풍겨나왔다. 경상도 사투리가 없어지진 않았지만 투박한 흙냄새가 가시고 소박한 인간미가 남았다는 느낌으로 그것이 도리어 매력이 되었다. 대감의 상투는 꾸부려져도 멋이 있어 보이고, 바윗덩어리도 그 앞에서 절을 하는 사람이 늘어나면 부처님이 되는 법이다. 바보도 이를 우러러보는 사람이 많아지면 영웅이 된다. 하물며 이종문이 바보는 아니었다.
 노름판에서 익힌 안력으로 사람의 됨됨이를 파악할 수가 있었고, 술자리에서 익힌 재담으로 유식을 가장할 수도 있었다. 게다가 배짱을 부리는 데 방해가 될 만한 체면 따위는 무시할 줄도 알았고, 쓸데없는 생각으로 고민하지 않을 만큼 무식하기도 했으니, 시대의 바람을 타기만 하면 나름대로 영화를 누릴 수도 있는 재간의 소유자라고 할 수가 있었다.

태동여관은 연일 이종문을 찾는 사람으로 득실거렸고 그들은 모두 이종문 앞에서 국궁 재배하길 주저하지 않았다. 태양이 이종문을 위해 뜨고 진다는 말도 과언은 아니다.

그런데 이러한 이종문에게도 단 한 가지 굴심이 있었다. 그 원인은 태동여관 뒤켠에 있는 해남의 요정 안주인 때문이었다. 그 이름은 주미연, 서른을 한두 살 넘긴 나이인데도 보기론 25세 안팎의 젊음이었다.

가느다란 눈에 오이 모양의 갸름한 얼굴, 호리낭창한 몸매를 가진 미연에게 이종문이 홀딱 반했는데 미연으로부턴 하등의 반응조차 없었다. 사실 미연의 얼굴은 서양 영화의 미녀들을 보아온 현대인의 눈엔 영락없이 구식 얼굴이었으나 이종문에겐 양귀비 이상 가는 천하의 절색으로 보였다.

이종문의 미연에게 대한 애착은 갈증을 닮아 있었는데도 아직껏 동석할 기회마저 갖지 못했다. 들어가고 나갈 땐 빠짐없이 상냥한 인사를 보내는 것이었지만 미연이 술 좌석에 들어오는 법은 없었다. 그래서 이종문이 애가 닳았다.

그날 밤도 이종문이 태동여관으로 그를 찾아온 몇 사람을 부하처럼 거느리고 해남에서 술판을 벌이고 있었다. 여느 때와 마찬가지로 진주라는 광주 출신의 기생이 종문의 시중을 들었다. 진주는 주인인 미연과는 어릴 적부터의 친구라고 했다. 북 잘 치고 소리 잘하는 장기를 가졌고, 현대적 안목으로 보면 미연보다는 훨씬 미인이라고 할 수 있었으나 종문의 안중엔 없었다.

거나하게 술에 취하자 종문이 보채기 시작했다.

"안주인 좀 봅시다!"

"또 시작하셨군요."

진주가 웃으며 받았다.

"또 시작이라꼬? 백 번 천 번 만 번이라도 할 참인디."

"꿩 대신 닭이라고 하잖았어요."

진주는 아양을 떨었다.

"꿩 대신 닭은 꿩이 없을 때 두고 하는 말인기라."

"꿩 없어요."

진주가 잘라 말했다.

"있는디, 와 없다쿠노."

"꿩은 꿩이로되 먹지 못할 꿩이에요."

"주인이 있다, 이 말인가?"

"하여간 오르지 못할 나무는 바라보지도 말랬어요."

진주의 그 말에 이종문이 슬그머니 자존심이 상했다.

"주인이 있기로서니, 들은께 기생 출신이라 하던디, 안주인이 손님 방에 안 나온다캐서야 말이 되나?"

"기생을 폐업하고 주인이 된 걸요. 손님 방에 나다니지 않으려고 기생을 폐업했단 말예요. 그 대신 우리들이 있잖아요?"

보통의 경우 같으면 이런다고 물러설 이종문이 아니다. 그러나 워낙 미연에게 혹해 있는 바람에 취정을 부릴 수도 없었다.

"허기야 요릿집 안주인허곤 상관 말라고 하더라. 이건 우리 어머니 유언인기라. 요릿집 안주인허고 연애를 하몬 꼭 그년들이 3,700만 원짜리 집을 사갖고 3,000만 원은 준비가 되었는디 700만 원이 모자란께 좀 보태달라쿠는기라. 자가용 타듯이 수시로 타놓고 돈 700만 원 달라쿠는디 안 줘봐. 그 체면이 우찌 되겠노 하는기라. 그런디 기생애들과 친해본댔자 기껏 집을 산다는기 370만 원짜리를 사거든. 70만 원쯤 도와주는기야 문제 아니거든. 그렁케 헐케 치이는 연애를 하라, 이 말씀인다……. 그러나 어무니 말 진작 들었더라몬 효자문 섰게?"
 기껏 이렇게 호들갑을 떨어보는 것이 고작이었다. 그러나 종문이 미연에게 대한 집심을 포기할 까닭이 없는 것이다.
 "제기랄." 소리만 입 밖에 내놓고 '운제든 한번 잡아 묵고 말긴께.' 하는 말을 잔에 가득찬 술과 함께 꿀꺽꿀꺽 삼켜버리고 말았다.

 미연에겐 그럴 만한 이유가 있었다.
 동기童技로 있던 미연의 머리를 얹힌 사람은 은동하였다. 은동하는 일제 시대 경시警視 노릇을 해서 치부한 친일파의 거물이다. 미연의 머리를 얹히고 난 이래 쭉 기둥서방으로 미연을 돌봐왔다. 소가小家로 들어앉힐 참이었는데 해방이 되었다.
 해방이 되자 친일파의 거물이었다는 죄책감으로 공포를 느껴 서울에 와서 숨어 살게 되었다. 미연이 같이 서울로 왔지만 소가로서 거느릴 마음의 여유가 없었다. 다동에 집을 장만해서 술장수나 해먹고 살도록 주선을 했다. 그러고는 가끔 그 집에 드나들며 여전히 기둥서방 노릇만은 계속하고 있었다. 미연은 전라도 기생의 특징인 일편단심으로 은동하를 평생토록 남편으로 모실 작정을 했다.
 나는 새를 떨어뜨릴 만큼의 권세는 일조에 사라지고, 언제 반민법에 걸려 쇠고랑을 찰지 모르는 처지에 있는 남편을 어떻게 배신할 수 있으랴, 하는 것이 미연의 심정이었던 것이다.
 그러나 현재 세도가 당당해뵈는 이종문에게도 관심이 없는 바는 아니었다. 물론 그것은 여자가 남자에게 느끼는 그런 관심만도 아니고, 기생이 돈 많고 세도 있는 사람에게 갖는 그런 관심만도 아니었다. 이종문의 세도를 빌려 그늘에 숨어 살고 있는 남편 은동하의 형편을 풀어 주었으면 하는 간절한 소망이 섞여 있었다. 그러던 차에 미연이 진주로부터 이런 얘기를 들었다.

"언니, 태동여관에 있는 그 이종문이란 사람 말예요. 막상 허풍쟁이만은 아닌 것 같애. 오늘 술자리에서 들으니 세 시간 동안을 서둘러 새파랗게 젊은 사람을 경찰서장으로 만들었다지 않아요? 세 시간 동안 서둘러 경찰서장을 시킬 수 있는 사람이면 대단하지 않아요? 같이 있던 사람들의 말과 태도를 봐서도 알 수 있었어요. 이승만 대통령을 아버지라고 한다니까, 그리구 그 사람 말이면 이 박사가 뭐든 들어준다고 하니까 굉장하지 않아요? 그런 사람이 언니를 자꾸 보고 싶다고 하는데 계속 괄시만 하고 있을 수 있어요? 이만 할 때 그 고집 꺾으시구 한번쯤 자리를 같이 하셔요."

미연이 이 말을 듣고 곰곰이 생각했다. 일제 때 기생 노릇을 한 미연의 관념으로서 경찰서장이라고 하면 어마어마한 관직이었다. 그런 관직을 부탁하는 사람에게 그 직책을 만들어줄 수 있을 만큼 이 대통령과 친숙한 사이라면 은동하의 문제쯤은 간단하게 처리할 수 있지 않을까, 하는 생각이 들었다.

미연은 사람을 시켜 은동하를 모셔 오게 하고 이종문의 얘기를 꺼냈다.
"그만한 사람이면 내 문제쯤은 수월하게 해결할 수 있겠지만……."
하고 묵묵히 생각에 잠긴 듯하더니
"요즘 세상엔 하두 사기꾼이 많으니까."
하며 한숨을 쉬었다.
"사기꾼이 아니고 정 그런 사람이라면 한번 부탁이라도 해볼까요?"
미연이 눈치를 살피며 물었다.

"부탁을 하다니 어떻게?"

은동하는 구미가 당기는 모양이었다.

"그 사람이 진주를 좋아해요. 진주를 시켜보면 해서요."

"그럴듯하긴 한데……."

은동하는 다시 생각에 잠겼다.

반민법을 만든다, 위원을 선출한다, 특경대를 조직한다 등등의 흉흉한 소식이 들려오고 있기 때문에 좌불안석한 기분으로 전전긍긍하고 있는 은동하에겐 천래天來의 복음 같기도 한 일이긴 했지만 그런 만큼 믿어지지가 않았다. 살얼음 같은 세상을 밟아 살아온 은동하의 마음은 불신에 흠뻑 젖어 있었다.

"영감님, 밑져야 본전 아니겠어요. 부탁을 해봐서 안 되겠다면 작파하기로 하구요. 진주에게 한번 시켜봅시다."

미연의 말은 간절했다.

"설혹 부탁을 들어준다고 해도 말만으로 되겠나?"

은동하는 무겁게 말했다.

"돈이 필요할 게다 이 말씀이죠?"

은동하가 고개를 끄덕였다.

"꼭 된다고만 하면 돈이야 걱정 없어요. 이 집을 팔면 되잖아요?"

"그건 안 돼."

"영감님 심기만 편하시도록 된다면 이 따위 집이 뭐예요? 전 다시 술주전자를 들겠어요."

은동하의 해쓱한 얼굴에 부드러운 웃음이 일었다. 아무리 곤란한 처지에 있어도 남자로선 자기가 사랑하고 있는 여자의 사랑을 확인하는 건 기쁜 일인 것이다. 그런 탓으로 은동하의 말은 가벼웠다.

"돈 걱정은 말어. 아직 내겐 돈이 있으니까. 앞으로 어찌 될지 모르지만 나주의 들이 몽땅 내 것으로 남아 있는 걸. 시대가 하수상하니 헐값으로라도 팔아치우기로 했어. 그러니 미연이가 돈 걱정은 안 해도 돼. 돈 걱정 말구 진주를 시켜 그 사람에게 부탁이나 해봐요."

그러고는 이종문에게 관한 이야기를 꼬치꼬치 묻기 시작했다.

미연은 종문의 자기에 대한 수작이 어떻다는 얘기는 쏙 빼버리고 진주와 좋아 지내는 사이라고 강조해놓고 이승만 대통령과 친하다는 얘기, 경찰서장을 만들었다는 얘기 등을 들은 대로 주워섬겼다. 한참을 듣고 있더니 은동하가 이런 제안을 했다.

"임자도 이종문인가 하는 사람의 얘길 들었다 뿐이지 사실을 겪어본 것이 아니지 않나. 그러니 실지로 시험을 해보잔 말야. 내 조카 중에 지금 전라남도 경찰청에서 경위를 하고 있는 놈이 있는데 그놈 계급을 한 칸 올려달라고 부탁을 해보면 어때. 돈을 조금 쓰고 말야. 그걸 해내거든 그때 가서 바짝 매달려 내 문제를 부탁해보잔 얘기야. 요즘 세상 사람을 믿을 수가 있어야지."

"그거 좋은 생각이에요."

미연이는 돌다리도 두드리고 건너는 은동하의 성격을 알고 있기 때문에 이렇게 응하지 않을 수가 없었다.

"그럼 내가 내일 돈을 한 50만 원 보낼 테니 그렇게 한번 해보구려."

하고 은동하는 쪽지에다 자기 조카의 이름과 근무처를 써놓았다. 그러고 나서 한다는 소리가

"경감이라면 옛날의 경부警部인데, 경부라는 벼슬이 이만저만한 게 아닌데 이렇게 부탁해서 된다면 고마운 일이긴 하지만 세상은 엉망진창이란 말여."

하는 푸념이었다.

"과도기 아녜요?"

곤경에 있으면서도 세상을 깔보는 은동하의 태도가 약간 마음에 거슬려 미연이 해본 말이었다.

"과도기라니, 미연이 대단한 문자를 알고 있구면."

하고 은동하는 미연의 어깨를 안았다. 60의 나이에 미연과 같은 젊은 여체를 안아볼 수 있다는 것처럼 호사스런 일이 있겠는가. 그러나 은동하의 기력은 해방 후 줄곧 엄습하고 있는 불안 때문에 쇠약해 있었다.

"인생을 다시 시작할 수도 없고 패잔병처럼 살아가야 할 팔자가 되고 보니 후회가 막급이로구나."

은동하는 미연을 안은 채 처량하게 말했다.

"영감님, 기죽지 마셔요. 음지가 양지되고, 양지가 음지되는 세상 아녜요?"

"그 말이 옳아. 내 양지는 음지가 되어버렸어."

은동하는 다시 한 번 한숨을 쉬었다. 그 금성철벽이라고 믿었던 대일본제국은 어디로 사라졌단 말인가!

세상이 세상 같으면 대로에 꿇어앉아 큰절을 한대도 거들떠보지도 않을, 그 이종문인가 뭐가 하는 놈에게 한가닥의 희망이라도 걸어보려고 하는 처지로 굴러떨어진 자신이 은동하 한없이 슬펐다. 그 슬픔에 겨워 다동의 가을밤이 깊어가는 화사한 방에 미연을 안고 있으면서도 남성으로서의 정염에 불이 붙지 않는 것이다.

그런 일이 있은 지 며칠이 지났다.

그래도 신중한 미연은 진주에게 통사정을 못하고 있었다. 은동하에겐 진주를 내세웠지만 진주가 해낼 수 있는 일이 아니란 생각이 들어서였다.

미연은 자연스럽게 이종문과 술좌석을 같이 할 기회를 노렸다. 그리고 그런 뜻을 진주에게 알려놓았다. 그랬는데 바로 그날 밤, 이종문이 "오늘밤도 안주인이 나와주지 않으몬 난 이 집관 앞으로 담을 쌓겠다."는 최후통첩 같은 말을 하고, 이어 "가만 생각해본께 사내대장부가 이거 할 짓이 아닌기라. 가서 안주인더러 말해봐. 올낀가 안 올낀가. 그 말 들어보고 술을 묵든지 안 묵든지 할긴께." 하며 고함을 질렀다.

미연이 못 이기는 척하고 종문의 방으로 들어와서 기생의 법도 그대로의 절을 하고 앉았다.

"미연이라고 합니다. 배운 것이 없어 부족한 게 많습니다만 잘 봐주세요."

"잘 봐줄래캐도 보이야 잘 봐주든 말든 하재."

이종문의 얼굴이 함박꽃처럼 피었다.

미연이 공손히 잔을 권했다.

"미연이라쿠몬 아름다운 제비라는 뜻 아닌가요. 물찬 제비라쿠더니 참 예쁘구만."

하고 종문이 잔을 받아 단숨에 마시고 도로 그 잔을 미연에게 내밀었다. 잔을 받아 드는 미연의 손끝이 옥을 깎아 만든 것같이 섬세했다.

"나는 경상도 사는 이종문이란 사람이오. 댁의 고향은 어디요?"

"전라도 해남에서 나구요, 광주에서 자랐습니다."

"그리고 지금은 서울에 있다, 이 말씀이오?"

미연이 화사하게 웃었다. 웃으니 눈이 더욱 가늘어졌다. 눈이 작은 여자가 정이 많다는 속담이 종문의 뇌리를 스쳤다.

"강남 제비라쿠더니 해남의 미인이라, 우리 앞으로 잘 지내봅시다."
하고 종문이 너털웃음을 웃었다.

"잘 부탁합니다."
하며 미연이 머리를 숙었다.

이렇게 해서 동석을 하게 된 미연은 그 후 종문이 나타나기만 하면 맡아놓고 시중을 들었다. 어느 정도 친숙하게 되지 않고선 부탁을 할 수 없다는 계산으로 한 행동이었다.

그렇게 한 달쯤을 지내고 난 후였다. 미연이 긴한 말이 있다면서 종문을 근처의 중국요릿집으로 청했다.

"얘기가 있으면 당신 집에서 할 일이지 밖에서 와 이러요?"
종문이 묻자,

"중요한 일을 부탁하는 처지에 그럴 수가 있습니까?"
하고 미연은 은동하가 적어준 쪽지를 내놓았다.

"제 외가 친척인데요. 경감으로 승진했으면 하는 의향이에요. 어떻게 사장님 힘으로 될 수만 있다면······."

"경위가 경감 하겠다는 거 아닙니꺼. 그까짓 일이야 당장 해드리겠소."

너무나 수월하게 승낙이 떨어지는 바람에 미연은 반신반의의 표정을 지었다.

"나를 못 믿겠다 그 말씀인가요? 두고 보이소. 내일 안으로 서둘러볼 낀께."

미연이 가만히 돈이 들어 있는 꾸러미를 탁자 위에 올려놓았다.

"이게 뭡니까?"

"돈이에요. 50만 원밖에 되지 않아요."

"이 돈을 어쩌라는 겁니까?"

"그런 일을 하시자면 다소 비용이 들게 아녜요?"

"허헛."

종문은 웃음을 터뜨렸다.

"내가 미연 씨헌테서 돈을 받아묵고 그런 일 맡을 사람으로 보이오? 그라몬 나는 미연 씨의 심부름꾼밖에 안 되는 것 아니오. 나는 적어도 미연 씨 애인이 되었으몬 하는디……. 이거 사리를 잘못 알았든지, 사람을 잘못 봤든지 했고만."

"아녜요. 분에 응한 성의를 표시하는 거예요."

미연이 간절하게 말했다. 그러자 종문이 정색을 하고 뱉듯이 말했다.

"문둥이 콧구멍에서 마늘을 빼묵었으면 묵었지, 이런 돈은 내 안 받을 끼요. 이 돈은 임자에게 곧 돌려보내소. 아까도 말했지만 내일 중으로 서둘러볼긴께. 꼭 이 돈을 받아야 한다몬 난 그 부탁 들어줄 수가 없소."

미연이 깊숙이 고개를 숙이고 옷고름을 만지작거리고 있었다.

"혹시 오해라도 하면 안 된께 미리 한마디 더 해두겠소. 내가 돈을 안 받는다꼬 딴 요구라도 할까 싶어 겁이 나는기요? 그렇다면 그런 걱정은 붙들어 매소. 난 이래뵈도 춘향전 좋아하고 춘향가 잘 부르는 놈이오. 변학도 같은 놈은 아니란 말이오. 이 도령은 되고 싶어도 변사또 같은 놈은 되기 싫은께. 미연 씨를 좋아하니까 미연 씨의 절개를 소중하게 여길 줄도 아는 놈이오. 나는 절대로 미연 씨 싫다쿠는 짓은 안 할낀께 이 돈은 도루 챙겨넣으소."

종문의 서슬로 보아 도무지 그 돈을 받을 것 같지가 않았다. 그래 그 돈을 도로 싸들고 일어서면서 미연은 다시 한 번 인사를 했다.

"무어라고 말해야 좋을지 모르겠어요. 고맙습니다."

"고맙긴. 일도 되기 전인디 고마울 게 뭐 있소."

종문의 말은 이렇게 무뚝뚝했다.

그런 일이 있고 일주일 후, 통행금지 시간이 가까웠을 무렵 은동하가 허겁지겁 달려왔다.

"전라도에서 조카놈이 오늘 올라왔는데 경감으로 승진이 되었다는 거야. 서울의 높은 어른의 분부로 특별히 진급을 시켜주는 거니 앞으로 더욱 일을 잘하라는 상사의 말도 있었다는 거야. 그래 그 어른을 만나 보고 인사라도 해야겠다고 올라왔다는 건데……."

은동하는 이만저만하게 흥분하고 있는 것이 아니었다. 자기의 조카가 진급했다는 기쁨으로서가 아니라, 그런 일을 해낼 만한 강력한 사람을 만나게 되었다는 것이 반가운 것이었다. 그 사람을 통해서라면 자기의 처지를 구할 수도 있을 것이란 희망이 생겼기 때문이었다.

"내가 부탁을 한 지 열흘도 채 안 되어서라고 하니 그 애는 대단히 놀라더라. 아무리 요즘 세상이라도 그렇겐 안 된다는 거야. 줄이 경무대로 바로 이어진 사람이 아니고선 어림도 없다는 얘기였거든."

은동하가 좋아하는 걸 보니 미연의 마음도 한결 가벼워졌다. 미연은 장롱에서 돈꾸러미를 꺼내놓고 말했다.

"그분은 돈 한 푼 안 받으려고 했어요."

"뭐라구?"

하고 은동하가 놀랐다. 미연은 그가 엉뚱한 생각을 할까봐 겁이 났다.

"그만큼 진주를 좋아하나 보죠?"

"아무리 진주를 좋아하기로서니 그 일은 그 애의 일이 아니지 않는가. 앞으로의 일을 생각해서도 예의를 갖출 것은 갖춰야지."

그리고 은동하는 물었다.

"내일이라도 조카애가 그 사람을 만나뵐 수가 있을까."

"오전 중으로 보내주세요. 진주를 시켜 연락을 하죠."

미연은 진주와 단단히 말을 맞추어놔야 하겠다고 생각하면서 이렇게 답했다.

"진주헌테 내 문제를 단단히 말해둬요. 이번 반민법에 걸리지 않게만 되면 나도 앞으로 떳떳이 살 수가 있어. 만일 그런 데에 걸려 옥살이나 해봐. 창피해서 어떻게 살겠어. 재산 반쯤은 내놓아도 좋다. 어떻게 하든 반민법에만 걸리지 않도록 그 어른에게 부탁해달란 말여. 이승만 박사가 움직여주기만 한다면 어렵지 않을 것 아닌가. 어떻게 하든 그 어른을 잘 붙들어요. 진주에겐 내가 평생 먹을 재산을 장만해줄 테니까."

미연은 은동하가 이처럼 흥분하고 있는 것을 여태껏 본 일이 없었다. 그런 만큼 어떤 예감이 안개처럼 피어나선 미연의 가슴을 덮었다. 은동하의 형편을 풀어주기 위해선 미연의 은동하에게 대한 절개를 저버려야 할지 모른다는 생각이 돋아났기 때문이다.

그날 밤 은동하는 오래간만에 실로 오래간만에 남자의 구실을 했다. 그것이 또한 은동하에겐 기막힌 기쁨인 모양이었지만 미연에겐 허탈감만을 남겼다.

2

이종문과 주미연의 사이는 급속도로 가까워졌다. 그러나 미연은 은동하의 문제를 좀처럼 이종문 앞에 꺼내놓을 수가 없었다. 문제가 워낙 컸기 때문도 있었고 자칫 잘못하면 은동하, 이종문 양편으로부터 오해를 받을 염려도 있었기 때문이다.

어느덧 겨울로 접어들었다. 은동하로부터의 은근한 재촉이 있었다. 미연의 마음도 차츰 초조해지기 시작했다.

섬세한 얼굴일수록 감정의 반영이 민감한 법이다. 특별한 관심을 품고 있는 이종문이 그것을 눈치 채지 못할 까닭이 없다. 어느 날 점심 시간 상머리에 앉은 미연을 말끄러미 쳐다보며 물었다.

"어디 몸이나 아픈 것 아니오?"

"몸엔 이상이 없어요."

"그럼 마음에 병이 드신 거로고만."

"마음도 까딱없어요."

"그럼 얼굴이 왜 그렇소?"

"제 얼굴이 어때서요?"

"귀신은 속여도 나는 못 속이는기라. 시원하게 말해보소. 병과 근심은 외고 펴고 해야 한다는 속담도 있는긴께."

"외고 펴고 할 병두 근심두 없다니까요."

"흠." 하는 표정으로 이종문은 밥 한 그릇을 다 먹는 동안 아무 말이 없었다.

"찬이 없는데도 잘 자시니 반가워요."

미연이 물그릇을 내밀었다.

"우쩐지 이 집 음식이 내 비위에 맞는기라. 우리 집은 틀렸어. 음식이 내 비위에 안 맞는단 말이라."

이종문이 막상 거짓말을 꾸미고 있는 것은 아니었다.

"왜 그럴까요?"

"남쪽 사람과 북쪽 사람은 식성이 다른가보아. 우리 여편네는 평안도 내기거든."

아닌 게 아니라 이종문이 궁할 땐 북쪽 음식이니 남쪽 음식이니를 따지지 않았다. 그럴 겨를도 없었다. 그런데 살기가 나아지면서 입을 가꾸고부턴 음식에 대한 까다로움이 생겼다.

상을 물리고 나서 종문이 덤덤히 담배를 피워 물었다. 그의 성벽대로라면 "안쥐인 우리 일 한번 안 칠래." 하는 따위의 거친 수작도 할 법 하지만 미연 앞에선 그럴 수도 없어 뻐끔뻐끔 연기만 내뿜고 있는 것이다. 그 무료함을 깨야 할 사람은 미연이었다.

"사장님 어디 단풍 구경이라도 안 가셔요?"

"단풍?"

"내장산의 단풍이 참 고와요."

"겨울에도 단풍이 있는가?"

"그렇겠군요. 서울에 살고 있으니 계절을 분간 못할 것 같애요."

"그렇진 않을낀디. 나헌텐 서울의 계절이 시골보다 더 분명하더만. 여름은 부랄이 늘어져 뚝 떨어질까 겁나도록 덥고, 겨울은 그기 오구라들어 찾아내지도 못할 만큼 춥고……. 암 그럴지 모르겄다. 여자에겐 추욱 처질 것도 없고 오구라들 것도 없은께, 핫하."

미연은 자연스럽게 이종문이 어디로 가자는 말을 내게끔 유도하고 있는 셈인데 그것이 뜻대로 안 되는 것이었다. 자기 입으로 어딜 놀러 가자는 말은 차마 할 수가 없었다.

"사장님은 온천에 가보신 적이 있어요?"

"온천이야 많이 갔지. 평택에 다리 놓는 공사를 할 때 온양온천에 자주 드나들었고만."

"온양 좋아요?"

"좋고 나쁘고가 있는가배. 좋은 사람허고 가면 지옥도 천당이 되는

긴디."

"온양이라도 한번 가봤으면……."

미연은 자기의 긴 손가락으로 장판 위를 짚으면서 한숨을 쉬었다.

"온양온천 가고 싶소?"

종문의 얼굴이 활짝 밝아졌다.

"가고 싶어요. 그러나 데리고 갈 사람이 있어야죠."

"내가 데리고 가도 될까?"

미연은 대답 대신 가느다란 눈꼬리를 치켜 이종문을 흘겨봤다.

"쇠뿔은 단숨에 빼란다고……, 내일 갑시다. 내일은 토요일인께."

하다가 종문은 토요일 오후에 곧잘 이승만 아부지가 부르더란 선례를 생각하고 말을 고쳤다.

"모레 공일날 아침에 갑시다. 그래갖고 월요일에 돌아오몬 될끼 아니오."

"그래도 돼요?"

미연이 장난스럽게 웃었다.

"되고말고."

종문은 후끈 달아오른 기분으로 얼굴을 붉혔다. 미연의 기생으로서의 본능은 그런 종문의 태도에서 수줍은 성격을 발견했다. 능글능글하게 굴기도 하는 사나이의 바탕에 수줍음이 있다는 발견은 반가웠다.

"그럼 우리 진주도 같이 데리고 가요."

"진주 씰?"

"남의 눈도 있고 하니까요."

"좋소, 좋아. 미연 씨 좋은 대로 하소."

일요일 아침 미연이 온양엘 갈 차비를 하고 은동하에게 전화를 걸었다.

"무슨 좋은 소식이라도 있는가?"

하는 동하의 말투는 들떠 있었다.

"오늘 진주와 이 사장이 온양으로 가요. 함부로 얘기를 꺼낼 수가 없어서 그렇게 한 거예요."

미연이 찬찬히 말했다.

"진주 혼자서 해낼까?"

은동하는 불안한 모양이었다.

"글쎄요. 벼르고 벼른 기횐데요. 진주가 우리의 뜻을 잘 전하기만 한다면 오죽이나 좋겠어요. 그러나 달리 도리가 있어야죠. 진주에게 한번 맡겨봅시다."

미연의 말엔 다분히 계교가 있었다. 아니나 다를까 은동하는

"모처럼의 기횐데 어찌 진주에게만 맡겨놓을 수 있는가. 임자도 같이 가도룩 해요. 두 사람의 치송도 할 겸 기회를 보아가며 진주의 말을 거들기라도 하구……. 그리구 그런 어른을 모시는 법도가 그런 거라우. 그 어른과 진주가 오붓한 시간을 갖게 하자면 가까이 있으면서 잔심부름을 해주는 사람이 있어야 한다우. 여관이 실수를 안 하도록, 음식에 부족이 없도록 하기 위해서도 임자가 가야 해요. 이 기회를 놓치면 큰일 아닌가. 단단히 서둘러야 할 꺼요. 임자가 꼭 따라가두룩 해요. 돈도 두둑이 준비해갖고 말야……."

하고 숨가쁘게 지껄였다.

"그런데 전 영 내키지 않는기로구먼요."

미연은 전라도 사투리를 섞어 말을 진실답게 꾸몄다.

"이봐요. 임자, 지금 무슨 소릴 하는긴가. 지금 기분을 찾게 됐나? 사

람이 죽고 살고 할 문제 아닌가비여. 물론 임자의 그 꼿꼿한 성미를 내 모르는 배는 아니어. 그러나 진주가 아무리 친한 사이라두 남은 남 아닌가. 이런 중대한 일을 어떻게 남에게만 맡겨둘 수 있는가 말여. 온양에 가거든 임자두 술좌석에 섞여 판소리 한가락이라도 히어서 흥을 돋궈드리구. 겉으론 웃구, 속으로 울구 하면서두……. 평양 기생 계향이나 진주 기생 논개가 천추에 이름을 남긴 까닭을 임자가 더 잘 알건데 그러네.”

미연의 입 언저리에 싸늘한 웃음이 번졌다.

“알았어요. 가겠어요.”

하고 전화를 끊었다.

의처증이 있는 은동하의 말문을 막기 위해 계교를 꾸민 전화였고, 그런 만큼 양심의 가책 같은 것이 없었던 바는 아니었지만, 은동하의 말을 듣곤 그런 신경을 쓴 것만도 부질없는 일이라고 느껴졌다.

'기생! 그 이름이 원수라.'고 했지만 기생의 정절엔 한계가 있는 것이다. 미연은 그 사실을 새삼스럽게 깨닫고 이종문과의 사이에 있게 될 장면을 상상하며 가벼운 흥분마저 느꼈다.

소조한 겨울의 농촌풍경 사이를 미희美姬를 거느리고 고급자동차로 달리고 있는 기분이란 이루 형용할 수가 없다. 종문은 시골에 살고 있을 때의 노름친구들의 면면을 뇌리에 떠올려봤다.

'놈들에게 이 꼴을 뵈주었더라면 모두들 환장할끼건만.' 싶으니 저절로 웃음이 터졌다. 그는 비로소 영화라는 것이 어떤 것인가의 뜻을 알 것만 같았다.

“사장님 왜 웃죠?”

운전사 옆자리에 앉은 진주가 뒤로 고개를 돌렸다.

"춘향에게 향단은 있는디 이 도령한텐 방자가 없지 않는가배."

"그래 웃었수?"

진주는 토라진 척 말했다.

"조금 어색해서 말이다."

종문이 우물쭈물 했다.

"향단 역은 내가 맡아도 좋아요."

미연이 뚜벅 말을 끼었다.

"방자가 꼭 필요하시다면 제가 방자역을 맡죠."

이어 운전사가 한마디 거들었다.

"아이구 망측해. 할아버지 방자가 어딨어요."

진주가 노골적으로 상을 찌푸렸다.

운전사는 반백 머리를 한 초로의 사나이였다. 그는 무뚝뚝하게 말했다.

"할아버지라구 괄시 마시오. 인생은 50부터란 말을 못 들었수?"

종문은 문득 이승만 박사를 생각했다. 종문의 눈으로 보면 그 사생활은 전연 무재미였다. 기생을 데리고 노는 법도 없고, 술 한잔 마시고 육자배기를 부르는 법도 없고, 말끔히 소제를 한 방에 먼지를 튕기며 앉아 사람이나 만나보는 것이 고작인 생활! 그런 꼴로 대통령을 하면 뭣한단 말인가. 천하를 호령한들 무슨 보람이 있단 말인가. 언젠가 이 대통령과 자기가 주고받은 얘기 생각을 하고 종문이 빙그레 웃었다. 이번엔 미연이 물었다.

"사장님, 또 웃으시네요. 왜 웃으시죠?"

"미연 씨가 옆에 있은께 기뻐서 안 웃소."

"아녜요. 까닭이 있는 웃음이에요."

"미연 씨의 눈치는 대단해."

"눈치 없이 서울 바닥에서 술장사를 해먹겠어요? 그러니까 이젠 어째서 웃었는지 그 까닭을 말씀해보세요."

"이거 곤란하기 되었는디."

"곤란하다니까 더욱 듣고 싶은데요."

진주도 재촉했다.

이종문은 마지못해 이야기를 시작했다.

"어느 토요일 밤 늦게 경무대에서 들어오라는 기라. 대통령 아부지는 그맘때 나를 잘 부르거든. 가본께 밖에서 경비하는 사람 빼놓곤 아무도 없더만. 국모님은 심부름하는 사람들을 데리고 안에서 얘길하고 계셨고, 서재로 쓰고 있는 방에 아부지랑 나랑 단둘이 앉아 있는디, 아부지께서 요즘 잠이 잘 안 오는디 느그 고향 노인들은 잠이 안 올 때 무엇을 하느냐고 물으시는기라. 할 말이 있어야재. 부지런한 사람은 새끼를 꼬고, 병든 사람은 기침을 해서 지새우고, 괴팍한 노인은 온 집안 사람들을 들볶아서 아무도 못 자게 한다캤지. 그랬더니 아부지 하시는 말씀이 나는 짚이 없으니 새끼를 꼴 수도 없고, 병이 없으니 기침도 못 하고, 약간의 괴팍은 있지만 깨워 들볶을 가족도 없으니 우짜면 좋겠냐고 묻는기라. 그래 이랬던기라. 옛날 임금님은 삼천 궁녀를 거느릿다쿠는디 대통령이나 임금님이나 다를끼 뭐 있습니꺼. 삼천 궁녀가 너무 많으면 삼백 궁녀쯤 거느리고 활씬 벗겨 춤도 추게 하고, 노래도 부르게 하고, 때론 팔다리도 주무리라쿠고 하면 잠이 안 온다꼬 걱정할 필요는 없을 겁니다. 그런디 이기 뭡니꺼. 큰 집, 큰 방에 이렇게 외롭게 계실 바에야 대통령 노릇 한들 무슨 재미가 있습니꺼. 이랬더니 평시엔 소리를 내서 웃은 적이 없는 영감님이 헛허 하고 웃어대는기라. 그 웃음 소리가 얼마나 컸던지 국모님이 놀라서 뛰어오신기라. 눈이 동그래갖고 말이다. 보통 때도 서양 사람의 눈은 크지만 놀랐을 때의 눈은 정말 크다꼬. 눈 큰 사람 겁이 많다는 말은 공연한 소리가 아닌기라."

"그래서 어쨌어요?"

진주가 물었다.

"어쩌긴 그만이지 뭐."

"아이 싱거워. 무슨 뒷얘기가 있을 것 아녜요?"

진주는 호기심을 가라앉힐 수가 없다는 시늉으로 거듭 물었다.

"대통령 아부지가 아마 내 얘길 했던 모양이라. 국모님이 한동안 나를 노려보고 있더만. 그런께 또 아버지가 뭐라뭐라 하시는기라. 그때사 국모님도 피식 웃곤 내 어깨를 툭툭 치며 뭐라꼬 서양말을 하더니 나가셨는디, 아부지 말이 아까 국모님이 종문이 말고 다른 사람이 그런 소릴 했으면 당장 내쫓을낀디 각하가 귀여워하는 아들이라서 눈감아준다고 했다는기라."

"그렇게 대통령께서 귀여워하시니 이 사장님이 하는 부탁이면 뭐든 다 들어주시겠네요."

정면을 본 채 진주가 한 말이었다.

"내 부탁이라꼬 다 들어주시는가. 그라고 나는 될 만한 얘기가 아니몬 말씀을 드리지도 안 한께."

진주는 계속 경무대에서의 생활내용을 알고 싶어했다. 그러나 이종문은 자기가 관계된 일 가운데서도 무난한 얘기를 했을 뿐 되도록이면 그 화제를 피했다.

도중 돼지다리를 걸어놓은 주막집에서 한참을 쉬고 점심때쯤에야 온양에 도착했다. 종문은 운전사에게 옛날 조선총독이 자주 들렀다는 여관으로 가라고 일렀다. 총독만큼의 화려한 향락이 되어야 한다고 마음먹었던 것이다.

"이왕 향단 역을 맡았을 바에야 1등 향단이가 되어야죠."
하고 마음을 쓴 진주의 능란한 주선으로 종문과 미연은 어색하지 않게 베개를 나란히 하고 자리에 들었다.

기생이라고는 하나 미연은 많은 남자를 겪은 편은 아니었다. 더욱이 이 7, 8년 동안은 은동하를 남편으로 믿고 다른 남자와의 접촉이 전혀 없었다. 그런 때문도 있어 미연의 가슴은 떨렸다.

갓이 달린 스탠드만 남겨놓고 불을 껐다. 어두운 천장을 바라보고 있으니 바람 소리가 들렸다. 그 사이로 벌레 소리가 누볐다. 종문으로부터 아무 말이 없는 것이 마음에 걸렸다.

'설마 주무시진 않을 텐데.' 하는 생각을 해보는 참인데 종문이 몸을 엎드려 눕곤 담배를 찾아 불을 붙여 물었다.

"무엄한 여자라고 생각하지 않으세요?"
미연이 속삭였다.
"그럼 나두 무엄한 사내가 되는긴가?"

종문이 나직한 소리와 함께 담배 연기를 뿜어냈다. 몇 모금 그렇게 연기를 뿜어내더니 담뱃불을 끄고 억센 팔을 미연의 목 밑으로 밀어넣 곤 가볍게 안았다. 제비만큼한 무게라고 종문이 생각했다. 미연은 잠깐 동안은 종문의 품안에서 오들오들 떨었다.

떨림이 멎자 전신이 녹아내리는 듯한 기분으로 황홀해졌다. 하늘과 땅이 바야흐로 합쳐질 예감이 뼛속으로 저려왔다.

……

두 시간 만에야 미연이 정신을 차렸다. 정신을 차리고 난 뒤의 첫마

디는 이랬다.

"영영 사장님을 잊지 못하면 전 어떻게 하죠?"

"그건 내가 묻는 말이지만."

그 숱한 여자를 겪었는데도 그날 밤 미연에게서 느낀 감동은 난생 처음으로 있었던 일이었다.

'이 세상에 이런 여자가 있을 수 있었던가. 조물주란 건 참말로 이상한기라.'

종문은 미연으로부터 얻은 신통한 쾌감을 반추하느라고 조물주까지 들먹일 판이었다.

"말씀해보세요. 영영 잊을 수가 없다면 전 어떻게 하죠?"

"나와 같이 삽시다. 미연 씨의 형편만 허락한다면 결혼이라도 합시다."

종문의 이 말은 막상 거짓이 아니었다. 경우만을 따지고 수신책 같은 이야기만 하는 차 여사에겐 염증을 느끼고 있는 터였다. 천하의 이종문으로 되었는데도 언제든지 3년 전의 촌놈으로 취급하는 차 여사에겐 적잖은 반발도 있었다. 더욱이 요즘은 몸을 섞어도 차가운 반응밖에 보여주지 않는 차 여사였다. 그나마도 번번이 거절하는 형편이었다. 그러한 여편네에 대한 오기로서도 미연 같은 미인과 이거 보라는 듯이 살아보고 싶은 충동이 없지도 않았다. 하물며 미연의 그 유연하고 오묘한 몸매와 그 깊은 곳에 간직한 기물의 맛이란!

"전 기생이에요."

미연의 속삭임이 들려왔다.

"기생이니 어떻단 말이오?"

"천하지 않아요? 기생은. 결혼할 처지는 물론 못 되구요."

한숨이 이어졌다.

"천하다꼬? 따져보면 나도 천한 놈인기라. 미연 씨가 꼭 기생이라고 버틴다몬 사서라도 같이 살고 싶구만."

"저를 사요?"

"그렇다니까."

"돈으로요?"

"하몬, 돈으로 사지 뭘 갖고 사꼬?"

"돈으로 살 수 있다면 제가 사장님을 사겠어요. 사서 같이 살 수만 있다면야 당장에라도 사겠어요."

미연의 이 말엔 장난기라곤 없었다. 정색을 하고 하는 말이었다.

"나를 사겠다꼬?"

"그래요."

미연의 말은 계속 단호했다.

"얼마에 살낀디?"

종문이 어이가 없다는 듯 웃었다.

"농담이 아녜요. 전 살 수 있어요."

"그러니까 묻고 있는 것 아닌가배. 얼마쯤에 살 수 있소?"

"2,000만 원이면 당장이라도 내겠어요."

미연은 은동하의 재산 반을 어림잡고 이렇게 말했다.

종문이 다시 한 번 웃었다.

"제 말을 믿으시지 않는구먼요."

"왜 믿지 않겠소. 그런디 그런 돈을 어떻게 벌었소? 2,000만 원이면 아무리 돈 가치가 없는 지금의 세상이라도 2,000석 재산 아닌기요?"

"하여간 제게 그만한 돈은 있습니다."

종문이 생각에 잠기지 않을 수 없었다. 다동 골목에 조그마한 요정을 경영하고 있는 여자가 그런 재산을 가지고 있다는 것이 아무래도 불가사의했던 것이다.

"실례되는 말을 했나보군요. 말이 미끄러져 그렇게 됐어요. 그러나 제가 그만한 돈을 낼 수 있다는 건 사실이에요. 그러니 저를 돈으로 살 필요도 없구, 그럴 수도 없다는 말을 했을 뿐예요. 사장님이 정 절 좋아하신다면 첩으로라도 데리고 있어주시면 그만이에요. 저 때문에 조강지처를 버리는 건 싫어요."

종문은 말없이 다시 미연을 안았다. 이 여자를 안곤 천 리 만 리라도 달릴 수 있을 것 같은 기분이었다. 이제 막 말쑥이 태워올렸다고 생각한 정염의 불꽃이 다시 불붙기 시작한 것도 이상한 일이었다.

이윽고 광란은 시작되었다. 이젠 수줍음도 부끄러움도 말쑥이 벗어젖힌 문자 그대로의 광란이었다. 피차를 자기의 것으로 확인하려는 작업이기도 했다. 그리고 그 작업이 끝나기도 전인데 사이렌이 울려퍼졌다. 통행금지 해제의 사이렌이었다. 두 번째의 광란이 무려 세 시간을 계속한 셈이다.

긴긴 겨울밤도 그들에겐 짧았다.

"향단이 대령했습니다." 하는 진주의 소리를 들었을 때 창밖엔 햇빛이 넘쳐 있었고 머리맡의 시계는 열 시 너머를 가리키고 있었다.

미연과 진주의 약속으론 아침식사 때 미연이 은동하의 얘기를 꺼내기로 되어 있었다. 은동하가 진주의 기둥서방이라는 이유를 꾸며 종문의 인정에 호소할 참이었던 것이다. 그랬는데 미연은 태도를 바꿨다.

"진주야, 난 은 영감허군 헤어지기로 했어. 앞으론 이 사장의 그늘에서 살 작정이야. 그런데 이 사장에게 거짓을 꾸밀 수가 있니? 곧이곧대로 말할 참이야. 그래서 들어주문 다행이구, 들어주지 않으문 그만이구. 이왕지사 나는 은 영감헌테 돌아가긴 글렀어. 몸도 그렇구, 마음도 그렇구. 어제 아침 전화를 해봤는데 내사 어떻게 되었든 은 영감은 자기의 형편만 풀리면 그만이란 말투였어. 그 때문에 배심을 먹은 건 아냐. 하룻밤쯤의 외도로 영감을 살릴 수만 있다면 그로써 보상이 될 게 아닌가 했는데 하룻밤 자고 보니 마음이 달라졌어. 이것두 기생의 팔잔가부지?"

"언니 맘 알았어. 언니 맘대로 해요. 나두 짐이 벗겨져 마음이 가벼워. 그 지긋지긋한 거짓말을 어떻게 감당해야 할까, 하구 사실은 이만저만한 고민이 아니었다우. 어차피 은 영감허군 머잖아 사별이라도 할 판인데 언니 잘 생각했수. 이러나저러나 기생팔자 아뉴?"

하고 진주는 활달하게 웃었다.

돌아오는 차 안에서 진주는 계속 흥타령을 흥얼거렸다. 가끔 이종문이 받아주기도 했는데 그 사설은 다음과 같았다.

"제비는 강남으로 님 따라가는데
짝 잃은 부엉이는 어느 가지에서 울꺼나."

한 것은 진주.

"제비도 그 님도 강남 가지 않을 텐께
진주 같은 부엉이는 다동 해남에 계시구려."

한 것은 종문.

"이 도령 만난 춘향 아씨 얼씨구나 신나건만
독수공방 향단이는 달 보구나 울까 하네."

한 것은 진주.

"이 도령의 부하에는 다사제제 할진대는

향단의 배필되는 방자 하나 못 구할손가."
한 것은 종문.

3

친일파, 민족반역자의 존재를 이종문인들 모를 까닭이 없었다. 그것을 처단하기 위한 법률이 국회를 통과했다는 사실도 이종문은 알고 있었다. 그러나 솔직한 이야기로 이종문은 이 문제에 대해선 조금도 관심이 없었다.

"송사리 떼 같은 친일파들이야 할 수가 없지만 우두머리들은 몽땅 끌어내어 광화문 네거리에서 돌로 쳐 죽여야 한다."는 성철주의 말을 듣고는 꼭 그렇게 해야 할 것이 아닌가 하는 생각으로 되었고

"나도 일본놈들에게 박해를 받은 한 사람이지만 지금은 친일파가 문제가 아니고, 빨갱이를 잡기 위해선 친일파의 협력도 필요하다. 그러니 친일파 문제를 갖고 너무 떠들어댈 일이 아니지 않는가." 하는 장택상의 말을 들으면 그것도 그럴싸하다고 생각하는 정도가 이종문의 친일파에게 대한 태도였던 것이다. 그러니까 미연의 하소연은 이종문을 얼떨떨하게 했다. 자기 자신 갈피를 잡지 못하는 일인데 아무리 미연의 부탁인들 호락호락 승낙할 수가 없었다. 게다가 이승만 대통령이 마음대로 하는 문제이면 또 모른다. 대통령관 관계없이 국회에서 하는 일이라고 하니 더욱 난처한 일이었다.

"내 연구를 해보지." 하는 대답을 해놓고 이종문은 그날부터 친일파 처리 문제를 연구하기 시작했다. 연구한댔자 이 사람 저 사람을 찾아 물어보는 정도를 넘어설 수 없는 처지인 것은 뻔한 일이다.

이종문이 이 문제에 관해 처음으로 물어본 상대는 문창곡이었다.

"반민법이라쿠는기 어떠키 된긴고? 우선 그 내력부터 이야기 좀 해 주이소."

"아닌 밤중에 홍두깨비라더니 갑자기 반민법은 뭘 하려구 알려는 거요?"

하면서도 문창곡의 설명은 친절했다.

"이 동지, 김인식 씨란 사람 알지? 해방하고 얼마 안 돼서 수송동으로 양근환 선생을 찾아온 사람이 있었지 왜. 해주에서 빨갱이를 쳐부수고 온 무서운 사람이라고 안 합디까. 그 사람이 지금 국회의원을 하고 있어요. 바로 그 사람이 반민법을 만드는 주동역할을 한 사람이오."

하고 문창곡은 신문 끊어놓은 것을 보이기도 했다.

김인식은 대한민국수립을 선포한 8월 15일부터 나흘째 되던 날 국회에서 다음과 같은 맹렬한 연설을 했다는 것이었다.

"여러분 진실로 어처구니가 없어요. 새 국가, 새 정부를 조직하는 덴 모름지기 고결하고 티없는 인사를 뽑아 등용해야 할 것 아닙니까? 그럼에도 불구하고 이게 뭡니까. 황민화운동을 적극 추진한 자, 조선어 폐지를 반대한 애국지사를 일경에 밀고하여 옥살이 시킨 자, 일본 군부에 물품을 헌납하고 아부하여 치부한 자, 총독부 고관이었던 자, 무문곡필舞文曲筆로 일제에 아부하고 협박한 자들이 지금 정부의 장관, 차관 자리를 차지하고 있단 말예요. 이건 조상을 욕하는 일이며 민족의 정기를 짓밟는 일예요. 이러한 해괴망측한 처사를 용납할 수 있겠습니까?"

"참말로 그런 놈들이 지금 장관, 차관으로 있습니꺼?"

이종문이 얼떨떨한 기분으로 물었다.

"있지. 김인식 의원이 없는 일을 꾸며 말했겠소? 그 사람은 대쪽같이 곧은 사람이우."

"이승만 대통령께서 알고 하신 일입니꺼?"

"물론 알고 한 짓이겠죠. 높은 관직에 앉힐 사람을 조사도 안 해보고 결정하겠소?"

"그럴 리가 없을긴디요. 이 박사께서 뭣이 답답해서 그런 짓을 하겠습니꺼."

"이 동지에겐 미안하지만 그러니까 그 영감이 답답하다는 겁니다."

이종문은 도무지 납득할 수가 없었지만 다음의 질문으로 옮겼다.

"그래 그 반민법은 어떻게 돼 있습니꺼?"

"대강 이렇게 되어 있소."

하고 문창곡은 또 다른 신문조각을 집어 들었다.

"한일합방에 적극 참여하고 협력한 자는 사형, 또는 무기징역에 처하고 그 재산은 몰수한다. 일본정부로부터 작爵을 받은 자, 또는 제국의 회의원이 되었던 자, 독립운동가나 그 가족을 살상 박해한 자는 무기 또는 5년 이상의 징역에 처하고 그 재산을 몰수한다로 되어 있소."

"그런디 작을 받은 자라는 건 뭡니꺼?"

"작이라는 건 일본의 귀족이 되었다는 표시요. 공公·후侯·백伯·자子·남男의 5개 등급이 있죠. 이 작위를 받아놓으면 매년 수천 원의 연금이 나오죠. 이완용·송병준 같은 놈은 모두 이 작위를 받아선 평생을 호의호식하구 지냈소. 말하자면 나라를 팔아 일신의 영달을 취했단 말요. 이런 놈들을 그냥 둬서 되겠소?"

"독립운동가를 어쨌다는 대목이 있던디, 그건 일본놈 시절에 경찰을 한 놈들 얘기가 아닙니꺼?"

"경찰 아니고도 그런 짓 한 놈들이 많지. 경찰이라도 피라미 같은 것,

고등계형사 노릇을 안 한 놈이야 특별한 죄를 짓지 않은 담에야 처벌할 수야 있겠소?"

이종문은 미연이 부탁한 은동하가 경시였다는 사실을 상기했다.

"경시쯤 된 사람은 우떠키 됩니꺼?"

"그런 놈은 죄를 따져볼 필요도 없이 징역 10년쯤은 치뤄야 할 거요. 일제 때 경시를 했다고 하면 그건 대단한 거라구요."

이종문은 가슴이 철렁했다. 그 이상 물어볼 기력마저 잃었다. 문창곡의 말대로라면 미연의 부탁은 도저히 가망이 없는 것이다.

"이 사장 왜 그러시유?"

종문의 태도가 이상하다고 생각한 문창곡이 물었다.

"내가 잘 아는 사람의 친척 가운데 경시를 한 사람이 있습니다. 그래 물어본 것뿐이오."

종문이 시무룩하게 말했다.

"이 사장, 괜히 사람이 좋다구 그런 청탁은 받지 마시우. 민족의 대사에 관계되는 일이우. 친일파와 민족반역자는 단연코 처단되어야 합니다. 후진들의 교육을 위해서도 말요. 만일 그런 놈들을 용납한다면 앞으로 민족의 정기를 어떻게 바로잡겠소. 반역자를 처단함으로써 생명을 걸고 조국과 민족을 위해 싸운 사람들의 공훈을 분명히 할 수 있는 거요."

"일제 시대 친일 안 한 놈이 어디 있겠소. 공출 안 낸 놈 있소? 자식 징병이나 징용 안 보낸 놈 있소? 애국자란 것 아마 만에 하나, 아니 10만에 하나쯤 있을까 말까 할끼거만."

"마지못해 한 노릇과 자기만 잘 살려고 아부한 놈과는 다르지 않겠소?"

문창곡의 말만으론 소화할 수가 없어서 종문은 임형철을 불렀다. 임형철의 인간성은 믿지 않지만 그 지식은 쓸모가 있다고 종문이 생각하고 있는 터였다.

 반민법에 관해 알고 싶다고 하자 임형철은

 "이 대통령이 하는 일은 일일이 옳지만 반민법에 대한 처사만은 틀려 묵었어요."

하고 대뜸 흥분했다.

 "대통령이 우쨌는디?"

 "글쎄, 이 대통령은 지금은 정국의 안정을 기하고 건국사업에 힘써야 할 때니까 국민이 총화단결해야 한다면서 친일파니 반역자니 하는 소리는 집어치우라 안쿠는기요. 그기 될 말입니꺼? 그렇지 않아도 모자란 정부 고관에다 친일파를 앉히고……."

 "그라몬 이 대통령께선 친일파 처벌에 반대한다, 이거 아닌가."

 "그렇당께요."

 "그라몬 반민법이니 뭐니 해싸도 소용없는 일 아닌가."

 "천만에요. 법률이 벌써 만들어진 걸요."

 "대통령이 반대하는데도?"

 "대통령도 국회의 권한은 막을 수 없는기라요. 일단 정해진 법률엔 대통령도 따라야 하는 기라요."

 "제기랄, 그럼 그기 콩가루 집안이지 나라라고 할 수 있나. 주인이 그리 많아갖고 뭣이 되겠노?"

 대통령이면 뭐든 할 수 있다고 믿고 있는 이종문에겐 천만 뜻밖의 말이었다.

 "그걸 민주주의 국가라쿠는기라요. 민주국가는 삼권분립이라쿠는기 있어갖고 따로따로 권한을 행사하는 기라요. 법률은 국회에서 만들고, 처벌은 재판소에서 하고, 행정은 대통령이 하고 그렇게 되어 있는 기라요."

"그런께 아무리 대통령이라도 반민법은 대통령 마음대로 안 되겠네?"

"그렇당께요."

대통령도 함부로 할 수 없는 일이라면 실로 난감한 일이었다. 종문은 무슨 일이 있어도 미연에게만은 위신을 세우고 싶었다.

"그 어른의 형편을 풀어줘야만 내 마음이 편하겠어요. 그래야 안심하구 사장님 품에 안길 수가 있겠어요."

미연의 하소연은 이렇게 절실했던 것이다.

이상한 것은 은동하란 존재가 미연의 배후에 있다는 것을 알았으면서도 불쾌감이나 질투심 같은 것이 전연 느껴지지 않은 점이었다. 그러니까 미연의 소망이 종문 자신의 소망으로 옮아질 수가 있었다.

"반민법에 걸릴지 모르는 사람이 있는데 무슨 수를 쓸 수가 없을까?"

종문은 임형철이 비상한 수단을 잘 생각해내는 재간에 은근한 기대를 가졌다.

"그게 누군데요?"

"일제 시대 경시를 한 사람이래."

섣불리 임형철 앞에 이름을 댈 수가 없어서 우선 이렇게 말했다.

"돈이 있으면 가능할낍니다. 경시 정도 같으면. 반민특위 가운데의 몇 사람을 매수해갖고 그 사람을 대상자 명부에서 슬쩍 빼버리몬 될게 아닙니꺼."

"반민특위 사람들은 모두 꼬장꼬장하다던디 매수가 될까?"

"한번 해보는 기지 뭐."

임형철은 수월하게 말하는 것이나 그런 만큼 신용할 수가 없었다. 하나 돈은 2,000만 원쯤 내놓겠다니 돈으로 될 수 있는 일이라면 희망을 포기할 것까진 없었다.

"그라몬 반민특위원가 뭔가에 있는 사람 가운데 혹시 선이 닿을 만한 사람이 있는가 한번 찾아보도록 하게."

하고 임형철을 보내놓고도 한참 동안을 이종문은 생각에 잠겼다. 돈 2,000만 원과 미연이란 기막힌 여체가 공짜로 굴러들어올 판이란 계산속도 있었지만 사내의 의기를 보이고 싶은, 더욱이 미연의 남편이란 은동하에게 그 의기를 보이고 싶은 생각에 벅차 있었던 것이다.

동식에게 전화를 걸었다.

"이 교수 혹시 반민특위에 아는 사람 없나?"

언젠가 동식으로부터 그의 아버지 친구가 국회의원으로 많이 뽑혔다는 소리를 듣고 걸어본 것이었다.

"아는 분이 없지도 않지만 왜 그러십니까?"

하는 동식의 말이 돌아왔다.

"그럴 일이 있네."

"반민특위의 거물은 송남수 씨가 많이 알고 계실 텐데요."

동식이 김상덕 의원과 이종순 의원을 염두에 두고 한 말이었다.

"그라몬 오늘 저녁 송남수 선생 데리고 나와 식사라도 안 할래. 여기오기가 뭣하면 이 교수가 장소를 정해서 내게 연락을 해줘도 좋은디."

약간 어색한 일로 헤어지기는 했으나 이종문이 송남수에 대한 호의는 변함이 없었다. 생각이 다르고 행동도 달랐지만 좋은 사람과 나쁜 사람을 구별할 줄 아는 견식과, 좋은 사람은 좋게 대접해야 한다는 양심과 인간성은 이종문이 지니고 있었다.

그날 밤, 청진동 향원이란 술집에서 세 사람이 만났다. 동식은 이왕이면 해남으로 하자고 했지만 은동하의 일을 의논하는 자리를 해남으로 하기가 종문의 마음에 꺼렸기 때문이다.

송남수와 이종문은 오래간만에 만나는 처지였지만 "와 그리 얼굴 좀 안 보여줍니꺼?" 하는 종문의 인사말로 단번에 소공동 2층에서와 같은 분위기로 되돌아왔다.

"송 선생헌테 큼직한 감투 씌워놓고 그 그늘에서 덕 좀 볼라캤는디 송 선생은 와그리 고집이 세요?"

종문이 계속 익살을 부렸다.

"날고 기는 사람이 있구, 하고 싶은 사람 많은데 나 같은 놈 필요가 있겠어요?"

하고 송남수는 웃었다.

"단정을 반대할 땐 반대했더라도 정부가 서고 났으니 이 정부를 키와야 할 것 아닙니꺼. 그러자면 송 선생 같은 인재가 등장해야 하는긴디."

종문은 못내 아쉬운 표정이었다.

"친일파들 꼴 보기 싫어서라도 난 그런데 끼고 싶지 않으니까요."

웃는 얼굴이었으나 송남수의 말은 단호했다.

"그런께 송 선생도 친일파는 처단해야 한다는 의견입니꺼?"

"친일파는 처단해야죠. 철저하게요."

"이거 큰일 났는디. 나는 오늘 친일파 한 사람 구해달라고 겸사겸사 모신긴디 트자에 리을 해비릿구만."

그러나 이종문의 얼굴엔 불쾌한 흔적 같은 건 없었다.

"친일파를 구하다뇨? 친일파와 나와 무슨 관계가 있다는 거죠?"

송남수는 여전히 웃고 있었다.

"반민특위에 있는 사람을 많이 알고 있다기에 하는 말 아닙니꺼."

"아는 사람이야 많죠."

송남수는 소리를 내어 웃곤

"그런데 반민특위와 친일파 처단과 무슨 관계가 있는 줄 아세요?"

하고 이종문의 얼굴을 바라봤다.

"반민특위가 친일파를 처단하는 기관 아닙니꺼?"

"형식상 그렇게 돼 있긴 하죠. 그러나 반민특위는 결국 친일파를 처단하지 못하고 말 걸요."

송남수는 신중한 표정으로 돌아가며 조용히 말했다.

"그거 무슨 말입니꺼?"

이종문이 긴장했다. 송남수의 설명은 이랬다. 이 대통령의 의중엔 친일파를 처단할 의사가 조금도 없다. 반민특위가 아무리 열을 올리고 있어도 소용없는 노릇이다. 그것은 몇 번이고 되풀이된 이승만의 담화를 자세히 읽어보면 알 수가 있다.

"그래서 나는 절대로 이 정권 밑에선 친일파의 처단이 없을 것으로 믿고 있습니다."

송남수는 만만치 않은 자신을 가진 것 같았다.

"삼권분립인가가 돼 있어서 국회는 대통령도 우떻게 할 수 없다든가요."

이종문이 엄형철로부터 들은 얘길 해본 것이다. 송남수는 피식 웃었다.

"삼권분립을 존중할 줄 아는, 그런 민주주의적 신념이 있는 어른이면 애당초 단독정부를 만들려고 서두르지도 않았을 거예요. 똑바루 말하면 이승만 박사에겐 국회 같은 건 안중에도 없어요. 국회가 자기의 비위에 맞는 행동을 하면 그만이구, 그렇지 않으면 무시할 게 뻔해요. 반민법만 하더라도 그렇죠. 그건 이 박사의 의도와는 반대되는 겁니다. 이 박사는 그 추이를 쭉 지켜보고 있는 거죠. 그러다가 어느 시기에 가면 왕창 할 테니 두고 보세요."

"그럴 수 있을까요?"

"필요하다면 국회마저 없애버릴 텐데 반민특위쯤 문제가 되겠어요?"

이종문은 어안이 벙벙했다. 그럴 것 같기도 하고 터무니없는 말인 것 같기도 했다.

"그라몬 반민법에 걸릴 상싶은 사람은 안심해도 좋겠구만."

"안심해도 좋죠. 그러나 이런 사정을 알 까닭이 없는 친일파들은 상당히 불안할 걸요. 그 잠시 동안의 불안이 처벌이라면 처벌일 수도 있겠죠."

"송 선생은 어떻게 그런 자신을 갖고 있는 겁니까?"

"뻔하지 않습니까. 좌익에 반대하고 이승만 박사를 도운 세력은 거의가 친일파들입니다. 우선 군정이 친일파 세력으로 짜여져 있었던 것 아녜요? 그 힘으로 이 박사는 단정을 세울 수 있었던 것 아녜요? 자기를 지지한 세력을 어떻게 처단합니까. 그렇게 해놓으면 당장 자기의 기반이 무너질 텐데요. 지금 이 판국에 친일파를 제외하면 이 박사를 지지하는 결정적인 세력이 있을 것 같애요? 이게 이 정권의 최대 결함이죠. 이렇게 시작한 정권이 어떻게 될진 뻔한 일 아닙니까."

송남수의 걱정이야 아랑곳없었다. 이종문은 친일파가 처단되지 않을 것이란 점만이 중요했고 솔깃했다.

"그라몬 친일파를 구할라고 노력할 필요도 없겠구만요."

"그럴 필요가 없죠. 그러나 오너라 가거라 하면 귀찮을 테니까 넉넉 잡고 한 1년쯤은 숨어 있는 편이 낫겠죠."

"그런데 그렇게 간단하게 될까?"

하고 이종문이 중얼거렸다. 친일파를 처단하라는 소리가 국회뿐만이 아니라 거리에도 범람하고 있는 사실을 이종문이 알고 있기 때문이다.

"민심이란기 있는긴디, 아무리 이 박사께서 그렇겐……."

"언제 이 박사가 진정한 민심을 살펴서 정치를 했수? 누구신지 모르지만 친일파 가운데 아는 사람이 있거든 처벌 받을 걱정일랑 말구, 자기 한 짓을 진심으로 뉘우치기나 하라고 권하세요. 그리고 내 말이 미덥지 않으시거든 이 사장이 직접 이승만 박사의 의중을 떠보세요."

"이 교수는 어떻게 생각하노?"

종문이 묵묵히 앉아 있는 이동식을 보고 물었다.

"송 선생의 의견이 틀림없을 것 같습니다."

이종문은 사정이 정 그렇게 돌아갈 것이라면 이승만 아부지에게 거리낌 없이 물어볼 수가 있을 것이라고 생각했다. 한결 마음이 가벼워지고 기분이 동했다. 옆에 앉은 기생의 궁둥이를 툭툭 치곤 "조옷소, 오늘 밤 기분 좋게 술 한잔 마셔보자."며 잔을 송남수 앞으로 쑥 내밀었다.

4

송남수의 말을 그럴싸하게 듣기는 했어도 그것만으론 마음이 놓이질 않았다.

어떻든 이승만 대통령의 의중을 알고 싶었다. 그래가지고 자신 있게 행동하고 싶었다. 무엇보다도 미연에게 대해 자기의 체면을 세워야 했던 것이다.

그런 때문도 있어 이종문은 이 대통령이 자기를 불러주길 기다렸으나 좀처럼 그런 기회는 오지 않았다. 간혹 경무대로 전화를 걸어보기도 했는데 요즘은 대통령 각하께서 대단히 바쁘시니 만날 시간이 없을 것이란 비서들의 답만 돌아왔다. 이승만 박사가 이화장에 있을 때는 거리낌 없이 드나들 수가 있었는데 경무대로 옮기고 나선 낯선 경관들이 문을 지키고 있는 바람에 그럴 수도 없었다.

'이대로 영영 아부지를 만날 수 없게 되는 건 아닌가.' 하는 공포심도 생겼고 '아부지가 나를 잊어버린 게 아닌가.' 하는 서운한 마음도 생겼다.

그러나 이승만이 이종문에 대한 호의와 관심을 잃은 것은 아니었다. 다음다음으로 꼬리를 물고 일어나는 일 때문에 그야말로 한가한 시간을 가질 수가 없었던 것이다.

이승만으로선 신생한 정부가 강보에 싸인 어린애처럼 불안했다. 언제 무슨 병이 와 닥칠지 알 수 없었다. 북에서 노리는 세력이 있고 국내의 좌익도 잠잠하지 않았다. 적은 민족진영에도 있었다. 김구를 둘러싼 세력, 김규식을 추종하는 무리, 그 밖에 각양각색의 반대파가 생명을 앗아가기 위해 비수를 갈고 있다고 보아야 했다. 그런저런 사정으로 이 대통령의 불면증은 날로 더해만 갔다.

그런 가운데 10월 13일엔 국회에서 30여 의원의 동의로 외군철퇴안이 상정되었다는 얘길 들었다. 그 동의는 결국 통과되진 않았지만 '보류하도록 했다.'는 소식을 들었을 때 이 대통령은 심히 노했다. 이 대통령은

"부결을 할 일이지, 보류한다는 게 다 뭔가. 모두들 정신 빠졌구먼."

하고 온몸을 부들부들 떨었다. 그리고 즉각 국무총리 이범석을 불렀다.

"총리, 오늘 국회 소식 들으셨소?"

착 가라앉은 목소리를 듣고 총리는 이 대통령이 얼마나 노하고 있는지 짐작했다. 이범석은 머리를 조아리며 나직이 답했다.

"예, 들었습니다."

"그래, 총리의 생각은 어떠하시오?"

"심히 유감된 일로 생각합니다. 각하."

"유감된 일이라고 하고 그대로 묵과할 것이오?"

"어떻게 합니까, 각하. 국회의원이 국회 내에서 하는 발언이나 행동은 행정부에서 규제할 수가 없습니다."

"총리, 그게 무슨 말이오? 국회의원이랍시고 국회에서 나라를 팔아먹을 공론을 하고 있는데도 법률이 없으니까 손댈 수 없다고 수수방관만 하고 있을 참입네까?"

"……"

"외군철퇴하라는 말은 미군은 물러가라는 얘기가 아닙네까. 지금 미군이 물러가면 우리 남한의 꼴은 어떻게 되겠습네까. 망하는 겁네다. 그날로 공산화 되는 겁네다. 그런 주장을 하는 놈들이 그걸 몰라서 한 짓인 줄 압네까? 어림도 없는 말입네다. 놈들은 공산당이오. 아니면 내통하고 있는 겁네다. 큰일을 낼 위험분자들입네다."

"그러나 그들의 동의는 봉쇄되지 않았습니까, 각하."

"봉쇄가 됐어요? 아닙네다. 그게 시작입네다. 그냥 내버려둬보십시오. 그런 분자가 불어났으면 났지 줄어들진 않습네다. 그런 분자는 당장에 발본색원해야 합네다. 생각해보십시오, 총리. 그런 동의가 있었다는 것만으로도 미국에 영향을 주고 유엔에 영향을 줍네다. 그걸 그냥 됐다는 사실 역시 우리 우방국가에 큰 영향을 줍네다."

"각하의 뜻은 잘 알겠습니다만……."

"알았지만 방법이 없다, 그 말씀입네까?"

"……."

"나는 총리는 방법을 만들어낼 수 있는 사람으로 알고 있습네다."

"특별한 법률, 즉 국회의원의 행동을 규제할 수 있는 법률을 만드는 수밖엔 어찌할 도리가 없습니다. 그러나 지금의 국회사정을 봐선 무망한 노릇입니다."

"동의를 낸 놈들은 공산당이거나 내통한 분자들이니까 할 수가 없다고 치더라도, 많은 국회의원들이 그 동의를 철회 또는 말살하지 못하고 보류했다고 하니 국회가 그렇게 지각없는 모임입네까? 나라를 망하게 하려는 동의안을 소극적으론 인정한다 그 말 아닙네까? 그게 국회의 의사다, 이것 아닙네까? 그런 국회를 뒤두어 나라에 이로울 것이 뭐 있습네까? 좌익과의 투쟁을 겪어 모처럼 만들어놓은 국회가 시작부터 그런 꼴이라면 무슨 조처가 있어야 할 것 아닙네까?"

"그렇다고 해서 해산해버릴 수도 없는 일 아니겠습니까?"

이 대통령은 반쯤 감은 눈으로 이범석 총리를 한참 동안 노려보고 있다가 뚜벅 이렇게 물었다.

"총리가 만들어놓은 민족청년단은 뭣을 하자는 단체입네까?"

이범석은 얼른 대답하길 주저했다. 그 물음엔 반드시 복선이 있을 것이었기 때문이다.

"애국하자는 것 아닙네까?"

이 대통령이 거듭 물었다.

"그렇습니다."

총리는 머리를 조아렸다.

"그렇다면 민족청년단은 이 시기에 외군철퇴를 해야 한다고 주장하는 놈들을 용인할 수 없을 것 아닙네까?"

이 말에서도 이범석은 이 대통령이 뭔가 복선을 깔고 있는 것이라고 느꼈다. 그런 까닭으로 분명하게 말했다.

"용인하지 않을 겁니다."

이 대답이 있자 이 대통령은 잠시 생각하는 듯하더니 화제를 돌렸다.

"북한에서 소련군이 철퇴한다는 건 기껏 해삼위 근처에 물러나 있는 겁네다. 그러나 미군의 철퇴는 태평양을 건너간다는 얘깁네다. 그러니까 공산당은 아주 수월하게 외군철퇴를 주장할 수 있을 겁네다. 그런 사정을 아무리 지각이 없기로서니 국회의원들이 모를 까닭이 없지 않습네까? 그런데……."

이 대통령은 이범석 총리의 말을 기다리는 듯 여기서 말을 뚝 멈췄다. 그러나 이범석 총리는 그 유도에 걸리지 않았다. 그저 잠자코 있었다. 이범석의 대답이 없자 이 대통령은 얼굴에 웃음을 꾸미기까지 하곤

"나는 이 총리의 성격을 잘 아는 때문에 민족청년단을 일으켜 세워 국회를 점령해버리지나 않나, 하고 은근히 걱정을 했습네다. 그런데 그런 일이 없다는 것을 확인하고 적이 안심을 했습네다. 애국은 서두를게 없는 것입네다."

하는 투로 알쏭달쏭하게 말을 엮었다.

이범석은 그때 결연하게 말했다.

"민족청년단은 경거망동은 하지 않을 것입니다."

"그래야지, 그래야 되고말고. 그럼 총리는 돌아가서 일을 보시오."

하고 이 대통령은 손을 저었다.

경무대를 물러나온 이범석은 복잡한 심정이었다. 그는 이 대통령이 반정부적인 세력을 국무총리의 선에서 분쇄해달라고 은근히 종용하는 것으로 알았고, 민족청년단을 빈정대고 있는 듯한 이 대통령의 심사도 눈치챘다. 그러니 이 대통령에게 충성을 표시하려면 민족청년단을 선동해서 국회의 기능을 마비시키는 행동을 일으켜야 하는 것이었다. 그러나 이범석은 어떤 일이 있어도 그러한 과잉충성은 하지 않겠다고 마음먹었다.

한편 이승만은 마음을 허할 처지의 인물이 아니란 판단을 이범석에 대해 갖게 되었다.

이범석이 물러난 뒤 이승만은 장택상 외무부장관을 불렀다.

"창랑은 오늘 국회에서 있었던 일을 어떻게 생각하시오?"

"지각없는 놈들이란 어느 사회엔들 있는 것이 아닙니까?"

장택상은 아무렇지 않게 말했다.

"지각이 있다 없다로 치고 말 사건이 아니지 않겠소?"

"그건 그렇기도 한 일입니다만, 그런 문제는 저보다 내무장관을 불러 의논하실 일이 아니겠습니까?"

"물론 내무와도 의논을 할 것이오. 그러나 외군철퇴 문제 같은 건 외무장관의 소관도 되는 것이오."

"그보다도 국민 된 자로서 마땅한 관심을 가져야 할 일이죠."

장택상으로선 그런 엉뚱한 의논을 걸어오는 이승만의 태도가 탐탁지 않았다. 그래서 퉁명스러운 말버릇이 되어 있었던 것이다.

"작은 문제가 아니어. 국회의원의 일부가 공산당과 내통하고 있다면 큰일이 아닙네까? 적시의 한 바늘은 열 바늘에 해당한다는 말이 있는 것이오. 개미의 구멍이 제방을 무너뜨리는 시초가 되는 것이오. 모두들 외군철퇴의 제안은 있었으나 보류되었으니 그만이 아닌가 생각하고 있는 모양입네다만, 나는 크게 우려하는 것이오. 내가 창랑을 부른 것은 경찰을 장악하고 있었던 만큼 창랑에게 무슨 방책이 있지 않을까, 해서 부른 것이오. 창랑의 말을 듣고난 연후에 내무를 불러 의논할 것이오."

"외군철퇴안을 제출한 인사들이 곧 반민법을 서두르고 있는 부류들입니다. 저는 외군철퇴와 반민법과는 관계가 있다고 봅니다."

"무슨 관계가?"

"그럴 듯한 명분을 내세워 정부를 곤혹하게 하자는 목적의식에서 움직이고 있다는 뜻입니다."

"그럴 듯한 명분이란 게 뭔가?"

"각하, 그렇지 않습니까? 외국군을 철수시키고 우리 백성이 자주적으로 나라를 만들어야 한다는 건 그럴 듯한 명분이 아닙니까? 반민법을 만들어 일본놈에게 아부한 놈들을 처단함으로써 민족정기를 바로 세워야겠다는 것도 옳은 명분 아닙니까. 그런데 똑바로 말해 지금 형편으로 그게 될 말입니까? 정부로선 반대하지 않을 수 없는 일 아닙니까? 그러니까 이렇게 되는 겁니다. 국회는 옳은 짓을 하자고 하는데 정부는 옳은 짓을 안 하려고 한다는 따위의 인상을 국민들이 갖게 되는 거죠. 국회의 동성회가 뭔가 하는 놈들은 그것을 노리고 있는 겁니다."

"그러니까 그들은 공산당이란 말 아닙네까?"

"그런데 바로 거게 또 문제가 있는 겁니다. 옳은 말만 하면 공산당으로 몬다는 세론을 일으킬 염려가 있는 게죠."

"그럼 내버려두라는 얘긴가?"

"아닙니다. 내버려둘 순 없습니다. 덮어놓고 공산당이라고 우길 것이 아니라 그들이 공산당이라는 확증을 잡아야 합니다."

"물론 확증을 잡아야지."

"그러나 각하, 상대방들은 국회의원으로서 어느 정도의 신분 보장을 받고 있는 사람들이라, 섣불리 했다간 되려 벌집을 쑤셔놓는 결과가 될 뿐입니다. 국회를 잘못 다루었다간 앞으로 정부의 위신을 세워나가는 데 큰 지장을 초래합니다. 허허실실한 전략이 필요한 까닭이 여기에 있습니다."

장택상은 이 기회에 자기를 내무부장관에 앉히지 않은 것을 이 대통령이 후회하도록 해야겠다는 욕구가 솟았다. 국회의 조종술과 경찰의 정예화에 대해서 장택상은 장광설을 폈다.

"경찰의 정예화가 일조일석에 되는 것은 아닐 것 아닌가?"
하고 이승만은 긴 한숨을 쉬었다.

"도리가 없습니다. 일제 당시의 유능한 경찰관을 우대하는 것이 급선무입니다. 그들은 총독부 시절 몇 안 되는 인원으로 공산분자를 비롯해 반일 인사를 발본색원한 실력을 가지고 있는 자들입니다. 그들을 우대하고 격려하기만 하면 국회의원의 그 한정된 숫자쯤은 수월하게 감당할 수가 있을 겁니다."

"친일파 등용 문제를 갖고 야단을 하고 있는데 그게 그렇게 수월한 일입네까?"

"바로 그 점입니다. 정부에 반대하는 분자들이 가장 겁을 내는 것이 일제 때의 경찰관입니다. 그래서 그들은 기를 쓰고 반민법을 엄중하게 강행하려는 겁니다. 친일경찰관을 등용하는 건 께름하지 않는 바는 아닙니다. 제겐들 민족정기를 생각하는 마음이 없을 까닭이 있습니까?

그러나 어떻게 할 수가 없습니다. 지금의 적은 공산당을 비롯한 반정부 세력입니다. 우리에겐 친일파이든 반 민족자이든 나라를 보호할 수 있는 기술이 필요합니다. 친일경찰관이 기왕에 지은 죄를 지금 민족을 위해 일을 시킴으로써 보상하도록 해야 합니다."

"나도 창랑의 그 의견엔 동감입네다. 내무를 불러 그들을 독려하도록 하겠소."

"그런데 각하, 지금 국회에서 반민법을 두고 서슬이 시퍼렇게 설쳐대고 있느니만큼 그들의 사기가 퍽 저상되어 있을 것으로 압니다. 이럴 때 내무장관의 말씀만으론 약할 것이오니 각하께서 친히 불러 한말씀 하시는 게 효과적일 줄 압니다."

이승만은 한동안 묵묵히 앉아 있더니

"창랑, 손을 좀 내보게."

하고 장택상의 손을 잡았다.

"내무를 못한 게 아직도 섭섭한가?"

"천만의 말씀이십니다. 건국도상엔 외무보다 내무를 맡는 것이 내게 적합한 직분일 것이라고 생각을 했습니다만 섭섭하다고 여긴 적은 없습니다."

"창랑의 뜻은 내가 잘 알지."

하고 이승만은 장차에도 비위에 거슬리는 짓을 할지 모르나 성급하게 생각하지 말고 지켜보면 자기의 의도를 알게 될 것이란 말을 했다.

"생각해보게, 창랑. 공산당은 지독한 족속들 아닌가. 그런데 백범은 결과적으로 그들을 돕는 짓을 하고 있어. 차차 알겠지만 백범은 지금 중대한 과오를 범하고 있는 것이오. 백범은 외군철퇴를 해야 한다고 나서고 있는데 국회의원의 일부가 백범의 그 주장을 등에 업고 있는 것이오. 이 정부가 잘 자라나느냐 못 자라나느냐에 공산당에게 이기는가 지는가의 결판이 날 판인데, 아무래도 백범이 하는 짓은 납득할 수가 없어. 게다가 또 한민당은 어쩌자는 건가. 그들에게 각료 자리를 주지 않았다고 야野로 돌려고 하는 모양인데, 그들도 지각이 있어야 할 것 아닌가. 꾹 참고 몇 해를 지내 공산세력을 몰아내고나면 저절로 그들의 천하가 될 것인데 그걸 모르니 답답합네다. 창랑은 그 사람들 가운데 친구가 많을 것이니까 기회가 있는 대로 깨우쳐주도록 하시오. 이북을 공산당이 손아귀에 넣고 있고 남한에도 공산분자가 우글우글 들끓고 있는데, 이런 형편에서 정부를 반대하거나 비방하는 사람은 그 본의야 어디에 있든 공산당을 이롭게 하는 결과를 가져온다는 것은 뻔한 일이 아닙네까. 안팎으로 위태롭기 짝이 없습네다. 창랑 같은 사람이 힘껏 도와야지. 국제적으로도 국내적으로도 이 시기를 잘 넘겨야 합네다."

이승만은 눈물을 글썽거리기까지 했다.

장택상은 외군철퇴안이 국회의원의 일부에서 문제되었다는 것이 이 대통령에게 그렇게 큰 충격이 되었을까 하고 이상하게 생각했지만, 곰곰이 검토해본 결과 그럴 만한 이유가 충분히 있다는 결론에 도달했다.

김구·김규식의 엄연한 영향, 공산당의 끈덕진 공작, 한민당의 이반離反, 중간파들의 동향 등을 감안할 때, 40여 명의 외군철퇴 주장자들의 움직임이 어떤 세력으로 확장될지 가늠할 수가 없었다.

만일 국회에서 외국철퇴안이 가결되고 국민들이 이에 호응하도록 사태를 조직하는 일이 있다면 실로 이만저만한 일이 아닌 것이다. 이 대통령은 그러한 사태까질 예견하고 위험을 미연에 방지하겠다는 것이었다. 그래 장택상이 다음과 같은 건의를 했다.

"각하께선 이 사태를 그냥 넘겨버릴 순 없을 겁니다. 그렇다고 해서 너무나 당황하는 태도를 보여서도 안 될 것입니다. 기자회견이라도 청하셔서 단호하면서도 여유 있는 태도로써 국회의원의 망동에 일침을 가하셔야 될 줄 압니다."

장택상의 이 건의가 10월 16일의 기자회견으로 되었고 그 석상에서 다음과 같은 이승만의 발언이 있었다.

"다른 나라 국회에서도 그런 일이 간혹 있습네다만 우리 국회의원 가운데도 외부의 사주를 받고 선동을 일삼는 사람이 있는 모양입네다. 더욱이 외군철퇴 운운하는 문제는 중요한 문제이어서 아직은 그런 것을 논할 단계가 아닙네다. 왜 그런 선동을 하는지는 차차 그 목적과 동기가 알려질 터이니 심히 우려하는 바는 아닙네다만 앞으론 지각 있는 국회의원이 그런 선동에 넘어가지 않길 바랄 뿐입니다."

이런 일이 있고 며칠 후에 이 대통령은 맥아더 원수의 초청을 받고 일본에 다녀오기도 했다.

"한국엔 지금도 호랑이가 있습니까?"

하고 일본의 수상 요시다 시게루吉田茂가 묻자, 이승만 대통령이

"귀국의 가등청정加藤淸正이 다 잡아가고 지금은 없습네다."

했다는 유명한 응수는 이때 있었던 얘기다.

하여간 이런 일 저런 일로 해서 이종문이 경무대로 찾아갈 겨를이 용인되지 않았던 것이다.

그런데 이 무렵 이종문을 비방하는 소리가 프란체스카를 통해 이승만의 귀에 들어갔다. 돈을 받고 관직을 알선하는 짓을 한다는 것과 반민법에 걸린 사람들로부터 막대한 운동비를 받고 있다는 등의 얘기였다.

"파파, 이종문이 만일 그런 사람이면 멀리하는 게 좋지 않겠어요?"

프란체스카는 은근한 걱정을 표했다.

"뜬소문인지도 모르지. 내가 그를 좋아하니까 모함한 것인지도 모르오."

이승만은 쓸쓸하게 웃으며 말했다. 이종문의 단순하고 익살스러운 말들이 생각이 나기도 했고, 귀국 이래 푼돈이나마 쌀값이라고 돈을 보내는 일을 거르지 않는 그 성의가 갸륵하기도 했다.

"아니 땐 굴뚝에 연기가 날까 하는 말도 있잖아요. 조심하셔야 할 거예요."

프란체스카는 정색을 했다.

"때지도 않는데 연기만 난 경우가 어디 한두 번만 있었소. 조사를 해 봐서 정히 그런 일이 있다면 내가 불러 주의를 주도록 하겠소. 그러니 심히 걱정은 마시오."

해놓고 이승만은 다음과 같이 이었다.

"그 자처럼 솔직한 놈을 구하기란 어렵소. 그자처럼 내게 충성하는 놈도 드물구. 그놈은 무식하지만 나완 이상스럽게 마음이 맞거든. 그리고 그놈과 같이 있으면 어쩐지 마음이 누그러들어. 그러니 그놈이 오거든 당신도 친절하게 대하시오. 잘못이 있으면 고치도록 지도를 해야지 발을 끊게 해서야 되겠소? 우리는 고독한 사람들 아닙네까?"

"파파의 뜻을 잘 알겠어요."

프란체스카는 그때에야 이종문에 대한 이승만의 사랑이 이만저만한 것이 아님을 느꼈다.

"그런데 그자가 요즘은 통 보이지 않으니 이상하지 않소?"

이승만은 경무대의 사정이 이화장에서의 사정과는 다르다는 것을 알지 못했다. 이종문이 이화장에서처럼 수시로 드나들 수 있을 것인데 자기의 사정으로 나타나지 않는 것으로 알고 있었던 것이다.

5

1948년 10월 20일, 이승만은 일본 하네다羽田 공항을 떠나 한국으로 돌아오고 있었다.

그날 날씨는 청명했다. 맥아더 장군으로부터 모든 면에서 적극적인 협조를 할 것이란 확약을 받은 바도 있어 이 대통령의 기분은 사뭇 명랑했다.

부사산의 선명한 윤곽을 눈 아래로 보며 이승만은 한시적漢詩的인 감흥을 돋구었다. 백관白冠의 거산巨山을 안하眼下에 보고 붕정鵬程을 날으니 꿈만 같다는 감회를 어떻게 다듬어볼까 하며 눈을 가느다랗게 뜨고 생각에 잠겼다.

이때 미국인 고문이 이승만 대통령에게 이제 막 지나간 부사산을 가리키며 "전쟁 때 우리 항공대는 저 산을 목표로 날아와서 일본 폭격을 했답니다." 하고 웃으며 덧붙였다.

"자기들이 자랑으로 하는 명산이 화를 이끄는 시그널이 되었다니 시니컬한 일 아닙니까?"

"동양의 격언에 전화위복이란 말이 있소. 그러니 전복위화할 수도 있다는 얘기 아니겠소? 역사와 인사가 모두 그러한 것이오."

이승만의 이 말을 듣자, 좋은 말을 들었다면서 미국인 고문은 수첩을 꺼내 메모를 했다.

"그런 정도의 말까질 메모하려다간 노트가 산더미를 이루겠소."
하고 이승만이 웃었다.

"노트가 그만큼 되어야 각하의 전기를 쓸 수 있지 않겠소?"

그 미국인 고문은 장차 이승만의 전기를 쓸 작정을 세우고 있었던 것이다.

"서울의 날씨가 어떨지."

이승만이 중얼거렸다.

"물어보고 오죠."

하고 미국인 고문이 기장실로 들어가려는데 황급히 뛰어나오는 부기장과 마주쳤다. 손엔 종잇조각을 들고 있었다. 아무튼 심상한 일은 아닌 것 같았다.

부기장은 이 대통령 앞에 서자 경례를 붙이곤 두 손으로 종이쪽지를 내밀었다.

"이게 뭡니까?"

하고 이승만이 안경을 썼다.

"군대의 반란이 있다는 전봅니다."

부기장은 정중히 말하고 이승만의 안색을 살폈다.

"군대의 반란?"

이승만의 안면근육이 심한 경련을 일으켰다. 수행원들이 모여들었다.

"여수, 순천지구?"

종이쪽지를 든 이승만의 손이 바르르 떨렸다. 그리고 부기장에게 물었다.

"이 밖의 소식은 없소?"

"없습니다. 연락이 있는 대로 계속 알려드리겠습니다."

하고 부기장은 기장실로 돌아갔다. 군대의 반란이 있었다고 들었을 때 이승만은 쿠데타가 난 것으로 알았다. 이승만이 정부를 세우자마자 제일 먼저 걱정한 것이 군대의 쿠데타였다. 미주에 살면서 연례행사처럼 일어나는 라틴 아메리카의 쿠데타를 보아온 이승만은 정권보위를 위한 제일의 경각은 군사 쿠데타라는 것을 명심하고 있었다. 그래서 그는 군대의 동향에 가장 큰 관심을 가지고 있었던 터였다. 그러나 한국의 군인은 쿠데타를 할 만큼 성장해 있지도 않다고 느끼고, 그런 걱정은 없이 맥아더의 초청을 수락했던 것이다.

여수와 순천지구에서 발생한 반란이란 것을 알곤 약간 안심은 했지만 그 반란의 규모가 걱정되었다. 이승만은 미국인 고문을 시켜 서울의 사정을 알아보도록 했다. 기장실에 다녀온 고문은

"서울의 사태는 극히 평온하답니다. 지금 정부수립 경축 체육대회를 개최중이라고 하니 군대의 반란이란 것도 대수로운 일이 아닌 것 같습니다."

하고 보고를 했다. 뒤이어 연락이 들어왔다. 좌익분자의 선동에 의한 국부적인 반란이며 목하의 사정으론 다른 지역, 다른 부대에까지 파급될 염려는 없다는 사실이 밝혀졌다. 이승만은 눈을 지그시 감고 생각에 잠겼다.

좌익분자가 한 짓이라면 놀랄 필요조차 없었다. 수단과 방법을 가리지 않는 것이 그들의 태도이니까. 그렇다면 이편에서도 수단과 방법을 가리지 말아야지. 아까 들먹여본 전화위복이란 말이 떠올랐다. 그렇지, 이 사건을 전화위복의 계기로 삼아야 한다. 군대에서 좌익분자를 몰아내는 일대 숙청사업을 단행해야지. 정부의 안전과 국토의 안전을 지키기 위해 미국으로부터 보다 많은 원조를 받아내야지. 나라가 요지부동으로 완벽한 터전을 잡을 때까진 미국 군대를 붙들어두도록 확고한 조약을 맺어야지……. 이승만의 머릿속엔 전화위복할 계략이 하나하나

짜여갔다.

이승만은 경무대로 돌아오기가 바쁘게 국방장관을 겸해 있는 이범석 총리·윤치영 내무·장택상 외무·경찰의 수뇌·군 수뇌들을 불렀다.

"먼저 국방장관 보고하시오."

이승만의 목소리는 약간 떨리는 듯했다. 이범석이 일어서서 먼저 벗겨진 이마에 맺힌 땀을 닦았다. 긴장만 하면 아무리 추운 겨울날씨에도 이마에 땀을 흘리는 것이 이범석의 특징이었다.

"여수에 주둔하고 있는 14연대가 지난 밤, 그러니까 19일 밤 열 시에 반란을 일으켰습니다. 20일 오전 한 시에 반란군은 여수시에 난입하고 오전 아홉 시엔 완전히 여수시를 장악했습니다. 경찰관, 기관장, 우익단체 요원, 그 밖에 그들에게 동조하지 않은 인사는 모조리 체포하여 집단적으로 학살한 모양입니다. 한편 반란군은 오늘 아침 아홉 시경에 기차를 타고 순천으로 올라온 모양입니다. 오후 세 시에 순천도 완전히 그들의 손아귀에 들어갔다고 합니다. 그 후의 사태는 아직 알 수가 없습니다. 통신이 두절되었기 때문입니다."

하고 이범석은 시계를 보았다. 벽에 걸린 시계가 여섯 번을 쳤다.

"그래 지금 어떤 대책을 세우고 있는지요?"

"각하의 귀국을 기다려 근본적인 대책을 세우기로 하고 우선 참모부장 정일권 대령을 광주로 내려보내 사태를 파악하게 하고 광주의 부대와 마산의 부대에게 작전준비를 완료하고 대기하라는 명령을 내렸습니다."

"가서 앉으시오."

이승만이 이범석을 앉게 하고 묵묵한 채 입맛을 다셨다. 그리고 각료들과 참석자들을 한바퀴 둘러보고 난 뒤 물었다.

"반도들을 진압할 자신은 있소?"
"있습니다."
하는 소리가 이 총리와 송호성 참모총장의 입에서 동시에 나왔다.
"제주도 사태처럼 질질 시일만 끌 것이 아닌가?"
이승만은 우울하게 중얼거렸다.
"일주일이면 진압할 수가 있습니다. 여순지구는 제주도와는 다르니까요."
이 총리가 힘 있게 말했다.
"반란의 경위를 설명할 수 있소?"
이승만이 송호성을 향해 물었다.
"제주도의 반란을 진압하기 위해 14연대에 출동명령을 내렸던 것입니다. 반란 시각을 보니 승선 시각 한 시간쯤 전입니다. 제주도로 가면 죽을지 모른다고 좌익분자들이 사병들을 선동하지 않았나 합니다."
송호성의 답이었다.
"그놈들이 제주도로 갔더라면 어떻게 되었겠소? 섬이 몽땅 놈들의 손아귀에 들어갈 뻔하지 않았소? 어떻게 그런 위험한 부대를 그냥 방치했느냐 말입네다. 모두들 뭘 하고 있는 겁네까? 반란할 수 있는 군댄가 아닌가 살펴보지도 않고 어떻게 출동명령을 내린단 말입네까. 미리미리 챙겨보아야지. 국방장관이나 참모총장이 할 일이 뭣입네까?"
이승만은 노기를 억제할 수 없는 듯 연신 안면신경을 씰룩거렸다.
"군대를 인계 받은 것이 불과 두 달 전이라, 아직 그런 것까지엔 손이 미치지 못했습니다. 앞으론 절대로 그런 일이 없도록 최선을 다하겠습니다."
송호성은 몸 둘 바를 몰랐다.

"앞으론 그런 일이 없게 하겠다고? 그걸 말이라고 하시오? 이미 있었던 일이 큰 문제요. 헌데 14연대의 연대장이란 놈은 누구요?"

"오동기 소령입니다."

"그놈이 주동인가?"

"아직은 밝혀낼 수가 없습니다. 오동기 소령은 지금 문초 중에 있습니다."

"문초 중이라? 어떻게 그놈을 잡았습네까?"

"연대 내에 좌익분자가 있지 않나 해서 사전에 오동기 연대장을 본부로 소환하고 있었습니다."

"그러고 보니 14연대가 위험한 군대라는 것을 막상 몰랐던 것은 아니었구먼."

"그렇습니다. 그러나 연대장을 문초하면 사태가 파악될 것이라고 생각했습니다. 오동기 대신 박승훈을 연대장으로, 이희권을 부연대장으로 임명했는데 이들은 모두 민족정신이 투철한 자들입니다. 민족정신이 투철한 연대장과 부연대장이 있으면 다소 불순분자가 있더라도 대사에 이르진 않으리라고 생각했던 것입니다."

"천치 같은!"

이승만은 주먹으로 탁자를 쳤다.

"사자 심중의 버러지 한 마리가 사자를 미치게 하는 거여. 불순분자가 한 놈만 끼어 있어도 그 군대는 군대의 구실을 못 하는 거여. 송 장군, 아니 이 장군은 손자 병법도 모르나? 안심할 수 없는 군대는 한시도 그냥 두면 안 되는 거여. 숙청을 하든지, 해산을 시키든지 해야지. 여순지구 반란의 진압도 문제지만 숙군이 초미의 급무요. 반란군을 진압하러 보낸 군대가 반란할 위험성을 내포하고 있어선 큰일이 아니오?

지금부터 당장 숙군에 착수해요."

"예, 뜻을 받들어 노력하겠습니다."

송호성도 땀을 뻘뻘 흘리고 있었다.

"새로 임명된 연대장, 부연대장은 어떻게 됐어? 그들도 반란에 가담했는가?"

"가담하지 않았습니다."

"그럼 죽었든지 감금되었든지 했을 것 아닌가?"

"공교롭게도 연대장과 부연대장은 사병들이 승선할 배를 사전 점검하러 나가 있었던 모양입니다. 만일 영내에 있었더라면 속절없이 죽었을 겁니다."

"그들은 어떻게 됐어?"

"때마침 여수에 내려가 있던 오덕준 중령과 같이 박승훈 연대장은 해군경비정을 타고 여수를 탈출, 목포로 향했다고 합니다."

이승만 대통령은 상체를 곧추 세웠다. 피로한 기색과 우울한 표정이 가셨다. 그리고 그 독특한 말투로 다음과 같이 말했다.

"조그마한 실수가 큰 화를 몰고 옵네다. 우리가 조금만 경각심을 발동했더라면 이번 사건 같은 것은 충분히 방지할 수 있었다고 봅네다. 그러나 그 책임을 묻고 있을 때가 아니라서 기왕의 책임은 일체 묻지 않기로 하겠습네다. 여순사건은 물론 제주도의 사태도 빨리 진압하도록 철통 같은 준비를 하길 바랍네다. 동시에 우리 군대에서 불순불자를 철저히 색출하도록 하는 방법도 강구해야 할 것입네다. 불순분자 색출을 위해서는 강력한 기구를 만들 필요가 있다고 봅네다. 그리고 이 문제에 있어선 어떠한 정실도 개재시킬 수 없으니 그런 엄격하고 강력한 기구를 만드는 데 여러분의 협력이 있어야 할 것입네다. 나는 생각할 일이 있고 하니 내일 또 만나 의논하도록 하고 오늘은 이만 물러가서 각기 소관사를 보살피도록 하시오."

여기서 소설의 흐름을 잠깐 중단하고 여순반란사건의 개요를 적어둘 필요를 느낀다.

반란의 주동이 된 14연대는 1948년 5월에 새로이 편성된 연대다. 그 주둔지는 여수읍 신월리, 구일본군舊日本軍 비행기지였다. 연대장은 오동기 소령이었는데 반란사건 직전 본부로 소환되고 그 후임을 박승훈 중령이 맡았다. 부연대장은 이희권 소령.

14연대에서 1개 대대를 제주도 토벌군으로 파견하라는 명령을 받은 것은 10월 16일, 출항일시 10월 19일 20시로 되어 있었다. 그런데 그 명령의 전문지시가 여수우체국의 일반전보로 전달된 것이기 때문에 사전에 그 군사기밀이 누설되었을 우려가 있었다. 당시 여수는 특히 좌익세력이 강한 지역이었고 부대 내엔 적잖은 공산분자가 있을 것으로 짐작되기도 했기 때문에 그 기밀의 누설이 중대한 화근이 될지도 몰랐다.

일본군의 대좌大佐이었던 박승훈 연대장은 그런 점에 있어서 세심한 사람이었다. 그러나 작전명령을 단순한 짐작만 갖고 어긴다는 것도 중대한 문제였다.

그런데 그 무렵 제주도의 근해에 국적불명의 잠수함이 출몰하고 있다는 풍설이 나돌고 있었다. 이희권 소령은 그 풍설이 막상 근거 없는 것도 아니니, 그것을 이유로 하여 작전명령을 두 시간쯤 늦게 이행할 수 있지 않겠느냐고 건의를 했다. 연대장은 그 건의를 받아들여 출항시간을 24시로 결정했다.

그리고 이날 밤 출동대대의 장교식당에서 환송을 겸한 회식이 베풀어져 장교들은 모두 이 자리에 참석했다. 그 회식이 끝난 것이 하오 일곱 시. 연대장 이하 참모들은 한걸음 앞서 여수항으로 나가 선적작업을 감독 지휘했다.

공산분자들의 당초 계획은 환송회를 이용하여 장교식당에 모인 장교들을 모조리 사살하고 난 뒤 봉기하려던 것이었는데, 그러는 동안에 사병들 가운데 이탈자가 날 우려가 있었기 때문에 그 계획을 변경하고 부대가 출발하기 직전에 거사하기로 작정했다. 거사의 주모자는 대전차포對戰車砲 중대장인 김지회 중위와 연대 인사계 지창수 상사 등이다.

제1대대는 식사 후 출동준비를 하고 있었고, 제2대대는 잔류부대였으므로 출동부대의 휴대식사를 준비하고 있었다. 정각 20시, 비상나팔이 울렸다. 출동대대는 연병장에 집결했다. 주모자인 지 상사가 부대 내의 핵심세포 40명을 시켜 무기고와 탄약고를 점령케 한 후, 부대가 출발할 예정시간보다 한 시간 앞당겨 나팔을 불게 한 것이다.

출동부대가 집합을 끝내자 지 상사가 단상에 섰다. 그리고 선동연설을 시작했다.

"지금 경찰이 우리를 향해 쳐들어오고 있다. 우리 14연대에 민주적인 병사가 많다는 것을 알고 모조리 섬멸할 계획을 세운 것이다. 놈들을 죽이지 않으면 우리가 다 죽는다. 경찰은 우리의 철천지원수다. 이 가운데 경찰의 학대를 받아보지 않은 자가 과연 몇이나 되는가. 우리가 군대에 들어와서 이 고생을 하는 것은 누구 때문인가. 경찰은 우리를 괴롭혔고 우리 가족을 괴롭히고 있다. 경찰을 타도하자. 그리하여 우리가 치안을 담당하는 민주적인 나라를 만들자. 그러니만큼 우리는 동족상잔하는 제주도 출동은 결사반대해야 한다. 남북의 통일은 우리의 염원이며 조국의 지상과제이다. 때는 성숙했다. 지금 북조선 인민군은 남조선 해방을 위하여 38선을 넘어 노도처럼 남진중에 있다. 우리는 인민해방군으로서 북상한다. 우리의 승리는 확실하다. 대구에서도 광주에서도 서울에서도 우리의 동지들이 일어섰다. 우리들만이 낙오할 순 없지 않은가. 전진하는 인민의 대열에서 낙오하여 스스로 치욕을 사는 일이 있어선 안 되지 않는가. 동지들! 내 말에 찬동하는 사람은 그 뜻을 표하시오!"

"옳소."

하는 소리가 연병장을 뒤흔들었다. 반대한 3명의 하사관은 즉석에서 사살되었다. 3명의 하사관이 쓰러지자 연병장은 삽시간에 살기로 가득 찼다. 지창수가 외쳤다.

"이미 탄약고는 우리의 수중에 있다. 각자는 실탄을 최대한으로 가져라. 미 제국주의의 앞잡이 장교들은 닥치는 대로 쏘아 죽여라."

이로써 출동대대는 반란군으로 돌변한 것이다.

제5중대의 주번사관 박윤민 소위는 비상나팔 소리를 듣고 의아하게 느껴 연병장 쪽으로 가보았다. 제2대대 사병들은 이미 정렬하고 있었고 누군가가 훈시를 하고 있다는 것만 알았을 뿐 어둠과 거리의 관계로 말하는 사람도, 그 말 내용도 알아볼 수 없었다. 그런데 탄약고가 있는 뒤 고지에서 신호탄이 올라가고 총성이 났다. 그는 며칠 전 민간인이 부대 내에 장작을 훔치러 들어온 적이 있었다는 사실을 상기하고 또 그런 일이 있어 보초가 위협사격을 한 것쯤으로 짐작하고 주번사령에게 문의할 요량으로 탄약고 앞을 지났다. 그때 탄약고 쪽에서

"누구야!"

하고 수하하는 소리가 있었다.

"주번사관이다."

하자,

"쏴라!"

하는 말이 들렸고 이어 총격이 있었다. 박 소위는 방광을 맞고 쓰러졌다.

1대대의 부관 김정덕 소위는 반란사병들로부터 구타를 당했다. 옆에 있던 조병모 소위가

"왜 장교를 구타하느냐."

고 하자,

"뭐, 이새끼."

하며 반란사병이 조 소위를 찔러 칼날이 배에서 등에까지 나왔다. 제1대대장 김일영 대위는 쫓아 나오다 반란군에 의해 사살당했다.

한편 여수항에서 선적작업을 지휘하며 출동부대의 도착을 기다리고 있던 연대장과 부연대장은 23시경에 부대에서 탈출해온 수송장교의 보고를 통해 부대의 반란을 알았다.

부연대장 이희권 소령은 우선 상황파악을 하기 위해 정보장교 김래수 중위를 대동하고 연대로 향했다. 연대위병소 근처에서 지프차에서 내려 위병소는 무난히 통과했다. 탄약고 부근에 이르렀을 때 두 차례에 걸친 수하가 있었다. 이희권 소령이 무심코 "부연대장."이라고 했더니 집중사격이 있었다. 그 통에 정보장교 김래수 중위는 그 자리에서 즉사했다. 이희권 소령은 포복을 해서 가까스로 연대본부로 들어가 마이크를 잡았다.

"나는 부연대장이다. 불순분자의 선동에 넘어가지 말고 마음을 돌려라. 대한민국에 충성할 군인은 연병장에 모여라. 지금도 시간은 늦지 않다."

그래도 반응은 없고 총성만 가까워졌다. 이 소령은 신변의 위험을 느꼈다. 이 소령은 사태가 절망적이라고 판단하고 여수 시내로 빠져나와 헌병파견대에 들렀다. 거기서 순천에 파견되어 있는 2개 중대의 선임 중대장인 홍순석 중위를 전화통으로 불러냈다. 이 소령은 여수의 상황을 설명하고 즉각 출동하라는 명령을 내렸다.

"그렇겐 못하겠소."

하는 짤막한 답과 함께 전화는 끊어졌다. 그때서야 부연대장은 홍 중위가 공산분자의 하나라는 사실을 깨달았다.

연대장 박승훈 중령은 부연대장이 연대로 들어간 뒤 모 여관에서 오덕준 중령을 찾았다. 제5여단의 참모장인 오덕준 중령은 14연대의 제1대대의 제주도 향발을 환송하기 위해 그 무렵 여수에 와 있었던 것이다.

연대장과 참모장은 지프차로 같이 연대로 향했는데 근처에 가서 요란한 총성과 함께 반란군들이 소란을 피우고 있는 것을 목격하자 사태 수습의 불가능을 깨닫고, 다시 여수 시내로 나와 해군경비정을 타고 오 참모장과 함께 목포로 향했다.

한편 비상나팔과 총성에 놀란 제2대대, 제3대대 대원들이 연병장 쪽으로 나오고 있었는데, 지창수 상사 일당은 "병기창고에 가서 총기와 실탄을 가질 수 있는 대로 가지고 연병장에 집합하라. 명령을 거역하면 모조리 쏘아 죽인다."고 위협했다.

병사 안에 남아있는 사병들에게도 꼭 같은 위협이 있었다. 숨어 있던 자들도 공포에 떨며 하는 수 없이 무장을 하고 연병장에 집합했다. 이렇게 집합을 시켜놓고 지 상사는 또 한바탕 선동연설을 했다. 좌익분자가 아닌 대원들도 경찰이 쳐들어오고 북조선인민군이 남진해온다는 지 상사의 연설을 듣곤 갈피를 못 잡고 추종하는 도리밖엔 없었다.

이렇게 해서 연대병력을 반란군으로 전환시키는 데 성공한 지 상사는 자신이 해방군의 연대장임을 선언하고 미리 계획한 대로 대대장, 중대장, 소대장 등의 반란군 지휘체계를 편성하고 편성이 끝나자 연대 내에 잠적한 장교들을 색출하기 시작했다. 그리고 이용가치가 있는 군의관 같은 사람은 제외하고 대부분을 사살했다. 이때 사살된 장교의 수는 20여 명에 이르렀다.

연대 내의 반란이 성공하자 연대 부근에서 대기중이던 여수지구 남로당의 핵심분자 23명이 영내에 들어와 합세하고 이들도 중무장을 했다.

22시경 여수항에 정박중이던 해군경비정 1척이 반란 발생의 정보에 접하고 14연대 정면 해상으로 들어와 서치라이트를 비췄다. 반란군은 서치라이트를 향해 일제사격을 가해왔다. 경비정은 즉시 회항하여 출항 대기중이던 부대에겐 빨리 이항離港하라는 연락을 취했다.

반란군 3,000여 명은 지 상사의 지휘 아래 모든 차량을 동원하여 여수 시내를 향해 들어왔다. 들머리에 있는 봉산 지서를 습격하고 경찰관을 사살했다.

20일 새벽 1시 반란군은 여수 시내에 돌입했다. 경찰관의 교전이 시작되었다. 그러나 소수의 경찰병력으로는 성난 파도처럼 밀어닥치는 반란군을 저지할 수가 없었다.

반란군이 시내에 들어오자 좌익단체와 학생단체 600여 명이 합세하여 인민공화국 만세와 인민해방군 만세를 외쳤다. 이들에게도 연대에서 싣고 나온 무기와 탄약을 지급했다.

좌익단체원들의 선도로 각 관공서, 은행 기타 중요기관을 속속 접수했다. 아침 9시에 이르러 여수시는 완전히 반란군의 장악 하에 들어갔다. 체포된 경찰관과 기관장, 우익단체 요원, 유지들, 그들이 규정하는 이른바 반동분자는 여수경찰서 후정에 모아놓고 집단총살을 감행해 나갔다. 뿐만 아니라 반란군과 좌익분자들은 이른바 반동분자를 찾아 집집을 수색하고 적발하는 대로 살해했다. 악질 경찰관이라고 하여 코를 끼워 거리를 끌고 다니다가 드디어는 죽여버리는 처참하기 이를 데 없는 참상도 있었다.

인민위원회가 조직되고 적기赤旗가 거리 위에 나부꼈다. 남녀 학생들이 동원되어 좌익적인 벽보와 선전문을 붙였다. 그 벽보와 선전문을 통해 "인민군은 38선을 돌파하여 목하 남하중이다." "여수엔 인민해방군이 상륙했다. 인민해방군 만세!" "인민해방군은 순천을 점령하고 목하 북상중이다." "남조선의 해방은 목전에 있다." "인민공화국 만세!" "인민의 승리는 확고하다."는 등 시민을 기만하기에 바빴다.

그리고 그들은 "라디오 방송을 청취하는 자는 총살에 처한다."는 포고문을 발표하기도 했다.

23일이 되어서야 일부 시민이 반군의 주체는 14연대이며 여수, 순천 지구에 한한 국지적인 반란이란 것과 진압군이 순천을 탈환하고 반란군을 지리산으로 추격하는 한편 여수 방면으로 진격중이란 사실을 알았다.

여수를 장악한 반란군의 주력 2개 대대는 20일 오전 아홉 시 반, 통근열차 6개 차량에 분승하여 순천으로 향했다.

순천에 주둔하고 있는 2개 중대는 홍순석 중위의 지휘 하에 여수에서 북상중인 반란군의 주력부대를 대기하고 있었다.

순천경찰서는 군대반란이 있다는 정보는 듣고 있었으나 구체적인 상황을 알 수가 없어 여수 방면 근처에 있는 지서에서 경비령을 내리고 비상경계 태세를 펴고 있었다.

그리고 이날 순천지구에선 기관장과 유지들이 순천군청에 모여 군경민軍警民의 친선을 도모할 방책을 의논하고 있었다. 순천에 주둔하고 있는 군인들의 행패가 너무나 심하기 때문에 그 대책을 강구하고자 한 것이었다. 이때 순천역 부근에 군인들이 집결해 있는데 그 동향이 이상하다는 경찰정보가 들어왔다.

열 시경 사방에서 총성이 났다. 열 시 반 여수에서 북상한 반란군이 세 방면에서 순천으로 진격해왔다. 순천경찰서는 전투편성을 한 후 제1선을 광양, 여수로 갈라지는 삼거리에 두어 1개 소대를 배치하고 주력부대는 순천교 제방에 배치했다.

반란군은 삼거리의 경찰대를 일거에 격파하고 10여 명을 죽였다. 순천교 제방에 배치된 경찰의 주력은 안간힘을 다해 반란군의 진격을 저지하고 있었으나, 광주에서 급파된 제4연대의 일개 중대는 순천교에서 역전에 이르는 도로에 배치되어 있었지만 싸울 의사를 보이지 않았다. 경찰요청에 의해 군대와의 연락책임을 맡은 당시 남국민학교 교장 김경호가 순천중학교에 자리 잡고 있는 광주부대의 본부를 찾아갔는데 중대장은 만나지 못하고 어느 중사에게 물었다.

"지금 반란군과 교전 중인데 왜 군인들은 싸우지 않소?"

그때 그 중사의 답은 이랬다.

"우리는 군인끼리 전투하러 온 것이 아니다. 상관의 명령이 없는데 어떻게 싸움을 하느냐?"

광주 연대의 그 중대는 급기야 반란군에 합류하고 말았다. 이렇게 해서 오후 세 시엔 순천도 완전히 반란군에 의해 점령되고 말았다.

반란군 주력은 순천이 점령되자 세 방면으로 진격했다. 일부는 학교로, 일부는 광양으로, 일부는 벌교로 진격하면서 경찰서를 모조리 습격하고 경찰관을 닥치는 대로 사살했다.

순천의 잔류부대는 지방 좌익분자와 합세해서 경찰관, 우익계 인사, 학련계 학생, 기관장, 유지, 종교인, 그 밖에 그들에게 동조하지 않는 사람들을 체포하여 경찰서로 끌고 갔다. 인민공화국 기가 오르고 인민위원회가 조직되었다.

제1차로 체포된 경찰관은 무조건 총살되었고 후에 체포된 70여 명의 경찰관은 인민재판의 형식을 빌려 "인민의 고혈을 빨아먹던 놈들은 이렇게 처단한다."는 선언과 함께 집단 학살됐다.

반란군들은 좌익분자들을 앞세우고 집집마다 가택 수색을 하여 그들이 말하는 이른바 반동분자를 800명이나 체포하여 경찰서, 소방서, 기타의 장소에 구속했다. 그리고 취조하는 형식을 취했다. 그런데 취조하는 자들 가운데는 각 기관의 사환, 음식점의 심부름꾼이 있었고, 놀랍게도 사찰계 형사도 끼어 있었고, 민주학련 소속의 학생들도 있었다.

시민들은 거리에 나붙은 반란군의 벽보를 보고 놀랐다. 선전내용은 여수에서와 마찬가지의 것이었다.

무지한 대중들은 그들 스스로가 폭동을 일으키게 되었고 경찰 유치장에서 석방된 피의자들은 제 세상을 만난 것처럼 일반 가옥에 침입하여 반동가족들이란 이유로 협박하고 약탈하고 부녀자를 강간하는 등 파괴와 방화 등도 자행했다.

반란군에게 가장 열성적으로 선봉적 역할을 한 것은 민주학련 소속의 남녀학생들이었다. 특히 순천중학교의 학생들은 소위 인민재판에서 형이 결정되기만 하면 서슴지 않고 총살·타살·교살·소살燒殺하는 등 잔인하기 짝이 없었다. 이와 같이 무자비하게 학살된 관민, 학생들의 수가 400명을 넘었다.

6

　이와 같은 진상을 알았을 때 이 대통령은 끓어오르는 노여움을 억제할 수가 없었다. 꼬박 이틀을 뜬눈으로 새우다시피 했다. 프란체스카의 위로도 소용이 없었다.

　이 대통령은 건국과정에 있어서 가장 긴급한 일은 공산분자를 말끔히 소제하는 데 있다는 신념을 거듭했다. 군에서, 경찰관서에서, 학원에서, 철저하게 공산분자를 숙청하는 방법의 모색과 실천을 강행해야겠다고 결심했다. 그런 결과 민족을 위해 얼마쯤 유리한 일일지라도 공산당을 이롭게 하는 일은 일체 제지해야 한다는 결론에 이르렀다. 김구, 김규식 그 밖에 옛날의 독립운동 동지라도 이 원칙에 어긋날 경우엔 추호의 용서가 없을 것이라고 입을 악물었다. 이런 심정으로 남을 시키지 않고 대통령 스스로가 쓴 것이 다음의 '여순 반란사건 발생에 제하여 일반국민에게 고하는 경고문' 이다.

　공산분자들이 지하에 밀당密黨을 부식하고 난을 일으켜 전국을 난에 빠뜨리고 남북을 공산화시키어 타국에 예속시키려는 계획이 오래 전부터 농후했다는 것은 세인이 다 아는 바이다. 불행히도 몽매천박한 분자들이 혹은 군에, 혹은 어떤 단체에 숨어서 반란을 양성하고 있다가 정부를 기만하고 국권을 말살하려는 음모로 여수·순천 등에서 난을 일으켜 관리와 경찰을 학살하고 관청을 점령하여 난당을 급조하여 현세現勢를 확대함으로써 국제문제를 일으켜 국가를 파괴하고 민족의 자상잔멸自相殘滅을 고취하려 한다. 이미 피해자가 300명 내지 500명에 달한다는 보고에 접하였다. 이런 분자들은 개인이나 단체를 막론하고 한 하늘을 이고 같이 살 수 없는 사람들이다.

그동안 충성한 경찰관리와 군대는 결사적 전투로 반도를 진압하여 난국이 거의 정돈되었다. 이 반도들이 산곡山谷으로 도주하려는 것을 관군이 예측하고 기선을 제하여 마침내 그들이 진퇴유곡의 현세를 이루었다.

이 반란지역도 불일 내로 토벌하여 안온케 될 것이니 더 염려할 것은 없으나, 극소수의 잔재인 반도들이 혹 도망하여 잔재인 도당을 꾀여 살인 방화와 약탈 파괴 등의 행동으로 손재상인損財傷人을 감행하여 치안을 방해할 것이다. 방어상태의 법책法策을 취하지 않고는 후환을 피하기 어려울 것이니 정부에서는 단호한 태도를 취하여 치안을 유지하여 인명을 보호할 것이요, 이래서 먼저 이런 반역도당이 있으면 이들은 군법을 따라 정형시위正刑視威하여 만연절금蔓延絶禁할 것이며, 각 지방 남녀노소는 질서안녕을 범하는 자가 없도록 조직적 행동을 하여 반역도당의 은익 도탈逃脫 등의 폐단이 없게 하고 괴수된 자를 속히 포박하게 하여 공분을 발하여 군법을 밝힐지니 관민일심으로 격동여진激動勵進하기를 경고하는 바이다.

공보비서는 이 대통령이 손수 쓴 이 경고문의 초고를 읽고,
"가일자加一字도 어림이 없고 감일자減一字도 어림이 없는 명문입니다."
하고 감격의 눈물을 흘렸다.
그러나 이 대통령은 수색을 얼굴에서 지우지도 않고

"나는 명문을 쓰려고 한 것이 아니라 내 심혈을 엮은 것이오."
하곤 도로 그 초고를 받아들고 타이프라이터가 놓인 책상 앞으로 갔다. 그리고 그는 그 경고문을 영역하기 시작했다. 자기의 전기를 쓰겠다고 벼르고 있는 미국인 고문에게 넘겨줄 참이었다. 이 대통령은 자기의 연설이나 담화의 영역은 일체 남에게 맡기지 않고 자기 자신이 직접 해야만 직성이 풀리는 성미였던 것이다.

광범위하고 철저한 숙군肅軍의 방책을 연구하라는 지시를 부하에게 내려놓기도 했으나 이 대통령 자신도 주야로 그 방책을 모색하고 있었다. 그러던 참에 '공산분자 색출도 기술'이라고 한 장택상의 말이 상기되고 따라서 친일 경찰관이었다는 노덕술, 최난수 등의 이름이 기억에 떠올랐다. 그들을 불러 물으면 신기한 방책이 나올 것도 같았고, 반민법 같은 건 겁내지 말라고 위로를 하면 한층 더 직무에 분발할 것이란 생각도 들었다. 가능하다면 그들을 핵심분자로 해서 고도의 정보기관을 조직하게 하는 것도 효과적일지 몰랐다. 이승만은 생각이 나기가 바쁘게 그들을 불러들이도록 비서에게 명령했다.

"아침 일곱 시쯤이 좋을 것이야. 사람의 눈에 띄지도 않을 것이고 하니까."
하고 기억나는 대로의 명단을 적어 비서에게 넘겼다.
그 이튿날 아침 최난수·홍택희·노덕술·박장림 등이 나타나자 이승만은 원지에서 돌아온 아들을 맞이하듯 반겼다.
"진작 만나서 위로라도 하려던 것인데 워낙 바빠 늦게 되었네. 미안허이. 건국에 공로가 많은 사람들을 내가 너무 홀대를 한 것 같애."
하고 이승만은 일일이 그들의 손을 잡았다. 일동은 너무나 감격한 나머지지 뭐라고 할 말을 잊었다. 노덕술은 훌쩍거리기까지 했다.

"죄 많은 비천한 놈을 각하께옵서 이렇게 감싸주시니 그 은혜 망극하옵니다."

하며 최난수도 울먹이고 있었다.

"죄라니, 당치도 않는 말. 비록 죄가 있다손 치더라도 전비는 현공現功 앞엔 무색한 것이야."

하고 이승만은 여순반란사건을 언급하기도 하고, 국회 내의 불순분자를 들먹이기도 하며, 군경·민·정부·국회에 걸쳐 불순분자 색출에 앞장을 서라는 분부를 내렸다.

"기관이 필요하면 기관을 세워. 자금이 필요하면 얼마든지 자금도 댈 테니까."

그리고 반민법을 걱정하지 말라는 얘기도 잊지 않았다.

"반민법을 서두르고 있는 놈들이 외군철퇴를 주장하는 놈들이라며? 그러니 기선을 제압하면 될 것 아닌가. 놈들은 반드시 공산분자와 내통하고 있는 놈들일 것이니까 그 확증만 잡으면 그만 아닌가."

긴장이 풀리자 그들도 갖가지 의견을 내놓기 시작했다. 요는 권한만 주면 국회든 군부든 공산분자 색출은 어려운 문제가 아니라는 의견이었다.

얘기가 한고비를 넘었을 때 이승만의 뇌리에 이종문이 떠올랐다.

"혹시 이 가운데 이종문이란 사람을 아는 이가 있는가?"

"예, 잘 압니다."

최난수 이하 모두가 이종문을 안다고 했다. 그들은 또한 이종문이 이 대통령과는 각별한 사이라는 것도 알고 있는 터였다.

"그 사람 어때? 이상한 소문이 들려오고 있는데?"

"무슨 소문이십니까?"

최난수가 물었다.

"관직을 알선해주겠다고 돈을 받는다든가, 반민법에 걸리지 않도록 해주겠다며 돈을 받는다든가, 그런 풍문인데 혹시 마음에 집히는 게 없어?"

"천부당한 얘깁니다."

하고 최난수가 단호히 말했다.

"반민법에 걸리는 사람들이라면 저희들이 으뜸이 아니겠습니까? 이종문 씨는 그것을 미끼로 우리들로부터 돈을 받기는커녕 돈을 준 사람입니다. 공산당 잡는 데 힘쓴다고 저나 동지들은 그분으로부터 몇 차례 돈을 받았습니다. 그런 분이 어떻게 불미한 짓을 할 수 있겠습니까?"

"저도 이종문 씨로부턴 몇 차례 돈을 얻어썼습니다. 제 내자가 입원을 했을 땐 신세를 졌습니다. 돈을 주고 무슨 부탁을 했더라면 뇌물을 받는 것 같아서 거절이라도 했을 것이지만 순수한 동정이고 보니 거절할 수도 없었습니다. 그런 분이 어떻게……."

하고 노덕술도 진지한 태도로 말했다.

최난수나 노덕술은 장택상 씨를 통해 이종문을 이 대통령이 좋아한다는 사실을 알고 있었기 때문에 그 비위를 거스르지 않게 하기 위해서 필요 이상으로 과장한 점은 있었지만 두어 차례 용돈을 얻어쓴 것은 사실이었다.

이 대통령의 얼굴에 화색을 띤 웃음이 번지는 것을 보고 최난수와 노덕술은 자기들이 한 말이 썩 잘된 것이라고 느끼고 다투어 이종문의 장점을 들먹이기 시작했다. 정판사 앞에 붙은 이승만 박사의 비난벽보를 뜯다가 몰매를 맞은 이야기, 어제까지 좋아하던 사람도 이 박사를 비방하는 듯한 말만 하기만 하면 사정없이 절교한다는 얘기 등 침이 마를 지경이었다.

그러자 이승만 대통령은 사람을 불러 프란체스카 여사를 들어오게 했다.

"마미, 이종문의 얘기가 있었소. 그 사람은 돈을 받아 엉뚱한 짓을 하는 사람이 아니라 자기 돈을 국가를 위해 고생하는 사람들에게 나눠주는 사람이라고 해요. 여게 모인 사람들은 모두 수사의 베테랑들인데 이 분들이 일치해서 그렇게 말할 땐 무조건 믿어야 하지 않겠소?"

이렇게 말하는 이승만의 얼굴엔 자랑스런 빛조차 있었다.

"좋은 얘기 들었어요. 자칫 잘못했다간 그 좋은 사람을 오해할 뻔했어요. 여러분 참으로 고마워요."

하고 프란체스카도 기쁨을 감추지 못했다.

"우리가 멀리할 사람은 마미에게 그릇된 정보를 전한 바로 그 사람일 것 같소."

할 때의 이승만은 벌써 엄격한 표정으로 돌아가 있었다.

"알겠어요, 알겠어요."

하고 프란체스카는 애교에 넘친 웃음을 띠곤 퇴장했다.

"헌데 그 사람이 통 요즘엔 나타나지 않으니 이상해."

이승만이 중얼거렸다.

"각하가 바쁘신 줄 알고 사양하는 것 아니겠습니까?"

최난수의 말이었다.

"아무리 바빠도 만날 사람은 만나야지."

"저희들이 나가면 그렇게 전하겠습니다."

노덕술이 말했다.

"그렇게 해주게."

하고 이 대통령은 다시 아까의 화제로 돌아갔다.

"공산분자를 발본색원하는 방법을 철저히 연구해서 내게 일러줘. 세계는 바야흐로 공산진영과 자유진영이 대결하는 냉전의 단계에 있으니 자네들이 좋은 방책을 생각해내기만 하면 그것을 수출할 수도 있을 것 아닌가. 물질은 미국에서 얻어오고 반공의 전술은 우리가 미국에게 가르쳐주고……. 그렇게만 되면 상부상조가 이뤄지는 것 아닌가."

화기애애한 웃음꽃이 피었다.

"공격은 최상의 방어란 말이 있지 않습니까. 남한의 반공을 효과적으로 이루려면 이북을 교란하는 작전도 필요할 것 같습니다. 정예분자를 양성해서 이북에 보내 제5열을 조직하는 겁니다. 그렇게 해놓으면 그들의 남한을 넘겨다보는 힘을 저지할 수가 있지 않겠습니까? 남한에 있는 공산분자에 국한한다면 그 발본색원은 간단합니다. 넉넉잡고 2년만 우리 태세를 지탱해나가면 뿌리를 뽑을 수가 있습니다. 문제는 이북입니다. 어떻게 제압하느냐에 따라 반공의 성과가 결정되는 것 아니겠습니까?"

노덕술이 이와 같이 말하자 이승만은 심각한 표정을 하고 들었다.

"자네의 말이 옳아. 꼭 그렇지. 그런데 문제는 북한에 있지 않고 모스크바에 있거든. 중국의 해방에도 있고. 그러니 우리의 힘만으론 부족해. 국제적인 정세란 게 중요한 겁네다. 그런데 국제적인 정세는 우리에게 유리하긴 해, 뭐니뭐니해도 세계는 미국이 이니셔티브를 쥐고 있으니까."

"미국만 믿고 안심할 수도 없지 않겠습니까?"

한 것은 홍택희였다.

"그건 그렇지. 그러나 당분간은 미국에 의존해야지. 헌데 미국에 의존하기 위해서라도 우리의 반공운동이 효과적이어야 하고 철저해야 하는 걸세."

이렇게 해서 아침의 회담이 장장 두 시간을 끌었다. 이승만이 국내의 인사를 초대한 자리를 이렇게 오래 끌기론 전무후무한 일이었다.

헤어질 무렵 이승만 대통령은 각자에게 금일봉을 선사했다. 하도 황공해서 도중에 열어보지 못하고 집에 돌아가서 봉투를 열어보았더니 일금 2,000원 씩이 들어 있었다. 2,000원이면 한 자리의 대포 술값도 될까 말까한 금액이다. 그러나 그들은 2,000만 원을 받은 것만큼이나 감지덕지했다. 이승만의 카리스마는 2,000원으로써 2,000만 원어치의 효과를 거둘 수 있는 마술을 지니고 있었던 것이다.

7

각지의 군법회의에선 매일처럼 사형수를 만들어내고 있었다. 그런데 그들의 사형을 집행하기 위해선, 대통령의 결재를 받아야 하는 수속이 필요했다. 그런 까닭으로 이승만 대통령의 책상엔 사형집행의 결재를 받기 위한 서류가 더미로 쌓였다.

1948년이 저물어갈 무렵의 이승만의 주요 사무는 그 사형집행의 명령에 서명하는 일이었다고 해도 지나친 말이 아니다. 그들의 소위를 생각한다면 매일 수만 명을 죽여 없애도 눈썹 한 번 깜짝할 이승만이 아니었지만, 대통령으로 취임한 지 불과 3, 4개월 동안 이미 수천을 헤아리는 사람을 죽였고 또 앞으로도 몇 만을 죽여야 할지 모르는 사정에 휘말리고 보니 허전한 생각이 들지 않을 수 없었다.

물론 마음이 약해서가 아니라 자존심이 약간 상하는 문제였다. 자기가 대통령으로 있음으로 해서 죽여야 하는 사람도 살려야 하는 것인데, 아무리 만부득이한 사정이라곤 하지만 죽이는 숫자가 늘어나는 것은 결코 유쾌할 순 없는 노릇이다.
　게다가 제주도의 반란사건은 거의 완전진압이 되었다고 하나 전남북, 경남북에 있어서의 폭도들은 조금도 세위를 줄이지 않고 각처에서 소란을 피우고 있었다. 이러한 상황을 미끼로 반대파들이 박두한 유엔 총회에 모략선전을 감행해서 모처럼 수립된 정부가 승인을 받지 못할 염려마저 있었다.
　제주도, 여순 지방의 상황, 그리고 각처에서 날뛰고 있는 폭도들의 야료를 과장선전하면 이 정부의 정치능력을 의심할 만한 재료가 되고도 남는 것이다. 모략선전이 좌익들에 의해서만 꾸며진다면 미국이라는 든든한 배경이 있으니 최악의 경우까진 염려하지 않아도 되겠지만, 김구·김규식을 비롯한 민족세력이 한민당 세력과 합쳐 미국에 작용을 미치는 일이라도 생긴다면 그야말로 어떤 결과가 나타날지 모를 판국인 것이다.
　이런저런 이유로 이승만의 불면증은 날로 짙어만 갔다. 프란체스카의 정성으로도 그 불면증을 고칠 방도는 없었다. 이 사람, 저 사람을 불러 말벗으로 삼아보려고 했으나 하나같이 어리석고 주책이 없고 기껏 터무니없게 맞장구나 치고 "지당한 의견이십니다." 하는 앵무새 놀음을 할 뿐이었다.
　여순반란군 35명의 사형집행 명령에 서명을 한 날이었다. 바로 그날 폭도 800명이 구례 경찰서를 습격했다는 보고가 날아들었다.
　여순지구의 반도들의 소탕은 거의 끝나간다는 보고를 받은 지 이틀

후의 일이어서 이승만은 불같이 화를 냈다.

"그렇다면 그제 내게 한 보고가 거짓말이었단 말인가."

이승만은 보고를 한 내무장관을 사정없이 면박했다.

그런데 국회로부터 엉뚱한 소식이 전해왔다. 반민법을 더욱 강경하게 개정할 법률안이 통과되었다는 것이다.

"이 사람들이 정신이 있는 사람들인가. 지금 나라의 사정이 어떻게 되어가는지도 모르고 과거의 일을 들추어 생트집을 잡으려고 해? 지금 나라를 망치려는 놈들을 처리할 생각은 않고 지난 일들을 들쑤셔서 방해를 할 작정이군 그래. 공산당이 아니고서야 그러질 못해. 어떤 놈들이 반민법을 갖고 끈덕지게 물고늘어지는지 그놈들의 뒤를 샅샅이 캐 보도록 해요."

이승만의 흥분하는 소리를 듣고 프란체스카가 뛰어나왔다.

"파파, 진정하시오. 진정하시오."

하고 앞에 선 사람들을 모조리 물러나게 한 후 프란체스카는 자기가 특제한 레몬 주스로써 이승만의 목을 축이게 했다.

거실로 돌아와 한동안 진정하고 있다가 이승만은 비서를 부르라고 하더니 이종문을 데리고 오라고 일렀다. 이종문을 앞에 앉혀놓으면 어쩐지 마음이 풀어질 것 같았던 것이다.

30분쯤 지나 이종문이 싱글벙글 이승만 앞에 나타났다.

"나라가 온통 야단인데 넌 뭣이 좋아서 싱글벙글하고 있는가?"

이승만이 나무라는 투로 말했다.

"나라가 뭣이 야단입니까?"

종문의 엉뚱한 대답이었다.

"자넨 여순 반란사건도 모르는가?"

"그 반란사건이 와 나쁜 겁니꺼?"

"나쁘지 않구 좋은 일인가?"

"좋은 일이고말고요, 아부지."

"어떻게 해서 좋은 일이야."

이승만의 소리엔 노기가 가시지 않았다.

"그 사건 때문에 국군 안에 빨갱이를 죄다 잡아낼 수 있게 안 돼 있습니꺼. 만일 그런 사건이 없어보이소. 빨갱이들이 숨도 크게 쉬지 않고 국군 속에 끼어 있다가 북쪽놈들과 짜고 일을 벌이몬 우쩔깁니꺼? 잔뜩 북쪽놈들이 준비를 해갖고 38선을 넘어 들이닥칠 때 이번 여순반란부대처럼 반란을 일으키몬 큰일 나는 것 아닙니까. 저는 그 사건이 났다쿨 때 북쪽놈들하고 짜고 한 짓이 아닌가 싶어 시껍했습니더. 그런디 그런 거는 아니데요. 지금 되어가는 꼴 본께 반란군 소탕은 시간 문제 아닙니꺼. 동시에 국군 안에 있는 빨갱이를 이 잡듯이 잡아비리는기라요. 우익 청년단에서 국군 뽑는다쿠 하는 것 참 잘하는 깁니더. 빨갱이 한 놈 없는 국군 만들어놓으면 안심 아닙니꺼. 여순반란사건은 그런께 우리 대한민국의 복입니다. 철저하게 빨갱이를 없애버리라쿠는 옥황상제의 지십니더. 우리나라 운이 있습니더. 그런께 그런 사건 났다고 격정할끼 아니라 전화위복으로 그 사건을 몰고 나가야 합니더. 하여간 이 기회에 빨갱이만 없애버리몬 전화위복됩니더."

이종문이 자기가 생각한 대로를 한창 신나게 지껄였다.

"그래서 자넨 싱글벙글하고 있는가?"

이승만의 말투는 비로소 부드러워졌다.

"오랜만에 아부지를 만나보게 되었으니 반갑기도 하고요."

"헌데 왜 요즘은 찾아오질 않았지?"

"비서들한테 전화를 걸면 언제나 바쁘시다고 합디더. 그리고 이화장하곤 달라서 지키고 있는 경찰관들이 제 말을 들어줍니꺼."

그러자 이승만이 이기붕을 불렀다.

"이 비서, 앞으로는 종문이 내 집에 올 때는 내가 바쁘든 어떻든 언제라도 들어올 수 있도록 해요. 문을 지키는 경찰관들에게도 단단히 일러두구."

이기붕이 물러가자 이승만은 이종문을 향해

"자네 말을 듣고 보니 여순사건도 과히 나쁘지는 않은 거로구나."

하고 웃었다.

"나쁘지 않다 뿐입니꺼. 전화위복이라쿤께요."

"그런데 나 보구 어느 한 사람 자네같이 말하는 사람이 없으니."

하고 이승만이 한숨을 쉬었다.

"모두 유식한 사람들이라서 안 그렇습니꺼."

"그건 또 무슨 소린고, 유식할수록 앞일을 더 잘 보아야 할 것 아닌가."

"유식해놓으면 생각이 엇갈리거든요. 간단하게 생각할 것을 괜히 복잡하게 생각한단 말입니더. 또 유식한 사람은 무슨 큰일이 닥치면 겁부터 먼저 내는 것 아닙니꺼. 우리 동네에 제일 유식한 어른이 있는데 그 분이 겁이 또 제일 많습니더."

이승만은 크게 웃었다.

"핫하하."

"종문이가 오면 내가 웃는구나."

웃음소릴 듣고 나와 본 프란체스카에게 이승만이 이렇게 말해놓고

"마미, 종문에게 술을 갖다주오."

하고 일렀다.

"내 좋은 술 가지고 오라고 했으니 종문이 오늘밤은 술을 마시며 놀다 가게."

이승만의 기분이 즐거웠다. 이종문이 어쩔 줄을 몰랐다. 이승만 앞에서 술을 마셔보기란 처음이었던 것이다. 프란체스카가 술을 가지고 오자 이승만이 그 술병을 받아들었다.

"이건 미국의 친구가 가지고온 건데 특별한 손님에게나 주는 거다. 내가 한잔 따르지."

하며 잔에 술을 부었다.

"아부지 앞에서 술을 마셔도 되겠습니꺼?"

잔을 받는 종문의 손이 떨렸다.

"주는 술은 마셔도 돼."

"황송합니다."

하고 이종문이 술잔을 비웠다.

"그런데 종문이."

이승만이 술병을 놓으며 말을 시작했다.

"여순사건은 전화위복이라고도 할 수도 있지만 그렇지 못한 경우도 있을지 모른다."

하고 이승만은 그것을 미끼로 모략을 하게 되면 미국을 비롯한 우방국가에 대해 체면이 서질 않는다는 얘기를 했다. 사실 그 점을 이승만이 가장 걱정하고 있는 터였다.

"천만의 말씀입니다."

이종문은 긴장한 얼굴을 했다.

"여순사건, 그리고 그 사건에 따른 각지의 폭동사건은 전부 미국사람이 책임을 져야 할 일 아닙니꺼. 군대에 빨갱이를 넣은 건 미군들 아닙니꺼. 군대에서 빨갱이를 키운 것도 미군정청 아닙니꺼. 그래놓고도 감독을 못 해 그런 큰일을 저지르게 한 것도 미군정청 아닙니꺼. 미군정청이 국군을 만들 때 아부지에게 의논이라도 하고 만든깁니꺼. 자기들이 만들어놓은 화근인데 아부지 체면이 깎일게 뭐 있습니꺼. 미국 대통령에게 그렇게 편지를 쓰시면 될 것 아닙니꺼. 군정이 실수한 것을 우리가 뒤치다꺼리 하게 되었으니 대포나 탄환 많이 보내줘야 된다꼬 편지를 쓰면 즈그도 알아서 할 것 아닙니꺼. 빨갱이들 모략하는 거야 뻔한 일인게 효과가 있을 턱이 없을끼고, 우익 불평분자들의 모략은 미리 앞질러 따끔하게 말씀하시면 절대로 미연에 방지할 수 있을 겁니더."

종문의 이 말도 이승만 대통령의 기분에 맞았다.

"어떻게 말을 하면 되겠나."

이승만이 장난삼아 물었다.

"이번 유엔 총회는 우리나라의 운명을 거는 시련장이 될 것이다. 그런데 이 중대한 시련장을 앞에 하고 중구난방으로 민족의 체면을 손상케 하는 자는 민족을 배신하는 자다. 이런 식으로 하문 될 것 아닙니꺼."

이승만이 놀란 표정으로 종문을 바라봤다. 실로 뜻밖의 말이 이종문의 입에서 나온 것이었다.

"종문이 유엔 총회가 나라의 운명을 거는 시련장이 된다는 것을 어떻게 알았지?"

"무식한 나름으로 저도 공부를 하고 안 있습니꺼."

종문은 유엔 총회에 관한 얘기를 송남수와 문창곡을 통해 듣고 있던 것이다.

"자네를 예사로 봐선 안 되겠군."

이승만은 고개를 끄덕끄덕했다.

"무식한 놈이 유식한 소릴 했다, 그겁니꺼?"

"아냐, 자네야말로 옳은 공부를 하고 있는 것 같아서 한 말이야."

"그런 말씀을 하신께 부끄럽습니더."

"부끄러울 것 없지. 부끄러울 것 없어."

이승만은 거기서 말을 끊고 깊은 생각에 잠기는 듯했다. 그럴 땐 이편에서 말이 있어선 안 된다는 것을 이종문이 알고 있었다. 그동안 종문이 소리를 죽여 술을 따라 두어 잔 마셨다. 깊은 잠에서 깨어난 듯한 소리로 이승만이 물었다.

"자넨 현직 장관들을 어떻게 생각하고 있는가."

"제 같은 놈이 어찌 아부지께서 뽑아놓은 분들을 감히 왈가왈부할 수 있겠습니꺼."

"아니다. 똑바로 말해봐. 자네 같은 사람의 의견이 내겐 큰 도움이 되겠구나."

"아는 게 있어야 의견이 안 있겠습니꺼. 제겐 그런 분들을 평할 지각이 없습니더."

"너 나름대로 말해보라는 거다. 평을 하라는 얘기가 아녀. 네 생각을 그대로 말해보라는 것 아닌가."

그래도 이종문은 망설이지 않을 수 없었다. 아무리 대통령 말이기로서니 지체 높은 사람들에 관한 얘기를 함부로 지껄일 수 없는 심정이었다.

"왜 사람이 정직하지 못해."

노기가 섞인 이승만의 말에 종문은 번쩍 정신을 차렸다.

"자네도 나의 밝은 눈과 귀가 되어주지 못하겠단 말인가?"

하는 말이 이어졌다.

"교제도 없고 하니 아는 것이 있을 까닭이 없습니다만 재무부장관과 외무부장관과 농림부장관과 사회부장관만은 장관의 자격이 있는 사람이라고 생각합니다."

종문의 등에 식은땀이 흘렀다.

"재무부장관이면 김도연이로구먼. 그 사람이 어떻든가?"

"나라의 돈을 굉장히 아끼는 사람 같았습니다. 한편 간이 너무 작지 않은가도 싶습니다만 얼마 안 되는 돈을 지출하는 데도 도장 하나 찍는 걸 벌벌 떠는 장면을 우연히 보았습니다. 나라의 돈 쓰길 그 정도로 겁낼 줄 알면 재무장관으로서의 자격이 있는 것 아니겠습니꺼."

"나라의 돈이나 누구의 돈이나 돈을 아껴 쓴다는 것은 좋은 일이지. 그럼 그 다음 외무부장관은?"

"활달하고 인정이 있고 말씀에 재치가 있고 하니 외무부장관으로서의 자격은 있는 것 아니겠습니꺼. 또 경찰청장으로서 아부지를 도운 공로도 적지 않습니다."

"자네허곤 퍽 친한 사이기도 하겠구나."

"예, 그렇습니다."

"친하게 지내는 것은 좋아. 그러나 그 사람은 너무 꾀가 많아 탈이야. 게다가 감정에 치우쳐. 기분에 치우치고. 그런 사람은 공을 세우기도 하지만 큰 실수를 할 염려도 있지."

"그러나 그분의 아부지에 대한 충성심은 대단합니다."

"충성심?"

이승만은 피식 웃고 뭔가를 덧붙이려다가 말고 물었다.

"다음은 누구랬지?"

"농림부장관입니다."

"농림부장관 조봉암은 공산주의자 아닌가?"

"공산주의자가 아니니까 아부지께서 등용하신 것 아닙니꺼."

"그렇긴 해. 그러나 또 다른 의미가 있지. 공산주의라도 개과천선하면 장관으로까지 등용한다는 아량의 폭을 보인 거지."

"하여간 인물도 훌륭하다고 보았습니다. 농민을 위해 좋은 정치를 할 수 있는 사람으로 보였습니다."

"종문이."

"예?"

"정치는 대통령인 내가 하는 거지 장관이 하는 건 아냐. 장관은 행정만 하면 되는 거야."

"그라몬 농민을 위한 행정을 잘 할 사람이라고 생각합니다."

"어떻게 그걸 알았지?"

"본인도 성의가 있는 분이지만 그분의 뒤엔 이영민이란 훌륭한 청년이 있습니다. 지식이 깊으고 부지런하고 박력도 있는 청년입니다. 앞으로 큰일을 할 사람입니다."

"사회부장관 전진한은?"

"장관이 되었는데도 지금도 셋집에 살고 있고, 친구들과 어울려선 요새도 뒷골목 주막집에서 소주를 마시는 어른인께 세정에 밝으실 것 아닙니꺼. 세정에 밝고 소탈한 어른이면 사회부장관은 잘하실 것 아닙니꺼."

이승만은 종문의 말을 웃음을 머금고 듣고 있더니

"그 밖의 장관들은 자네 마음에 들지 않는단 얘기지?"

하고 물었다.

"마음에 들지 않는다기보다 상종할 기회가 전연 없었으니까 잘 모릅니다."

"사람들이 하는 소리도 못 들었나?"

"가끔 듣기도 합니더."

"그럼 들은 말이라도 좋으니 해봐. 국무총리는 어떻다 하더냐?"

"야망과 포부가 큰 사람이라서 만만치 않을 것이란 말이 있습니더."

이건 문창곡의 말을 그냥 해본 것이었다.

"만만치 않다니?"

"자기의 장래를 더 많이 생각하는 인물이 돼서 아부지에 대한 충성심은 적을까라는 뜻입니더."

"그뿐인가?"

"민족청년단을 키우고 있는데 그걸 그냥 두면 앞으로 문제가 될 것이란 말도 있습니더."

"흐음."

하고 이승만은 다시 생각에 잠겼다.

그 사이 종문은 또 몇 잔의 술을 마셨다. 주기가 돎에 따라 대담해져서 무슨 말이라도 할 것 같은 기분이 되었다.

"내무장관에 대해선 말이 없던가?"

이종문이 이 물음엔 정말 찔끔했다. 내무장관에 대해선 너무나 치사스런 말을 많이 듣고 있었기 때문이다. 출퇴근할 때 사이드카, 백차를 앞뒤로 세우고 사이렌을 울린다는 얘기부터 항간엔 잡다한 얘기가 많았다. 그런 말을 일일이 하다간 인신공격이 되고 만다. 더구나 내무장관은 이 대통령이 각별히 총애하는 사람이라고 듣고 있었다. 그래 종문이 간단히 말했다.

"장관으로서의 자격이 조금 모자란다는 말은 있습니더."

이승만은 지그시 눈을 감고 한숨을 쉬었다.

프란체스카가 들어와서

"침실에 드시지 않으렵니까."

하고 이승만의 눈치를 살폈다. 이승만이 고개를 가로 저었다.

"이 사람허구 좀더 얘기를 하고 있으면 오늘밤은 잠을 잘 수 있을 것 같소."

"그럼 얼마나 고맙겠어요."

하고 웃으며 프란체스카는 과일과 우유를 가지고 들어와서 탁자 위에 놓고 나갔다.

이승만이 이종문의 의견이나 얘기가 유익해서가 아니라 신경을 쓰지 않고 허물없이 생생한 바깥 정보를 들을 수 있다는 점이 대견한 것이었다.

"국회에서 지금 친일파를 처단한다고 법률을 만드는 등 야단인데 그 일에 대해선 시민들의 말이 없던가?"

이승만의 입에서 이 얘기가 나왔을 때 이종문은 드디어 때를 만났다는 느낌으로 흥분했다.

"솔직히 말해서 친일파 아닌 국민이 몇이나 되겠습니꺼? 일제 때 세금이나 공출 안 내고 견디어낸 놈이 있습니꺼? 일본놈한테 굽신굽신 안 하고 배겨낸 놈이 있습니꺼? 일본놈 밑에서 벼슬이라도 한자리 할라꼬 안 서둔 놈이 있습니꺼? 제처럼 무식한 놈이야 무식하고 재간이 없으니까 아예 그런 것 꿈도 꾸지 못했지만, 이제 와서 벼슬을 안 한 것이 아니라 못한 놈이 벼슬을 한 사람을 친일파로 모는 것은 한마디로 말해 비겁합니다. 그런께 국민들은 국회의원이 친일파 처단할끼라꼬 날뛰고 있는 꼴을 보고 우습게 생각하고 있습니더."

그런데 이승만의 반응은 엉뚱했다.

"그러나 자기만 잘 살기 위해 동족을 못 살게 군 놈들을 가만둘 순 없는 게 아닌가?"

자기의 속셈을 떠보기 위한 말인 줄을 알 까닭이 없는 종문은 적이 당황했다. 그러나 내킨 말을 도로 거둬들일 수는 없었다.

"물론 그런 놈은 처단을 해야 합니다. 하나 시기라쿠는기 있지 않겠습니꺼. 지금 빨갱이들이 야로를 부리고 있는 판에 또 친일파니 민족반역자니 하고 가려낸다면 그야말로 민심이 우떻게 되겠습니꺼. 남북통일이나 되고, 나라가 반석 위에 선 후에 해도 조금도 늦지 않을 일 아닙니꺼. 또 설혹 일제 때 나쁜 짓을 한 놈이라캐도 공산당을 없애는 데 공을 세운다든가 여순반란사건 같은 반란사건을 진압하는디 공이 있다든가, 그 밖에 건국의 과정에서 그 죄를 보상할 수도 있지 않습니꺼. 벌을 주는 것만이 제일은 아닙니다. 개과천선하는 기회를 주어 해방된 나라에 다 같이 잘 살 수 있도록 하는기 더 좋은 것 아닙니꺼."

"그런데 우리 국회의원들은 그렇게 생각하지 않는 모양이야."

"전 그분들의 속셈을 알 수 없단 말입니다. 참말로 나라를 잘 해나갈 생각으로 그런 짓을 하는긴지, 나라를 망해묵자고 덤비는긴지 통 알 수가 없단 말입니다. 훌륭한 국회의원님들을 이렇게 말하는 것은 뭣합니다만 전 반민법을 서두르고 있는 사람들은 모두 빨갱이가 아닌가 싶습니다. 시민 가운데서도 친일파를 처단하라고 우기는 사람들은 대강 빨갱이들입니다. 빨갱이 아닌 사람은 절대로 그런 말 안 합니다. 아니 빨갱이 아닌 사람으로서 그런 말을 하는 사람은 어떻게하든 아부지가 하는 일을 곤란케 만들 작정인 사람들 같습니다. 결국 그렇게 빨갱이와 똑같은 사람들이란 말입니다."

"자네의 의견이 옳아. 자네의 의견은 국회의원 100명의 의견을 합친 것보다 정당하다. 앞으론 자네 같은 사람이 국회의원으로 뽑혀야겠어."
"아닙니더, 아부지. 제 같은 주제에 국회의원이 뭡니꺼."
"아니야, 자네 같은 사람이 국회의원이 되어야 하네. 자네처럼 배워 가며 하는 국회의원이라야 옳은 국회의원이지. 이 다음 기회에 출마를 하게. 내가 도와줄 테니."
"천만의 말씀을 다하십니더."
"내게 생각이 있어서 하는 소리야. 내 말을 들어."
"그런데 말입니더. 해방과 독립을 우리의 힘으로 했다고 하면 친일파를 처단할 면목이 서겠지만 생판 남의 힘으로 해방을 만난 주제에 친일파다, 뭣이다 하는 말이 우습지 않습니꺼."
"그것도 그래."
"빨갱이들은 우떻게 하는지 아십니꺼. 지주를 추방한다, 지주를 처단한다고 하면서 즈그들에게 돈을 내는 지주는 양심적 지주라쿤다 이 말입니더. 그뿐 아닙니더. 제가 재작년 여운형 씨가 친일파 재벌들을 모아놓고 한 연설을 들은 적이 있습니더."

여운형의 연설을 들었다고 하자 이승만의 표정에 돌연 긴장이 돌았다.
"뭐라고 하던가?"
"여운형 씨는 이렇게 말합디더. 1944년 8월 15일에 해방이 되었을 것을 여러분이 친일을 했기 때문에 1945년 8월 15일에 해방된 것이 아닙니다. 마찬가지로 1946년 8월 15일에 해방될 것을 소위 독립운동을 했다는 우리들의 힘으로 1945년 8월 15일로 당겨 해방을 맞이한 것도 아닙니다. 해방은 우리의 힘으로 된 것이 아니란 말입니다. 그러니 독립운동을 했다고 해서 우리가 우쭐할 것도 못 되고, 친일을 했다고 해서 여러분이 위축될 것도 없습니다. 문제는 지금부터의 노력에 있는 것이니 기왕을 따질 것은 못 됩니다. 이런 연설을 합디더. 빨갱이 괴수가 말입니더. 그래놓고 빨갱이들이 오늘에 와서 친일파를 처단하지 않는다고 지랄을 하는 것은 우스운 일 아닙니꺼."

이승만은 조용히 일어서더니 종문의 곁으로 와서 종문의 어깨를 가볍게 두들겼다.

"자넨 결코 무식한 사람이 아니다. 보아둘 것을 보아두고, 들어둘 것을 들어두고, 그리고 자기의 정직한 의견을 말할 수 있다는 것은 대단한 일이다. 아무리 생각해도 자네는 항간에서 그냥 썩을 인간은 아니다. 국회의원을 하면 지도적인 국회의원을 할 수가 있겠어."

"전 국회의원하는 것보다 돈을 많이 벌어야 하겠습니다, 돈."

"돈도 많이 벌구, 국회의원도 하구 하면 될 것 아닌가. 미국에 가면 돈도 잘 벌구, 국회의원 노릇도 잘하는 사람이 얼마든지 있지."

하고 다시 한 번 종문의 어깨를 두드리고 나서 이승만은 자기의 자리로 돌아갔다.

이때 이종문의 뇌리를 선뜻 스치는 생각이 있었다. 은동하에게 이승만 대통령의 글씨를 한 폭 얻어주자는 생각이었다. 그로써 돈 2,000만 원을 은동하로부터 받아낼 수 있을 것이었다.

"아부지, 글을 몇 자 써주실 수 없겠습니꺼."

"글은 또 왜?"

"은동하라는 노인이 있습니다. 독립운동을 하지 못하고 일제 시대를 비굴하게 지낸 것을 항상 원통하게 생각하며 지금 사경을 헤매고 있습니다. 그 노인에게 아버지의 글씨로 용서한다는 뜻을 써주시기만 하면 그 노인은 죽어도 눈을 감을 수 있을 것입니다. 재산은 있는 사람이니 혹시 필요할 때 돈을 내어서 은혜를 갚을지도 모를 사람입니다."

"자네허곤 어떻게 아는 사람인데."
"그저 사업을 하다가 보니 알게 된 사람인데 정황이 안타까워 말씀드리는 겁니다."
"좋지, 그런 뜻이면 좋아."
이승만은 항상 종이와 벼루가 준비되어 있는 탁자 앞으로 갔다.
"거게 먹물이 있으니 먹을 갈게."
이승만은 잠깐 생각하더니
"용서를 한다는 뜻이라! 내가 용서한다는 것도 무엇하니 공자님 글귀를 빌지."
하고 붓에 먹물을 먹이더니, '其恕乎'라고 썼다.
"기서호라고 읽지. 제자들이 공자님에게 한평생 지켜야 할 말을 글자 하나로 표현하려면 무슨 글자가 좋겠느냐고 물었더니 공자님이 하신 말씀이야. 용서할 '서' 자가 아니겠느냐고."
이렇게 말하며 이승만은 만족스럽게 자기의 글씨를 보고 있더니 물었다.
"그 사람의 이름을 뭐라고 했지?"
"은나라 은, 동녘 동, 물 합니다. 그래서 은동하."
"자네 한자도 제법 잘 알고 있구먼."
"천자 한 권은 외웁니다."
"그만하면 대단해. 옛날 항우는 문자는 성명을 적을 정도면 족하다고 했으나, 자네는 필요 이상의 글자를 997개나 알고 있는 셈이군."
하며 횡서로 된 글씨 옆에 종서로 은동하에게 준다고 쓰고 우남이란 서명을 하고 낙관까지 찍었다. 먹이 마르기를 기다려 대통령이라고 인쇄가 되어 있는 봉투에 넣어 이승만은 그것을 종문에게 넘겼다.

"감사합니다."
종문은 마룻바닥에 이마를 조아리고 절을 한 뒤 물러서려고 했다.
"밤도 늦고 했으니 간단히 밤참이라도 먹고 가지."
인자한 이승만의 말이 있었다.
"돌아가다가 청진동 뒷골목에서 대포나 한잔 하고 갈랍니다."
"대포가 뭐고?"
"막걸리 한 사발을 대포라고 합니다."
"그것 또 별난 말이군."
하고 이승만은 "언제든 오고 싶거든 이화장처럼 어렵게 생각하지 말고 놀러 오라."는 말을 덧붙이길 잊지 않았다.

8

이승만은 이종문이 돌아가고 난 뒤에도 오랫동안 생각에 잠겨 있었다.
프란체스카가 근심스럽게 물었다.
"또 무슨 걱정거리라도 생겼나요?"
"아니오, 마미. 아까 이종문이 한 얘기를 듣고 나는 민심의 방향을 잡은 것 같소. 그래 자신이 생겼단 말요. 어쩌면 민중의 맨 아래층에 있는 그놈의 의견과 내 의견이 그렇게 같을 수가 있겠소. 최고의 자리에 있는 사람과 밑바닥에 있는 사람의 생각이 같으면 그게 곧 가장 올바른 국론이 되는 것이오."
"그렇겠죠. 그런데 왜 파파는 걱정스러운 얼굴을 하고 계시죠?"
"걱정을 하고 있는 것이 아니라 생각을 하고 있는 중이오."

"그러나 밤이 이미 늦었어요. 빨리 자리에 드세요."

"그렇게 합시다."

하고 이승만은 메모지에 몇 줄을 적어놓고 침실로 들어갔다.

이승만이 탁자 위에 남겨 놓은 메모지엔 다음과 같은 글이 보였다.

국무회의 전화위복

외인기자와의 환담

숙군의 방법과 반민법.

그 이튿날 국무회의 석상에서 여순사건에 관한 언급 중 이승만의 입에서 처음으로 전화위복이란 말이 나왔다.

"한 사람도 불순분자가 끼지 않은 명실상부한 국군이라고 부를 수 있는 군대의 창설이 시급합네다."하는 말로 시작해서 "그렇게 하기 위한 기회를 준 뜻으로, 여순사건은 전화위복 시킬 수 있다."며 철저한 숙군을 단행하도록 재차 강조하고, 해당 부서는 그 방법을 명시한 계획서를 올리라고 명령했다.

이승만이 국회에서 진행되고 있는 반민법 제정에 관해서 처음으로 강경한 반응을 보인 것도 이 국무회의 자리에서였다.

"국회의원들이 하는 일이라 보고만 있었더니 그들이 하는 짓은 순전히 국민을 혼란케 하고 반역분자를 이롭게 하려는 책동에 불과하다는 얘깁네다."

하고 전제하곤

"여러 지방에서 반란군이 소란을 피우고 있고, 뿐만 아니라 공산분자가 무슨 흉계를 꾸미고 있는지 알 수 없는 차제에, 국회에서 그런 일로 시간을 보내고 있는 사실에 대해선 엄중히 경고할 필요가 있습네다."
하고 부들부들 떨었다. 그리고 국무회의가 끝나자 이승만은 이범석 국무총리를 남으라고 하곤 국회에 대한 대책을 물었다.

"행정부가 국회에 너무 간섭하는 것은 좀 어떨까 합니다. 각하."
하며 국무총리가 대답하자

"그럼 총리는 국회가 행정부의 일을 방해하는 일은 어떻게 생각하오?"
하는 반문을 했다.

"국회가 행정부를 방해하다니 그게 무슨 말씀입니까?"

"행정부의 방침에 위배되는 결의를 하려는 국회가 행정부를 방해 안 했단 말입네까? 지금이 어느 땐데, 외군철퇴하라는 주장을 하는 국회의원이 있다는 것 자체가 정부에 대한 방해가 아닙네까? 나라가 반석 위에 서고 나서도 늦지 않을 친일파 문제를 자꾸만 들고 나오는 것이 정부에 대한 방해가 아닙네까? 여순사건에 관해서 국회에선 정부가 책임을 져야 한다며 야단이라고 들었소. 어떻게 수립된 지 석 달밖에 안 되는 정부가, 아직 인계 사무도 완전히 끝났다고 볼 수 없는 차제에 무슨 책임을 진단 말이오. 반란한 군인들을 우리가 모집한 겁네까? 그런데 정부가 여순사건에 책임을 진다면 어떻게 져야 하는 겁네까. 이처럼 국회는 사사건건 행정부에 대해 방해노름을 하는데 정부는 가만히 당하고만 있어야 한단 말입네까?"

"법률과 규정이 있고 그것에 따라 국회의 행동을 견제할 수 있으니, 그런 폐단은 방지할 수 있을 것으로 봅니다."

"허허 참, 국무총리는 내 말을 못 알아듣는군. 법률 이전에 민심의 문제가 더 중요하단 말입네다. 결과보다 과정의 문제가 외국의 여론을 자극한단 말입네다. 내용을 모르는 외국 사람들은 국회가 내놓은 그럴듯한 명분만 보고 행정부를 비난하는 구실로 삼을 수가 있단 말입네다."

"그렇더라도 그걸 어떻게 합니까, 각하."

"내가 국무총리에게 묻고 있지 않소. 국무총리에게 무슨 방법이 없는가 하고."

이범석 총리는 입을 다물어버렸다. 저번에 있었던 얘기가 생각났기 때문이다. 저번에도 이와 비슷한 얘기가 있었다. 그 석상에서 이승만은 이범석 지도 하에 있는 민족청년단이 국회를 포위하는 등 난동을 부리지 않을까 걱정을 했는데 그런 일이 없어서 안심했다는, 사주하는 것도 같고 빈정대는 것도 같은 알쏭달쏭한 얘기를 했던 것이다.

"국무총리에게 안이 없으면 내가 하나 제안을 하지."

"분부를 듣겠습니다, 각하."

"국무총리 명령으로 반정부 책동을 일삼는 몇몇 국회의원을 체포하도록 하시오."

이범석이 황급하게 말했다.

"그건 안 될 일입니다, 각하."

"안 될 일이겠지, 법률이 없으니까."

이승만은 묘한 웃음을 웃으며 덧붙였다.

"국무총리의 그런 답을 나는 짐작하고 있었습네다."

이범석은 일순 사표를 내라는 권고가 아닐까 하는 생각을 했다. 그래 숨을 몰아쉬고 정중하게 말했다.

"아무래도 저는 각하의 뜻을 받드는 데 있어서 역량이 모자라는 것 같습니다."

"그래서 어쩌겠다는 것입네까?"

이승만의 말은 싸늘했다.

"사표를 제출할까 합니다."

"뭐라구? 사표를 내겠다구? 이 복잡한 판국에 철기만 편하겠다, 이 말씀입네까!"

"아닙니다. 각하의 뜻을 받들지 못하는 능력의 부족으로……."

"안 될 말입네다. 철기에게는 능력이 있습네다. 그 능력을 발휘하지 않는다 뿐입니다. 나는 철기가 능력을 발휘할 때까지 기다릴 작정이오. 절대로 사표 같은 건 받지 않을 테니 다른 생각일랑 말아요. 난 철기가 능력을 발휘할 날이 꼭 있을 것으로 믿고 있습네다."

"그러나 각하, 저보다 유능한 사람이 얼마든지 있을 것이오니 이 기회에……."

"철기보다 유능한 인물이 얼마든지 있다면 이 나라는 인물 풍년이겠소."

이승만은 피식 웃어보이곤

"이런 쓸데없는 말은 그만두고 우리 진지하게 나랏일을 의논해보십시다."

하고 정색을 했다. 이승만은 철저한 숙군을 해야 할 것과 국군을 증강할 문제를 꺼내 국무총리에게 무슨 방법이 없는가를 물었다.

이범석은 정보기관을 총동원해서 적색분자 색출에 총력을 기울이고 있다는 것과, 각 단위 부대의 자체 내 숙청을 독려하고 있다는 말도 덧붙였다.

그리고 국군의 증강은 맥아더 사령부와의 사전협의가 이루어져야 하기 때문에 빠른 시기에 성과를 볼 수는 없으나, 최단기간 내에 성과를 올리도록 최선을 다하겠다고 말했다.

"유엔 총회에서 우리 정부가 승인을 받는 덴 지장이 없겠소?"

"아마, 틀림없을 것입니다."

"아마 갖곤 안 되지."

"거의 틀림없을 것입니다."

"유엔 총회에 무슨 불온문서 같은 것이 송달되지 않았을까?"

"공산분자가 소련을 통해 보낸 것이 있을진 모르겠습니다만, 그 외엔 그런 문서를 보낸 것을 확인하진 못했습니다."

"외무부에 연락해서 그런 것에 관한 정보도 놓치지 말도록 하시오."

"예."

이범석은 일어설까 말까, 하고 망설였다. 그러나 퇴거하라는 명령이 없는데 그럴 수도 없다. 이승만은 흐린 창밖의 날씨를 멍청한 표정으로 바라보고 있더니 돌연 얼굴을 이범석에게 돌리며

"철기는 사냥을 좋아한다는데 이런 철엔 뭣이 많이 잡히지?"

하고 뜻밖의 질문을 했다.

"꿩입니다. 꿩이 많이 잡힙니다."

"꿩고기는 맛이 있다지?"

"예, 퍽 맛이 있습니다. 이 다음 사냥에서 몇 마리 잡아와서 각하께 헌상하겠습니다."

"그럴 것 없어. 난 꿩은 먹지 않을 테니까."

"……."

"꿩은 아름답지."

"예, 퍽 아름다운 샙니다."

"산에 가면 꿩을 많이 볼 수 있습네까?"

"차츰 수가 줄어드는가 합니다. 옛날엔 대단히 많았던 것 같은데 요즘은 그렇게 많진 않은 것 같습니다."

"흠, 그럼 안 되지. 산야에 들새가 없어지면 살벌하게 돼. 금수강산엔 들새가 많아야지. 들새 없는 경색은 사람의 마음을 가물게 합네다. 미국에선 들새를 못 잡게 하는 법률이 있지."

"어느 나라에서도 번식기엔 들새를 못 잡게 합니다."

"번식기가 아니라도 없어져 가는 들새면 잡지 못하게 합네다. 우리도 선진국의 예를 쫓아 꿩을 비롯한 들새를 못 잡게 하는 법률을 만들어야 하겠소."

"지금 우리나라에서는 부지기수로 사람이 죽고 죽이고 하는 형편인데 들새를 두고 그런 법률까지 만들 수야 있겠습니까."

이범석은 이 영감이 지금 엉뚱한 생각을 하고 있으면서 들새를 들먹이고 있다는 짐작을 하며 불손함을 무릅쓰고 이렇게 말해보았다.

"사람에겐 죽고 죽여야 할 이유와 운명이 있지만, 들새에겐 그런 이유와 운명이 없을 것이 아니오."

말 한마디 한마디의 사이에서 찬바람이 나는 듯했다. 이범석은 입을 다물어버렸다.

"헌데, 철기."

"예, 각하."

"우리 정부가 서면서부터 우리 정부를 무너뜨리려고 준비해온 무리들이 있을 것이 아닙네까."

"물론 있겠습죠. 우선 공산당들이 그런 무리 아니겠습니까."

"공산당 말고는 없을까."

"공산당 말고도 있겠습죠."

"그 무리들이 어떤 무리들인지 철기는 생각한 적이 있소?"

"……"

"있을 거라고 예상을 하면서도 그것이 어떤 분자들인지를 생각하지 않았단 말입네까?"

"아직 애매하니 무어라고 지적할 수 없는 형편입니다."

"애매하다구?"

"예, 각하."

"미군철퇴를 주장하는 사람들은 우리 정부를 반대하는 사람들이라고 생각지 않습네까?"

"각기 견해의 차이가 있는 것이지 그렇게만 말할 순 없지 않겠습니까."

"견해의 차이라."

하며 중얼거릴 때 이승만의 얼굴에 경련이 일었다.

"지금 미군이 철퇴하면 우리나라가 어떻게 되겠소? 그런데도 견해의 차이 정도로밖엔 생각할 수 없단 말입네까?"

이범석은 자꾸만 어떤 함정으로 몰리는 것만 같았다. 그는 정부를 반대하는 것과 정부를 비판하는 것과는 다르다고 하고 싶었으나 입이 떨어지질 않았다.

"나는 국회의원의 반이 우리 정부를 반대하고 있다고 보는데 총리는 어떻게 생각하오."

"그렇게도 볼 수 있을 것입니다만······."

이범석은 어물어물 말끝을 흐렸다.

"그렇게 안 볼 수도 있다, 이 말이겠지. 철기가 이 정부의 책임자라면 아마 생각이 달라질껍네다."

"그런 말씀이······."

철기의 얼굴이 벌겋게 상기됐다.

"전 각하를 보좌하는 사람입니다. 각하의 책임을 보좌하고 있는 처지에 있습니다. 그러니 정부를 생각하는 덴 각하와 조금도 다름이 없다고 생각합니다. 다만 상황을 그렇게 각박하게 보실 필요가 없다는 뜻을 전하고 싶을 따름입니다."

"총리의 뜻을 모르는 바는 아닙네다. 그러나 각박한 상황을 각박하게 보지 말라는 게 이상한 말 아닙네까. 지방 각처에선 폭도가 질서를 파괴하고 있고 북쪽에선 소련이 도사리고 있는데, 외군철퇴를 해야 한다고 주장하는 사람들이 소위 지도층 가운데 있는데 그래도 상황을 각박하게 보지 말란 말입네까?"

"뭐든 순서적 단계적으로 정리해나갈 수밖에 없는 일 아닙니까, 각하. 몇 달밖에 안 되는 어린 정부가 어찌 일시에 질서를 확립할 수가 있습니까. 완급을 가려 착실히 전진해나가면 만사형통할 것이니 안심하셔도 좋을 것입니다."

이승만은 한동안 잠잠하더니 돌연 물었다.

"철기는 요즘 백범이나 우사를 만난 적이 있습네까?"

"없습니다."

"그 사람들은 도대체 어쩔 생각으로 있답네까?"

"시국을 잘 인식 못 하고 있는 겁니다."

"그 정도라고 봅네까?"

"차차 의사가 통할 날이 올 겁니다."

"의사가 어떻게 통해. 그 사람들은 내가 죽거나 없어져야 직성이 풀릴 사람들인데."

"가만 두고 보십시다. 시간이 가면 잘못을 깨닫고 각하를 찾아와 사과를 할 것입니다."

"사과를 받자는 게 아닙네다. 그 사람들 북쪽에서 대접을 잘 받았으면 북쪽에 남아 그들과 합세해서 우리를 칠 사람들이오. 어떻게 그럴 수가 있단 말입네까. 그들이 유엔 한국위원단에게 무슨 소릴 했는지 총리도 알고 있을 것 아닙네까. 외군철퇴만이 우리의 살 길이라고 했는데 어떻게 우리가 산단 말입네까. 남북이 통일한 정부를 세워야 한다고 지금도 고집인데 어떻게 통일정부를 세운단 말입네까."

"그러나 지금 어떻게 할 수 없는 일 아닙니까, 각하."

"글쎄 나도 어떻게 하자는 게 아니오. 딱해서 하는 말이오. 철기는 혹시 만날 기회가 있을지 모르니 내 고민을 잘 전하도록 하시오. 80평생의 동지들인데 이 꼴이 뭐란 말입네까."

"분부 받들겠습니다, 각하."

"오늘은 철기가 듣기 거북한 말을 많이 한 것 같소이다. 이게 모두 고민에서 우러난 말이오. 괘념 말구 앞으로 날 잘 도와주시오. 내가 믿을 사람이란 철기가 제일입네다."

하고 이승만은 이범석의 손을 가볍게 잡았다. 이범석은 이때까지 맺혔던 체증이 한꺼번에 사라지는 듯한 느낌으로 고개를 깊게 숙이고 이승만 앞을 물러나왔다. 그리고 서너 발자국 문을 향해 걸어갔을 즈음

"총리!"

하고 부르는 이승만의 소리에 걸음을 멎고 돌아섰다.

"잠깐 이리로 와요. 간단히 물어볼 말이 있었던 것을 깜박 잊었군."

이승만의 이 말을 듣자 이범석은 본능적으로 어떤 불안을 느꼈다. 이승만이 하고 싶은 말의 핵심은 지금부터 시작되리라는 짐작이 든 것이다. 이승만은 정작 중요한 이야기는 대개의 경우 아무렇지 않게 꾸며서 말한다. 일단 가라고 해놓고 도로 부른 것도 깜박 잊어서가 아니라 계산된 행동이란 것을 모를 만큼 이범석이 둔감한 사람은 아니다.

앞에 선 이범석에게 이승만은 앉으란 시늉을 했다. 이범석은 자기의 예감이 들어맞을 것이란 확인을 다시금 했다. 말 그대로 간단히 물어볼 말이 있으면 선 채로도 할 수 있을 것이 아닌가. 이범석이 자리에 앉자
"나를 반대하는 청년단체는 물론 예외가 되겠지만 나를 지지하는 청년단체, 또는 나를 반대하지 않는 청년단체 같으면 내 의사에 따르도록 할 수 있을 것이 아니겠습네까."
하고 이승만이 이범석의 얼굴을 물끄러미 바라봤다.
"물론입니다, 각하."
이범석이 또렷또렷 답했다.
"그래서 한 생각인데. 총리, 왜 그 많은 청년단체가 있지 않습네까. 독촉청년단이니 대동이니, 그 밖에 또 서너 가지가 있지. 그게 모두 뭣 하는 겁네까. 혹시 정당 같으면 갖가지 주의가 있으니까 여러 개 있을 필요도 있겠지만 청년단체란 이 어려울 때 나를 돕고 나라를 도우라고 있는 단체 아닙네까. 말하자면 목적이 한 가지다, 이겁네다. 그런데 목적이 하나인 청년단체가 여러 개 있을 필요가 있겠습니까. 총리는 어떻게 생각하시오."
"지당한 말씀이라고 생각합니다, 각하."
"총리의 동의를 얻으니 반갑소이다."
하고 이승만은 주름 잡힌 얼굴에 웃음을 띠었다. 그리고 덧붙였다.
"내일에라도 훈령을 내려 청년단체를 통합해서 하나로 만들도록 하겠소?"
이범석은 다음의 말을 기다렸다.
"그런데 참, 총리가 하는 청년단이 있다고 들었는데."
"전 이미 입각을 할 때 그 청년단과는 인연을 끊었습니다, 각하."

"그랬을 테지."

이승만은 고개를 끄덕끄덕하며 물었다.

"그 청년단 이름이 뭐라고 했습네까?"

"민족청년단입니다."

"오오라, 민족청년단이었지. 그 청년단은 동지적 단결이 강하고 훈련이 썩 잘되어 있다고 들었는데……."

"그런 평은 있습니다만 창단한 지 얼마 되지도 않고 해서 아직 신통치가 않을 것입니다."

"이번 청년단을 통합한다면 그 민족청년단도 통합에 응하지 않겠습네까?"

"아까도 말씀 드렸습니다만 전 입각할 때 인연을 끊은 처지가 돼서 제가 지금 무어라고 말씀드릴 수가 없습니다, 각하."

이승만은 눈을 반쯤 감았다. 그리고 다시 떴다.

"그러고 보니 그 민족청년단은 다른 민족진영의 청년단체와는 목적이 다른 것이 아닙네까?"

"……."

"이를테면 국가와 민족을 위해서 봉사하겠다는 청년단과는 다른 목적을 가지고 있는 게 아닙네까?"

"그럴 리가 있겠습니까, 각하."

"그렇다면 통합을 못할 까닭이 없지 않습네까?"

"그러나 그것을 제가 결정할 처지에 있는 것이 아니라서……."

"총리는 이미 그 청년단과 인연을 끊었다고는 하나 남아있는 사람들은 총리의 동지들이 아닙네까?"

"옛날의 동지라고는 할 수 있을 겁니다, 각하."

"옛날의 동지라서 지금 총리의 권고를 들을지 안 들을지 자신이 없다는 말씀이오?"

"그렇습니다, 각하. 그러나 노력은 해보겠습니다."

"노력해보시는 건 좋습네다. 그러나 지금의 민족청년단이 나나 우리 정부를 지지하는 노선을 가진 청년단체가 아니라면 굳이 노력하실 필요가 없습네다. 이질적인 단체가 통합될 까닭도 없거니와 억지로 통합을 시켜놓아도 하나의 단체로서 보람을 가질 수 없을 테니 말입네다."

이범석은 꿀 먹은 벙어리처럼 서 있다가

"최선을 다하겠습니다."

하는 말을 하기가 겨우였다.

"그럼 총리 가보시오."

이범석이 숙인 머리를 들기도 전에 이승만은 의자를 돌려 앉았다.

어설픈 막간 2

1

이종문은 이승만 대통령이 써준 족자를 펴놓고 미연에게 한바탕 자랑을 했다.

"이 글을 보라꼬. 기서호其恕乎라고 돼 있는기라. 공자님이 제자들에게 가르친 말이래. 용서한다는 뜻이라. 대통령께서 은동하를 용서한다고 말한기나 다를끼 없어. 이걸 턱 내놓으몬 어떤 놈도 은동하에겐 손을 못 대는기라. 이거 한 장 얻을라꼬 내가 얼매나 고생한 줄 아노. 모두가 다 당신 때문인기라."

그리고 은근히 돈에 관한 냄새도 풍겼다.

"2,000만 원이 아니라, 5,000만 원의 가치가 있는기라."

미연은 감지덕지했다. 종문의 무릎에 이마를 대고 한동안 조용히 울기까지 했다. 은동하에게 대한 은혜를 갚는 셈이 된 것이며, 그로부터 해방되는 뜻도 되는 것이며, 이종문이란 억센 사나이와 부끄러워할 것 없이 부부가 되어 살 수 있다는 의미마저 합쳐 있는 것이다. 미연의 눈물은 당연한 것이었다.

"고맙습니다."

눈물자국을 남긴 채 고개를 든 미연의 처연한 얼굴을 이종문은 아름답다고 느꼈다. 종문은 가볍게 미연의 어깨를 안아주며

"그런 쑥스러운 말이 어딨서. 나는 당신을 위하는 일이라면 뭐든지 할낀디. 내 일 내가 한 셈인기라."

하고 다정하게 속삭였다.

"빠를수록 좋지 않아요?"

미연은 곧 은동하에게 다녀오겠다면서 옷을 챙겨 입었다.

"내 여게서 낮잠을 한잠 자고 있을낀께 빨리 갔다 와요."

미연은 옷을 챙겨 입고 나서 침구를 깔았다. 종문은 침구 속으로 기어들어가며

"어때, 날 재워주고 안 갈래?"

하고 야릇한 웃음을 띠었다.

"성미도 급하셔."

미연은 바깥의 동정을 살피는 듯하곤 고개를 살래살래 흔들었다. 남의 눈도 있으니 그냥 누워 있으란 시늉이었다.

"당신 옆에만 있으면 이렇게 주책이 없어지는기라."

미안한 듯 우물우물하며 이종문이

"그럼 얼른 갔다 오소."

하고 손을 저었다.

미연이 나간 뒤 이종문은 한참 동안 눈을 뜬 채 천장을 바라보았다. 은동하로부터 돈 2,000만 원을 받아 무엇을 할까, 하는 공상이 일었다.

물가가 하늘을 치솟고 있는 때이긴 하나 2,000만 원이면 대단한 금액이다. 평택에 다리를 놓은 공사는 꽤 큰 공사였고, 그 공사 덕분에

7,000만 원 상당의 수입이 있긴 했으나 이리저리 뒤치다꺼리를 하고 나니 손에 잡힌 순수입이란 1,000만 원도 채 못 되었다는 것을 생각할 때, 고스란히 2,000만 원이 수중에 떨어진다는 것은 다시없는 횡재가 아닐 수 없었다.

'미연에게 큰 집을 하나 사줄까?' 하다간 그럴 필요까진 없다는 생각이 뒤따랐고 '2,000만 원이면 큰 빌딩을 하나쯤 살 수 있을 테니까, 빌딩을 하나 사서 사무소로도 쓰고 세를 받아 남에게 빌려주기도 하면…….' 하는 생각이 종문을 들뜨게 했다. '그렇다, 서울 한복판에 빌딩을 하나 가지는 것도 신나는 일이다.' 종문은 그런 공상으로 황홀했다. 그 공상으로 황홀해하다가 어느새 잠이 들었다.

은동하는 이승만의 필적을 바라보면서 휴 하고 크게 한숨을 쉬었다.
'이제 살았다.'는 말이 입 밖으로 나오려는 것을 한숨으로 뭉개버린 것이다. 그리고 한참을 앉아 있다가 뚜벅 말했다.
"미연이 수고했어."
"제가 수고한 게 뭐 있어요. 이 사장이 수고하셨어요."
"그게 다 미연의 덕택이 아닌가. 하지만 걱정 말게. 미연은 앞으로 편하게 살 수 있도록 내가 모든 주선을 할 테니까."
하고 은동하는 미연의 손을 잡았다. 일이 풀리고 나니 짓궂은 욕망이 늙은 몸뚱아리 속에서 끓어오르는가보다. 미연이 오싹한 느낌으로 손을 뺐다. 그러면서도 바깥의 눈치를 살피는 양으로 시늉을 꾸몄다. 이종문의 품에 안긴 후론 은동하의 손길이 징그러웠다.
"미연인 변했군."
은동하의 쓸쓸한 말이었다.

어설픈 막간 2

"변하긴요?"

"전엔 내가 손을 잡으면 잠자코 있었지? 그런데 요즘은 달라진 것 같애."

"대낮이 아녜요? 누가 오면 어떻게 해요."

"나와 미연이가 한방에 있을 때 누가 들어오는 일이 있었어?"

노인은 기력은 쇠퇴해도 눈치만은 예민한 것이다.

"그런 쓸데없는 신경 쓰지 마세요. 그것보다도 이종문 사장에게 대한 사례는 어떻게 하죠?"

"사례는 해야지. 도리에 벗어나지 않을 정도로 해야지. 그런데 어떻게 사례를 하면 좋을까."

미연은 어이가 없다는 표정으로 은동하를 바라봤다.

"미연이 왜 그런 얼굴을 하나."

은동하는 미연을 쏘아보았다.

"2,000만 원을 내시겠다고 하잖았어요? 이종문 사장에겐 그렇게 말해놓은 걸요."

"2,000만 원?"

하지만 은동하는 딴전을 피웠다.

"내가 그런 소릴 했던가?"

은동하가 노망이 심하기로서니 자기가 한 말을 잊었을 까닭이 없다. 그러면서도 이렇게 엉뚱한 것이다.

미연이 정색을 했다. 만일 은동하가 그 약속을 이행하지 않으면 미연이 이종문을 속인 꼴이 된다.

"영감님 지금 누굴 상대로 그런 엉뚱한 말씀을 하시죠? 영감님을 위해 대통령을 만나 그 귀중한 글까지 받아오신 분에게 사례를 하지 않고

넘길 참예요?"

"누가 사례를 하지 않겠다고 했나?"

은동하는 거칠게 말했다.

"그렇다면 약속하신 대로 하셔야죠."

"2,000만 원을 내란 그 말인가?"

"약속하시지 않았어요?"

"내 짐작으로 그 정도이면 했지, 약속한 적은 없어."

"그러나 제가 그분에게 그렇게 말씀드린 걸 어떻게 해요?"

"경솔한 짓이야. 하지만 내가 한 건 아니니 자네가 감당해."

"제가요?"

"그럴 수밖엔. 내가 언제 그 사람과 만나기라도 했나."

미연은 말문이 막혔다. 죽는 시늉을 하며 부탁한 것이 언제인데, 어려운 일을 치르고 나니 이 꼴인가 싶으니 정말 눈앞이 아찔했다.

"하여간 미연의 체면이 상하지 않도록 할 거니까 그리 알고 있어요."

"제 체면이 문제가 아니라 영감님 체면이 문제예요."

"그래 그 사람이 2,000만 원을 요구하던가? 저번 내가 듣기론 돈 문제 같은 덴 대범하다고 하던데."

"그런 분이니까 더욱 조심이 된단 말예요."

"그렇다면 괜찮아, 적당히 인사하면 되겠지."

"안 돼요, 영감님. 말씀드렸지 않아요? 제가 그분에게 영감께서 2,000만 원을 내실 거라고 했다구요."

미연은 안절부절못한 심정이었다.

은동하도 얼굴을 찌푸렸다. 2,000만 원이면 이만저만한 액수가 아니다. 자기 재산의 3분의 1을 넘는 액수다. 그 재산을 모으기 위해 얼마나 애썼느냔 말이다. 친일파로 비난을 받는 신세가 된 것도 그 재산 때문이 아니었던가. 금방이라도 오랏줄에 묶일 처지였을 때는 전 재산도 아깝지 않은 심정이었지만, 위험이 멀어지고 나니 아깝기 짝이 없는 재산인 것이다. 은동하는 이승만의 필적을 받아 들었을 때 안심이 되는 동시에 곧 돈 걱정을 시작했던 터였다.

그의 속셈은 200만 원쯤은 내야지 하는 마음이었고, 그 200만 원도 아까워 선불리 그 액수를 미연에게 말할 수 없었던 것이다.

"앞으로 정세가 호전될지 모른다는 말이 있기도 해."

은동하는 끝도 가도 없는 말을 시부렁거리면서 미연의 눈치를 살폈다.

'이 여우 같은 년이 상대방은 요구도 하지 않은 돈을 내게서 앗아갈 요량으로 수단을 꾸미는 것이 아닌가.' 하는 생각도 들어

"200만 원쯤이면 심히 실례되지 않을 거로구먼. 내일까지 준비를 해 둘 테니까 그렇게 알고 돌아가."

하고 달래듯 말했다. 얼마 전까지 이글거리던 욕정은 말쑥이 사라지고 재만 남은 화로 같은 심정이 돼 있었다. 미연은 순간적으로 결심을 했다. 은동하와는 절연을 할 수 있어도 이종문과의 사이를 무너뜨릴 순 없다고. 그런 결심으로 미연은 아까 펴보았다가 문갑 위에 얹어놓은 이승만의 필적을 집어 들었다.

"이건 제가 도로 가지고 가겠어요."

"무, 무슨 말을 하는 거요."

은동하가 펄쩍 뛰듯 했다.

"도리가 없지 않아요. 제게도 체면이 있잖아요? 이냥 돌아가서 무슨 얼굴로 그분을 대하겠어요."

"안 돼, 그건 두고 가."

"아녜요. 도로 가지고 가야겠어요. 영감님을 만나지 못했다는 구실로나마 삼아야겠어요."

그리고 일어서려는 미연을 은동하는 치맛자락을 끌다시피해서 도로 앉혔다.

"그건 두고 가. 그걸 두고 가도 내가 없더란 얘기는 할 수 있지 않은가."

"안 돼요."

"왜 안 돼? 거겐 분명히 내 거라는 증거가 있어. 은동하에게 주는 글이라고 명백히 씌어 있단 말여."

"그러나 아직은 영감님 물건이 아녜요. 전 이걸 그냥 두고, 그저 돌아갈 순 없어요."

미연은 다시 일어서려고 했다. 미연의 그런 태도가 은동하의 분노를 샀다. 은동하는 미친 사람처럼 미연에게 덤벼 이승만의 필적을 빼앗으려고 했다. 미연은 미연대로 그것을 놓치지 않으려고 애썼다. 은동하는 젊은 사람 힘은 당하지 못하겠다는 것을 깨닫자

"네, 이년!"

하고 고함과 동시에 가래를 삼켰다.

"네 이년! 배은망덕한 년, 어디서 그런 버릇을 배웠노, 감히……."

은동하는 분을 참지 못해 헐떡거렸다.

"진정하세요."

미연은 옷매무새를 고치고 단정하게 앉아 조용히 말했다.

"전 영감님의 심기가 편하시도록 수단껏 힘쓴 죄밖에 없어요. 힘을 쓰자니까 다소 안 할 말도 했는가봐요. 일이 잘되면 2,000만 원을 주겠다는 말을 한 것은 저의 경솔한 탓인지 모르겠어요. 그러나 이미 말해 버린 걸 어떻게 하겠어요. 물론 그분은 그 돈을 요구하거나 바라거나

하진 않아요. 그럴수록 저는 겁이 난단 말예요.

 만일 그분이 영감님의 심리를 오해나 하시면 어떻게 해요. 사정이 급할 땐 이런 말 저런 말 해갖고 꾀어선, 사정이 좋아지니 입을 싹 씻고 모른 척하는 그런 사람이라고 알면 이런 필적 같은 건 안 받은 것만 못해요. 이 글씨를 받아올 수 있는 사람이라면 그 이상 가는 일도 할 수 있는 사람 아니겠어요? 그런 사람의 비위를 거슬려 놓아서 좋은 일은 없을 거예요. 2,000만 원 주겠다고 해놓고 200만 원을 내놓아보세요. 되려 한 푼도 안 내는 것만도 못 할 거예요. 그럴 바엔 여러가지 사정으로 영감님을 만나지 못해 이걸 전하지 못했다고 하는 편이 낫지 않겠어요? 그러다가 준비가 되었을 때 받아오는 것이 점잖지 않을까요? 정 필요가 없으시다면 이런 것 받지 않아도 되잖아요? 제가 생각하기론 중요한 건 이 한 장의 글씨가 아니고 그분이 영감님을 끝까지 보살펴주는 마음이라고 생각해요. 그러니까 제가 이것을 도로 가지고 가려는 거예요.”

 은동하의 분이 풀릴 까닭은 없었지만 미연의 말을 납득하지 않을 순 없었다. 사실 중요한 건 이승만이 쓴 한조각의 글이 아니고 자기를 돌봐주는 마음인 것이다. 은동하는 비슷한 처지에 있는 사람들로부터 반민법에 걸려보았자 별일은 없을 것이란 말을 듣고 있긴 했어도 안심할 수는 없는 처지였다. 돈 2,000만 원을 아끼려다가 무슨 봉변이 있을지 모른다는 겁이 나지 않는 바도 아니었다.

 “내가 돈을 준비할 테니까 그건 그대로 두고 가게.”

 은동하는 풀이 죽은 어조로 말했다. 미연은 약간 마음의 동요가 일어났다. 그러나 여기서 져선 안 된다고 마음을 고쳐먹었다.

 “영감님, 돈이 준비되고 난 뒤에 이걸 받읍시다. 이걸 받는 게 급한 건 아니잖아요? 여게 이렇게 있는 것이 사라져 없어지진 않을 것 아녜요? 빨리 돈 준비나 하세요. 오해가 두려우니 오늘은 영감님을 만나지 못했다고 하겠어요."

하고 미연은 은동하가 보는 앞에서 이승만의 필적이 있는 종이를 소중하게 책보에 싸서 들고 그 방에서 나왔다. 은동하는 복잡한 감정이 얽힌 눈빛으로 미연의 뒷모습을 바라보고 있었다.

한아름 돈을 안고 올 줄 알았던 미연이 가져갔던 물건을 도로 가지고 돌아왔을 때 이종문은 대강의 사정을 짐작했다. 사람이란 변소에 갈 때와 변소에서 나올 때의 마음이 다르다는 말로써 요약할 수 있는 그 언저리에서 생긴 일일 것이라고 짐작했던 것이다. 2,000만 원의 횡재가 사라진 것은 섭섭한 일이지만 그런 내색을 하지 않을 만큼 이종문은 성숙되어 있었다.

"만나질 못했어요. 그래 너무 오래 기다리기도 뭣해서 그냥 돌아왔어요."

하고 미연이 수줍게 웃었을 때

"없으면 그냥 두고 올 일이지."

하며 이종문이 대범하게 웃기까지 했다.

종문의 속셈으론 미연이 돈보따리를 가져오면 그까짓 것은 문제도 아닌 것처럼 머리맡에 밀어두고, 옷을 벗기가 바쁘게 이불 속으로 미연을 끌어넣을 참이었는데, 막상 일이 이렇게 되고 보니 욕정도 기분도 한꺼번에 사라져버렸다. 그러면서도 대범한 척 꾸며야 하자니까 이종문의 태도가 어설프지 않을 수 없었다.

"술이라도 한잔 할까."

하고 이종문이 푸시시 일어나 앉았다.

"낮에 혼자서 술을 자시게요?"

미연이 의아한 표정이었다.

"제기랄, 술에 낮과 밤이 있나 뭐."

하면서도 겸연스러워 종문은 전화기를 끌어당겨 태동여관에 전화를 걸었다.

"날 찾아온 사람 없나?"

"임형철 부사장이 와 있다고?"

"그 밖에 또 세 사람이 기다린다고?"

"응, 곧 갈께. 임 부사장더러 기다리라고 해."

전화를 끝내고 이종문은 일어서 옷을 챙겨 입었다.

"여관에 좀 갔다와야 하겠소. 술상 준비나 해두소. 해가 빠지면 올 낀게."

하며 너털웃음까지 웃었으나 헛김이 새는 느낌이었다. 2,000만 원의 꿈이 사라졌으니 아무리 이종문인들 심기가 편할 까닭이 없었다.

은동하로부터 전화가 온 것은 이종문이 떠나고 난 뒤 30분쯤 지나서였다.

"이 사장이란 사람 만났나?"

어름어름 눈치를 살피는 듯한 은동하의 말이 흘러나왔다.

"아직 만나지 못했어요."

"그 잘되었구나. 아깐 내가 조금 잘못 생각한 것 같애. 열흘 동안에 돈을 마련할 테니까……."

"얼마를 마련하겠단 말예요."

미연이 토라진 소리가 되었다.

"2,000만 원 마련하겠어. 그러니 이 사장헌텐 그렇게 알고 적당히 말해둬. 2,000만 원 준비하러 시골로 내려갔다고 말야. 그 필적을 받은 소식을 듣고 내려간 모양이라고 해도 될 것 아닌가."

"이번엔 실수가 없겠죠?"

"염려 말라구."

"그럼 꼭 10일 동안이라고 못을 박겠어요. 그래도 되죠?"

"그래그래."

"알겠어요."

"아무쪼록 실수 없이 해요."

전화를 끊고 미연이 홍 하고 냉소를 했다. 사정은 다급하고, 돈에 대한 욕심은 목에까지 꽉 찼고……, 하는 비웃음이었다.

'그런데 영감이 그처럼 돌변한 까닭이 뭘일까.' 하니 궁금했다.

아무래도 누구와 의논을 해본 결과일 것이라 싶었다. 아닌 게 아니라 은둔하는 미연이 떠나고 난 뒤에 친일파 사업가로서 이름이 높은 박 모에게 전화를 해서

"이승만 대통령의 친필로 된 용서한다는 글을 받았어."

했더니 박 모는 후끈 달아올랐다.

"그것 참, 천하의 보물을 얻었소이다. 어떤 연줄로 그렇게 되었는지 내게도 길을 좀 틔워주시오."

"귀인을 만난 덕분이오."

"그 귀인을 내게도 소개해주실 수 없겠소? 크게 은혜로 알겠소."

"헌데 이 대통령의 그 필적을 돈으로 산다면 얼마나 되겠소?"

"돈? 그걸 어떻게 돈으로 칠 수가 있겠소? 수억 원인들 감당할 수가 있겠소? 그것 한 장 가졌으면 이 세상에선 무소불능의 부첩을 가진 거나 마찬가진데. 일제 때로 치면 천황폐하의 칙서를 받은 것이나 마찬가

지가 아닙니까."

"국회에서 야단들인데 이 대통령이 천황폐하만한 권능이야 가지고 있겠소?"

"그건 은 선생이 잘 모르고 하는 소리요. 국회가 아무리 떠들어도 이승만 대통령이 하려고 하면 안 될 일이 없을 겁니다. 그분이 반민법에 걸린 사람 전부를 구할 수는 없겠지만 아니 그럴 생각도 없겠지만, 몇 사람만 구하려고 하면 안 될 까닭이 있겠소. 그러니 그런 글까지 써주셨다면 은 선생은 보증을 받은 거나 마찬가지요."

"기서호其恕乎라고 용서한다는 뜻을 밝히고 끝에 은동하에게 준다는 글까지 쐬어 있거든요."

"그렇다면 금성철벽이오. 그런데 은 선생! 은 선생에게 길을 틔워준 그분을 내게도 꼭 소개해주셔야 하겠소."

"노력은 해보리다."

"해보리다가 아니라 마음먹고 노력을 해주세요."

"그렇게 하죠."

"고맙소, 은 선생! 은 선생은 역시 덕이 있는 분이라."

"덕불고 필유인德不孤 必有隣이란 말씀인가요?"

"그렇소, 그렇소. 덕불고 필유인이지. 은 선생의 그 덕 좀 봅시다."

그리고 박 모는 요즘 통 잠을 잘 수 없다며

"일제 때는 남보다 먼저 친일을 하려고 야단이더니만 요즘 보니 전부가 독립운동한 사람이라. 지금 국회에서 반민법을 엄하게 해야 한다고 날뛰고 있는 국회의원들 가운데는 전쟁 때 각반차고 국민복 입고 총독부 관리에게 잘 뵈려고 설쳐대던 놈이 수두룩해요. 잘 뵈려다가 잘 뵈지도 못하고 궁색하게 지낸 것을 독립운동하다가 고생한 것처럼 꾸며

대는 세상이니, 참말이지 살맛이 없소. 더군다나 정당하다고 떠들어대고 있는 놈을 보시오. 황민화皇民化 운동에 앞장섰던 놈들이 수두룩해요. 그 가운데 바로 내가 살고 있는 동리의 경방단警防團 단장한 놈까지 끼어 있으니 말 다한 것 아뇨?"
하고 푸념을 늘어놓았다.
"결국 승기자염지勝己者厭之한 것도 있지 않겠소."
"독립운동했다고 떠드는 놈 가운덴 만주나 중국에서 아편장수한 놈, 일본헌병의 밀정 노릇한 놈까지 끼어 있으니, 그리고 그런 놈일수록 큰소릴 더 치니 기가 막힐 노릇 아닙니까."
"생각할수록 험한 세상이지."
"그러나저러나 은 선생은 한시름 놓았겠소. 부디 내게도 길을 틔워주오."
박 모의 말은 간절했다.
은동하는 그 전화를 끝내고 드디어 결심을 했다.
2,000만 원의 재산을 자손에게 남겨주느니보다 그 돈을 써서 자손을 위해 울타리를 만들어주기로 결단을 한 것이다. 그 재산을 모으기까지의 노심초사를 생각하면 아깝기 한이 없는 일이지만 새로운 세상에 떳떳하게 살아가기 위한 투자라고 생각하면 한번 호기를 내볼 만도 한 일이었다.
'박 사장도 그처럼 부러워하지 않았느냐. 에에라, 2,000만 원쯤 내놓자.' 하는 마음이 아까 미연에게 전화를 걸게 한 동기였다. 은동하의 각오는 썩 잘된 것이라고 할 수 있었다. 이종문이 허무한 꼴만 당하고 호락호락 물러설 사람이 아닌 것이다.

태동여관으로 돌아간 이종문은 난롯불을 지피지 않은 사동에게 고래고래 고함을 지르는 등 신경질을 피우면서 허탕이 될지 모르는 2,000만 원을 두고 이를 갈았다.

'떡줄 놈에게 물어보지도 않고 김칫국만 미리 마셨단 말인가? 천만에, 이종문이 그런 바지저고리가 될 순 없지. 무슨 수를 써서라도 은동하란 놈에게 오라를 먹여 2,000만 원, 아니 3,000만 원쯤 토해내도록 해야겠다. 허기야 손대지 않고 코 풀 작정을 한 것이 내 잘못일지도 몰라. 돈은 힘을 써서 벌어야 하는기라. 주지않는 놈으로부턴 빼앗아야 하는기라.'

그래서 이종문이 임형철을 만나자마자

"부사장, 의리 없는 놈으로부터 돈을 빼앗아야 하는 것 아닌가."

하는 말을 퍼부어 상대방을 어리둥절하게 했다. 어리둥절하면서도 임형철은

"빼앗을 곳이 있거든 나도 한몫 둡시더."

하고 귀를 솔깃하게 세웠다. 그러나 이종문이 은동하의 사건을 임형철에게 털어놓을 까닭이 없었다. 헛허, 하고 헛웃음을 웃곤 얼버무렸다.

"세상 사정이 그렇다는 얘기지 뭐."

2

"나 청년단과 손을 떼었습니다."

임형철이 시무룩하게 말을 시작했다.

모든 청년단체가 대한청년단 하나로 뭉쳐 그 결성대회가 며칠 전에 있었다는 소식을 듣고 있을 뿐 이종문은 청년단에 관해서 전혀 아는 바

가 없었다.

"왜 손을 뗐노?"

"사람을 알아줘야 일할 신명이 날 것 아닙니까."

"감투를 못 썼다 그 말이고나."

"감투도 감투이지만 개판이란 말입니다. 그 모양으로 무슨 청년운동을 할낀지 싹이 노랗단 말입니더."

"네가 감투를 못 썼으니까 싹이 노랗다 말이가?"

임형철의 성격을 잘 아는 이종문은 이렇게 한번 말해보았다.

"그런기 아니고 새로 발족한 청년단의 우두머리는 전부 서북 출신 사람으로 꽉 차서, 서북 출신이 아닌 우리들은 발 붙일 곳이 없다, 그 말 아닙니꺼."

"단장은 신성모라며? 신성모는 경상도 사람 아니가?"

"단장이 경상도 사람이면 뭣 합니까. 부단장 이성주와 문봉제가 실권을 다 잡고 있고, 사무국도 전부 서북 출신이 장악하고 있는데요. 게다가 대동청년단 때 내가 맡아 있던 중구단장직까지 함경도 패가 빼앗아 안 갔습니까."

"서북 출신의 청년들이 정부를 세우는 과정에서 일을 열심히 했으니까 그렇게 된 것 아니겠나. 누구헌테 얘기 들은께 빨갱이와 가장 용감하게 싸운 사람들은 서북청년이라쿠더라."

"누구는 손을 동여매고 있었습니꺼? 나도 할 대로는 다했습니더."

"흥."

하고 이종문은 자기도 모르게 웃었다.

"왜 웃습니꺼?"

임형철이 발끈 했다.

"나는 자네가 적산집이나 돈 많은 과부 궁둥이나 쫓아다닌 줄 알았더니 어느새 건국운동도 했고만."

"사장님 이렇게 망신을 주깁니꺼?"

임형철은 이종문에게 대들어봤자 소용이 없다는 걸 알고 어리광피우는 투로 말을 돌렸다.

"입은 비뚤어져도 말은 바르게 해야 할꺼 아닌가."

했을 때의 이종문의 표정엔 장난기라곤 조금도 없었다.

"어쨌든 청년단과는 손을 떼었습니더."

"형편이 좋으면 있고, 형편이 나쁘면 손을 떼고 사내가 그런 꼴 갖고 되겠나? 참을 줄도 알고, 견딜 줄도 알아야지. 똑바로 말해 자넨 청년단을 한 덕을 톡톡히 안 봤나. 대통령께서 큰 마음 잡숫고 청년단을 통합하셨는데 조금 불리한 입장에 놓였다꼬 그만둔다는 건 좋은 일이 아닌 것 같은데……."

"있어봤자 별 할 일도 없어요. 통합되었다고는 하나 시작부터 싸움인걸요. 이청천 계와 서북 계가 싸움질이고 서북 계 안에 또 분열이 났거든요. 그 틈바구니에 끼어 있다간 어느 귀신에게 붙들려 갈는지 모를 형편입니다."

"서청계열의 분열이라니 그게 또 무슨 소리고?"

"평안도 파와 함경도 파가 서로 으르렁대고 있어요. 그런데 평안도 파 내부가 또 이상합니더. 함경도 파에 붙는 사람이 있고, 서청西靑 본래의 자세로 돌아가야 한다는 파도 있고 말입니더."

"못난이 바짓가랭이 꼬이듯 꼬였다는 말이 있더니만 대한청년단 내부가 꼭 그 꼴이고나."

"그렇습니더. 도무지 갈피를 잡을 수가 없어요. 우선은 함경도 파가 우세한데 언제 평안도 파가 득세할는지 모르는 형편이거든요. 한마디로 말해 딱한 실정입니더."

"그런 사정을 대통령께서 알고 계시는지 모르겠다."
하고 이종문은 한숨을 쉬었다.

"대통령께선 아마 모르실 겁니다. 그러기에 설상가상으로 민족청년단까지 합하라고 야단하시는 것 아니겠습니꺼. 지금 형편에다 민족청년단까지 합쳐놓으면 꼴좋을 겁니더."

이종문은 생각에 잠겼다. 엉뚱한 짓을 곧잘 하고, 자기 이익이 되는 일이라면 어떤 악랄한 수단도 불사하는 위인인데도 이승만 박사에게 해로운 일이라면 신중하게 되는 이종문이었다.

"신성모란 사람, 어떤 사람이고?"
"옛날 선장을 했다쿠는 사람인데 이 대통령의 신임은 꽤 두터운 모양입니더."

"단장이 자기가 맡은 청년단 하나를 옳게 부지하지 못 할까. 칠 놈 치고, 쫓을 놈 쫓고, 높일 놈 높이고 하면 될긴디. 대통령 각하의 신임을 받고 있다면 무슨 짓을 못 해. 내가 한번 그 신성몬가 하는 사람을 만나서 혼을 한번 내줄까."

이종문이 이 말을 막상 농담만으로 한 것은 아니다. 그러나 임형철은 히죽히죽 웃었다.

"신성모란 사람은 덩칩니더, 덩치."
이종문의 눈엔 임형철의 그런 태도가 얄밉기 짝이 없었다. 게다가 은동하의 일로 기분이 잡쳐 있던 터라 말이 퉁명스럽게만 되었다.

"그래 오늘은 그런 말 할라꼬 나를 찾아왔나?"
"의논이 있어서요."

"뭐든 네 마음대로 하는 놈이 새삼스럽게 의논은 또 뭣꼬."

이쯤 되었으면 다음날로 미루어야 하는 것인데 임형철의 눈치가 다소 모자랐다. 이종문의 비위를 뒤틀어놓는 말을 끄집어내고 말았다.

"이때까지 내가 청년단 사무실로 쓰고 있던 건물이 안 있습니꺼."

"그래서."

"그 건물은 내 명의로 되어 있습니다."

"자네 명의로?"

"그렇습니다. 천신만고하고 그렇게 만들어 놓았습니다."

"……"

"그런데 이번 발족하는 대한청년단이 그 건물을 쓸 작정인 것 같습니다."

이종문은 임형철의 속셈을 눈치챘다. 동시에 불쾌감이 솟구쳤다.

"대동청년단이 대한청년단으로 된 거 아니가. 그랑께 대동청년단이 쓰던 건물을 대한청년단이 쓰는 건 당연한 일 아니가."

"그렇진 않지요."

임형철이 턱 버티는 투가 되었다.

"그 건물은 내 명의로 돼 있다고 하잖았습니까. 그러니 내가 그 지구의 단장을 하고 있을 땐 내 호의로 그 건물을 청년단이 사용할 수 있었다, 이겁니다. 그러나 내가 그 지구단장을 그만둔 이상 내가 허락하지 않으면 그 건물을 청년단이 사용할 명분과 이유가 없어진 것 아닙니꺼."

"배짱 한번 좋구나."

이종문이 어이가 없어 임형철의 얼굴을 뚫어지게 보았다.

"이건 배짱이 아니고 재산권의 문젭니다."

"그런 유식한 문자는 모르겠다만 도대체 그 재산을 어떻게 자네 명의로 했노. 그 건물을 점거할 땐 청년단이 쓴다는 이유를 들이댄 것 아니가. 그런께 넌 청년단의 이름을 팔아 그 건물을 가로챈 게 아니가. 바른대로 말하면 사기 아이가, 횡령 아니가. 그런디 재산권이고 나발이고 어딨노? 대한청년단이 쏠라쿠몬 쓰는 거지."

"사장님 오해하시면 안 됩니다. 이건 사기도 아니고, 협잡도 아닙니다. 점거를 할 땐 청년단을 들이댔지만 그것을 내 사유물로 만들 때는 먼저 연고자로부터 정식으로 양도를 받고, 관재처와 정식으로 계약을 맺았습니다. 모든 것을 합법적으로 했다, 이 말씀입니다."

"청년단을 동원해서 그 건물에 있는 사람들을 내쫓았다는 사실을 내가 알고 있는데 정식으로 양도를 받았다고 해?"

"수단에 다소의 무리는 있습지요. 비상수단을 쓰긴 했습니다. 그건 사실입니다. 그러나 결과적으로 빈틈없이 합법적으로 했다, 이겁니다. 그 건물은 합법적으로 내 소유물이다, 이겁니다. 그러니까 한청이 그것을 내 의사에 관계없이 사용하려는 것은 불법적인 처사가 되는 겁니다. 이건 자본주의 국가의 원칙을 무시하는 짓입니다. 우리가 뭣 땜에 공산당과 싸운 겁니꺼. 자본주의의 원칙을 지키기 위해 싸운 것 아닙니꺼. 공산당과 피나게 싸워 자본주의 국가를 만들어놓았는데 이 마당에 와서 남의 재산권을 침해하는 그런 행패를 용인할 수 있단 말입니꺼."

이종문은 피식 웃었다. 어이가 없고 기가 막혀 웃은 것이었다. 그러나 웃음은 곧 분노와 같은 감정으로 바뀌었다.

"사기나 협잡과 다름없는 짓으로 그 건물을 빼앗아놓고, 이제 자네가 그걸 빼앗길 판이 돼 놓이니까 재산권이니 자본주의니 하는 잠꼬대 같은 소리를 하는고나. 이 세상에선 힘센 놈이 이기는 기라. 자본주의고 민주주의고 없어. 힘이 센 놈이 이긴다, 이 말이다. 그런께 너도 힘센

어설픈 막간 2 235

놈에게 한번 당해봐야 아는기다. 사기와 협잡이 그냥 통할 줄 아나?"

"별소리 다 듣겠소. 내가 한 짓이 사기라고 칩시더. 협잡이라고 합시더. 사기하지 않고 돈 번 놈이 있는 줄 압니꺼? 협잡하지 않고 재벌이 된 놈 있는 줄 아십니꺼? 원래 사유재산이란 착취와 사기와 협잡으로 이루어진 것입니더. 그것을 어떻게 합법화했느냐가 문제인 겁니더. 똑같이 사기를 했는디 그걸 합법화할 수 있는 기술을 가진 놈은 자기 재산으로 그것을 보유하고, 합법화할 기술을 가지지 못한 놈은 감옥살이를 해야 하고, 전과자가 되는 겁니더. 탁 터놓고 얘기해봅시더. 사장님은 어떻게 해서 돈을 벌었습니꺼. 하기 좋다고 남의 말을 함부로 그렇게 하는 건 아닙니더. 부랄 두 쪽 차고 서울에 와서 3층짜리 건물 하나 손아귀에 넣었는디, 그걸 빼앗길 판이라 의논을 하는데 그런 섭섭한 말이 어딨습니까. 나는 그래도 사장님을 위해, 아니 사장님의 재산을 보호해주느라고 안간힘을 썼습니더."

이렇게 되니 이종문은 수세에 몰린 꼴이 되었다. 감정 같아선 '네까진 놈 보기도 싫어.'라고 내뱉고 싶었지만 그럴 수도 없었다. 그래 겨우 한다는 말이 이랬다.

"너 건물 보호해줄라꼬 내가 대통령 각하를 찾아가야 하나? 네 꾀는 조조 아니가. 나는 무식해서 우찌하면 좋을지 모르겠다."

"신성모 단장을 찾아가서 한마디 하시몬 될 것 아닙니꺼."

"생판 초면의 사람을 만나 무슨 소리 할끼고?"

"그럼 경찰국 간부 가운덴 아는 사람이 많지 않습니꺼."

이종문은 한동안 꿀 먹은 벙어리가 되었다. 신성모이든 경찰국 간부이든 발 벗고 나서면 안 될 일은 없을 성싶지만, 임형철의 잔인하고 혹독한 수단으로 가로챈 건물을 위해선 새끼손가락 하나 들어볼 생각이 없었다.

이종문으로부터 탐탁스런 말을 기대할 수 없다는 것을 알자 임형철이 자세를 고쳐 앉았다.

"아깐 제가 지나친 말을 한 것 같습니다. 하두 다급한 심정이라서 실수를 했습니다. 양해하이소. 그 문제 갖곤 더 이상 괴롭히지 않겠습니더. 그런디 이 부탁만은 꼭 들어줘야 하겠습니더."

임형철이 이렇게 말하는 덴 이종문이 약해지지 않을 수 없었다.

"무슨 말인지 해보라몬."

"난 청년운동도 그만두었으니 회사 일에 전념할 작정입니다. 오늘은 안 가지고 왔습니다만 사업계획을 세운 것도 있습니더. 명년부턴 사업도 활발해지고 할 것이니 사람이 필요하지 않겠습니꺼. 그래 유능한 청년들, 다시 말하면 공사감독하는 데 적격인 청년을 열 명 가량 채용했으면 합니더."

"열 명이나?"

"많은 것도 사람입니다만 없는 것도 사람입니더. 능력이 있는 사람을 만났을 때 확보해두는 게 좋습니더."

"그런 사람이 어디 있었던가?"

"제가 청년운동을 할 때 같이 한 동지들입니더. 이번 제가 그만둘 때에 데리고 나왔으면 해서 드리는 말입니더."

이종문의 얼굴에 난색이 보이자

"월급이랬자 한 사람에 2만 원 꼴이면 될낑께, 열 명이라고 했자 20만 원이면 충분합니더. 그만한 지출은 그들의 능력으로 몇 갑절 감당하고도 남을 겁니더."

하고 임형철이 덧붙였다. 마음이 약한 이종문이 아까의 어수선한 장면도 있었던 터라 임형철의 간청을 물리칠 수 없었다.

"사람을 채용하는 건 수월하지만 내보내는 일은 어려우니 신중을 기하도록 해요."

하며 임형철의 제안을 승인했다. 그런데 "그럼 가보겠습니다." 하고 이제 막 불을 붙인 담배를 후다닥 비벼끄고 일어서는 임형철의 심술사나워 보이는 동작을 곁눈질하며 이종문은 꺼림칙한 뒷맛 같은, 또는 불길한 예감 같은 것을 느꼈다.

아니나 다를까 바로 그 일이 후일 이종문에 대한 함정으로 작용했다. 임형철은 이종문의 회사를 이용하고, 이종문의 돈을 이용해서 자기가 갈취한 재산, 우선 그 건물을 확보하기 위해 심복부하를 기를 참이었고, 이종문에게 말하기 전에 이미 열 명의 서북청년들을 대아건설의 사원으로 채용해놓고 있었다. 그러니 이종문으로부턴 사후승인을 받은 셈이다.

임형철과 그들 서북청년들은 대동청년단을 할 때 이청천의 선거운동을 계기로 사귄 사이였다. 고향을 북에 두고 온 서북청년들은 좌익에 대해 본능적 생리적인 혐오를 가지고 있는 한편, 조그마한 친절과 우의에 대해서도 생명을 걸고 보답하는 정열과 순진함을 가지고 있었다. 때마침 대한청년단으로 통합되는 과정에서 그들의 우두머리 사이에 동갈이 난 판이라 그들은 거취를 정하기가 곤란한 입장에 있기도 했다.

선우기성·문봉제·이성주 등 서북청년회의 지도자들은 모두 평안도 출신이었는데 청년단의 통합 과정에서 함경도 출신들과 의견이 엇갈려 다소의 내분이 일었다. 그랬는데 또 평안도 출신 사이에 의견충돌이 나타났다. 함경도 출신이 영도권을 쥐고 있는 한청에 가담할 필요가 없다는 의견과, 앞으로 통일의 대로를 걸어야 할 판국에 지방색채를 내

세우는 것은 옳지 못하다는 의견이 맞서 옥신각신하고 있었던 것이다. 그 틈바구니를 이용해서 임형철은 서북청년들 중에 마음에 드는 사람들을 포섭하는 공작에 나섰다.

"어딜 가나 공산당을 무찌르는 활동만 하면 될 게 아닌가……."

"서북청년이라고 해서 항상 뭉쳐 있을 수만은 없는 것이 아닌가……."

"장차 장가도 들고, 가정을 가져서 사회인으로서 떳떳하게 살도록 준비도 해야 할 일 아닌가……."

"나헌테 오면 월급을 후하게 줄 뿐 아니라 장래도 보장해줄 터이니 결심해볼 만한 일 아닌가……."

"여러분이 성공해서 같은 고향 출신의 동지들을 도와주면 그로써 서북청년으로서의 의리를 다할 수 있잖은가……."

임형철이 이러한 감언이설로 윤광덕·김영환·강원석·차명학·하두용·최상우·모성덕·황익보·한창수·장석찬 등을 포섭했다.

임형철은 우선 이들을 대아건설의 사원으로 입사시키고, 숙소로서 며칠 전까지 대동청년단지부 건물로 쓰던 이른바 자기 소유의 건물을 제공했다. 그리고

"이건 내 사유물이다. 이제 우린 청년단과 손을 떼었으니 이 건물을 도로 찾아야 하겠다. 우떤 놈이 와서 무슨 소릴 해도 이 건물에서 비켜나선 안 된다. 내 물건이면 여러분의 물건이 아닌가. 우리는 생사를 같이 기약한 동지가 아닌가. 나는 여러분이 이 건물을 사수해줄 것으로 믿는다."

고 못을 박았다.

"형님 걱정 말라구요. 분대로라면 남의 집을 빼앗으려고도 할 판인데 우리집을 왜 남에게 빼앗겨요."

하고 윤광덕이 장담을 했다. 윤광덕은 체구는 작았으나 박치기 기술은 일당백할 수 있는 실력자였다. 그 밖의 청년들도 제각기 강단과 실력을 갖춘 맹장들이었다. 게다가 모두 임형철에게 심취하고 있다.

  겨우 끼니를 잇고, 헐벗은 꼴을 면할 정도로 살아온 그들이 임형철의 덕분으로 말쑥한 차림을 할 수가 있었고, 배불리 먹을 수가 있었고, 훈훈히 스토브가 타고 있는 방에 거처할 수가 있었고 푸짐한 용돈까지 가질 수 있게 되었으니 임형철을 평생의 은인으로 삼게 된 것도 무리가 아닌 얘기다. 임형철로서도 자기의 돈 아닌 이종문의 돈으로 선심을 쓰는 판이니 얼마라도 푸짐할 수가 있었다. 한 달 월급은 2만 원이라고 했지만 피복비, 숙식비는 회사의 비용으로 전부 별도로 지출하고 있으니 1인 당 매월 5만 원이 넘는 액수를 지출하여야 할 것이었다.

  태동여관에서 나온 임형철은 거리에 찬바람이 불고 있는데도 휘파람이라도 불고 싶은 기분으로 들떠 있었다.

  '뛰는 놈 위에 나는 놈이 있는기라.'

  임형철은 이종문을 뛰는 놈으로 보고 자기를 나는 놈으로 치곤 속절없이 자기의 계교에 걸려든 이종문을 속으로 비웃었다. 앞으론 이종문의 약점을 하나하나 포착해나가면 될 것이었다. 그래 어느 시기에 가서 자기가 포섭한 열 명의 청년을 동원하면 대아건설쯤 삼키는 것은 식은 죽 먹는 거나 별반 다를 게 없는 것이다. 임형철은 이종문이 술에 취하기만 하면 곧잘 부르는 노래를 상기했다.

  화무십일홍이고 달도 차면 기우나니,
  인생 일장춘몽이라 아니 놀고 무엇하리······.

임형철은 이종문의 신세를 화무십일홍으로 보았다.

며칠 전까지 '대동청년단 ××단부'란 간판이 붙어 있던 자국이 아슴푸레 남아 있는 건물 앞에 서서 임형철은 두 짝으로 된 문을 밀어보았다. 형철이 시켜놓은 대로 빗장을 질러놓아 까딱도 하지 않았다. 형철은 흡족한 미소를 띠고 뒷문으로 돌아갔다. 그 문도 까딱하지 않았다. 방 안에서 떠들썩한 소리가 새어나왔다. 임형철이 문을 두들겼다.
"누구얏."
하는 소리와 함께 커튼 틈으로 어떤 사나이의 얼굴이 얼른 하는 것 같더니 빗장을 뽑는 소리에 이어 문이 열렸다. 자욱이 담배연기에 싸인 방에, 취해 상기한 얼굴들이 겹쳐 있었다.
"큰형님, 이리 앉으시라우요." 하고 의자를 밀어놓는 놈이 있고 "우리 술 한잔 하구 있시요." 하며 웃는 놈도 있고 "쇠주 한잔 하시디오." 하고 술병을 드는 놈도 있었다.
임형철은 스토브 옆에 가 앉으며 물었다.
"누구 안 왔던가?"
"왔시요. 한텅韓靑 디구당 사무국장이란 자가 왔더랬시요."
하며 윤광덕이 이형철의 맞은편에 앉았다.
"그래 뭐라고 하던가?"
"여기가 옛날 청년단 사무실로 쓰던 곳이 아니냐고 물었시요."
"그래서?"
"그땐 단장님이 이 건물의 소유자였으니까 그랬겠디, 하고 말했시요."
"그랬더니?"
"인계인수를 받아야 할긴디 단장님 어디 가셨느냐고 묻더랬시요. 그래 모른다고 했시요."

"그뿐이었나?"

"단장님 오시면 내일 또 오겠다고 하더라고 전하라고 했시요."

"그뿐?"

"그랬시요."

임형철은 잠깐 생각에 잠겼다. 그리고 입을 열었다.

"저 서류함 속에 묶어놓은 서류뭉치가 있어. 내일 그 사람들이 오거든 그걸 내줘. 인계고 인수고 할 것 없이 그 서류 보면 다 알게라구. 그리고 또 무슨 말이 있거든 이제 우리와 청년단과는 아무런 관계도 없으니 다시 찾아오지 말라고 해요."

그때 윤광덕의 등 뒤에 서 있던 황익보가 한마디 거들었다.

"대동청년단 간판이 있었을 텐데 그걸 어디에 두었느냐고 물었댔시요."

"그래 뭐라고 했나."

임형철이 긴장한 표정으로 물었다.

"또개서 스토브의 먹이로 해버렸다고 했시요."

"잘했어."

"그랬더니 그치들 이상한 표정을 하고, 그럼 새로 만들어야겠다고 중얼중얼 하드먼요."

"아무래도 한바탕 옥신각신이 있겠구나."

하고 임형철이 청년들을 가까이로 오라고 일렀다. 그리고 그들이 모여들길 기다려 말했다.

"모두들 각오는 하고 있겠지?"

"여부가 있겠어요."

윤광덕이 대표자 격으로 답했다.

"이 건물 한 개가 아까워서가 아니라 사나이의 체면이 문젠기라. 그러니까 어떤 일이 있어도 이 집은 사수해야 해. 내일부터 놈들이 본격적으로 시작할 모양인데 우리도 준비가 있어야 하지 않겠나."

"준비는 무슨 준비란 말입네까. 갈비 열 대썩만 먹여주문야 그만입니다."

하고 모성덕이 말하자 폭소가 터졌다.

"데일 도흔 의견이야. 그렇디, 갈비 열 대만 먹으면 그만인디. 거랑말코 같은 놈들 100명이 덤벼봤자 눈썹 한 번 까딱할 우리들이 아닙디오."

누군가의 이 말을 받아 임형철이 벌떡 일어섰다.

"좋아, 그럼 가자. 갈비 열 대가 아니라 100대라도 먹여줄낀께."

3

은동하로부터 2,000만 원을 받아내는 희망은 허탕이 되어버릴지 모른다는 사실이 이종문을 우울하게 했다. 그런데다 임형철의 설치는 폼이 아무래도 비위에 거슬렸다.

이종문은 허전한 기분으로 앉아 있다가, 이동식이 요즘 뭣을 하고 있을까 하는 생각을 했다. 허전한 기분일 때 으레 이동식을 생각하는 것이 이종문의 버릇이었다. 동식을 생각하면 그만큼 시각이 맑아지는 느낌인 것이다. 악의라곤 조금도 없는 동식과 마주앉아 있으면 깊은 산속에서 맑은 공기를 마시는 기분이 되기도 했다.

아직 세 시면 학교에서 돌아올 시간이 아니라고 생각하면서도 이종문은 동식의 집으로 전화를 걸었다.

"이 사장님 웬일이십니까?"

하고 동식의 음성이 수화기에서 흘러나왔다.

"내가 웬일이 아니라 이 박사께서 웬일이고. 나는 학교에 있는 줄 알고 장난삼아 전화를 건 긴디."

"저 요즘 학교에 안 나갑니다."

"방학했나?"

"그것도 아닙니다. 전 학교를 그만둘까 합니다."

"그건 또 왜. 학교 아니면 갈 곳이 없다고 하던 이 박사가 학교를 그만두면 우쩌노."

"글쎄 말입니다. 그러나 주위의 사정이 그렇게 되어버린 걸 어떻게 합니까."

"무슨 사정이고."

"대학의 재단 측과 교수 측 사이에 등깔이 나서 요즘 학교가 시끄럽습니다."

"재단하고 교수가 왜 등깔이 나노?"

"그런 게 있습니다. 얘기를 하자면 약간 복잡합니다."

"빨갱이들 장난 아닌가?"

"그렇게만은 말할 수 없는 사정이 있습니다."

"그 말할 수 없는 사정 한번 알아보자꼬."

"골치 아픈 얘기 들어서 뭣 하시게요."

"아니지. 이 박사가 골치를 앓는 일을 내가 모르고 지낼 수야 있나."

"나는 별반 골치 앓고 있지도 않습니다."

"그러나 그처럼 학교를 좋아하는 사람이 학교를 그만둬야 한다면 이건 중대문제가 아닌가베."

"중대한 문제이긴 하죠."
"그럼, 오늘밤 이리 놀러 나와. 오랜만에 한잔 하며 얘기나 듣세."
"그렇게 하죠."
"이왕이몬 송 선생께도 연락을 해서 같이 한자리 하지."
"송 선생은 충청도 시골에 가 계십니다."
"그라몬 문창곡 씨, 성철주 씨를 부르지. 단둘이 앉아 술 묵는 것도 궁상스러운께 말이다."
"좋지요."
"그럼 다섯 시 반쯤 그리로 바로 와. 태동여관 뒷집 말이다."

 동식과 전화를 끊고 난 뒤 이종문은 수송동으로 전화를 걸까, 하다가 말고 자기가 직접 문창곡을 찾아가기로 했다. 앉아서 전화로 불러대는 건 실례가 된다는 나름대로의 예의관념이 있었기 때문이다.
 문창곡과 성철주는 그 무렵, 양근환 씨를 움직여 이승만과 김구·김규식 양씨와의 사이를 조정하는 방법을 검토중에 있었다. 이종문은 그 사이의 동정도 알고 싶었던 터였다.

 수송동 합숙소는 우선 보기부터 썰렁했다. 많은 청년들이 떠나고 남아 있는 사람은 양근환 씨를 합해서 열 명 미만으로 줄어들었다. 대한민국 정부가 수립된 이 마당에선 탐정사란 간판을 붙여놓고 할 일도 없었다.
 이종문은 문간에 들어서면서 화로를 다리 사이에 두고 책을 읽고 있는 청년에게 엄지손가락을 뽑아 보이며,
"계시나?"
하고 물었다. 양근환 선생이 계시느냐는 질문이었다.
"안 계십니다."

하고 종문을 잘 아는 그 청년은 웃었다.
"문 선생은?"
"방에 계십니다."
양근환 선생이 계시지 않는다면 거리낄 것이 없었다.
"문 선생!"
하고 종문은 고함을 질러놓고 문창곡이 있는 행랑채로 뚜벅뚜벅 걸어 들어갔다.
"이 사장이 웬일이슈?"
하고 문창곡이 미닫이를 열었다. 성철주의 얼굴도 그 등 뒤에 나타났다.
이종문이 방으로 들어서자 성철주는 장기판을 치우고 이종문이 앉을 자리를 만들었다. 방 안도 썰렁했다.
"장기를 두고 계셨구면. 상관 말고 장기 두이소."
이종문이 편히 앉으며 한 소리다.
"백 번 두어 백 번 이기는 장기, 재미가 있어야지."
성철주가 말하자 문창곡은
"나는 연구를 할 셈으로 장기를 두고, 성 동지는 이기기만 하려고 두는 장기니까 그럴 수밖에."
하고 웃었다.
"연구를 한다는 게, 질 연구만 하니 원……."
성철주도 피식 웃었다. 성철주 말대로 문창곡과 성철주가 장기를 두면 문창곡이 이겨본 적이 없었다. 그건 이종문이 수송동의 합숙소에 있었을 때부터의 관례라고 할 수 있었다. 그런데 이종문이 보기로는 문창곡의 수가 약해서 그런 것이 아닌 것 같았다. 문창곡은 언제나 묘수를 엮어내려다가 궁지에 몰렸다. 뿐만 아니라 문창곡은 상대방이 백 번을 물려달라고 해도 물려주는데 자긴 절대로 물려달라고 하지 않았다. 어떤 경우 성철주는 다섯 수, 여섯 수까질 거슬러 물리기로 하니 질 까닭이 없기도 했다. 그래도 문창곡은 자기가 진 것을 물러줬기 때문에 졌다는 따위의 변명은 하지 않았다.

"또 졌군. 한 판 더 합시다."

하는 것이 고작이었다.

 종문은 문창곡과 성철주가 몇 해를 두고 한방을 쓰고 있으면서도 사소한 승강이 한 번 없이 지내고 있는 비밀을 그 장기 두는 방법에서 엿볼 수 있는 듯했다. 그런데 장기에 있어선 문창곡이 끝내 양보하는가 하면, 시간이 없어서 자기의 양말이나 내의는 세탁을 못 하더라도 문창곡의 양말과 내의는 성철주가 손수 세탁을 했다.

"나도 성 동지 내의 세탁 한번 해봅시다."

하고 문창곡이 불평을 할 정도로 기민하게 기회를 포착해선 성철주가 앞질러버리는 것이다.

"이승만 대통령과 양김 선생의 화해는 될 것 같습니까?"

이종문이 담배를 꺼내 물며 물었다.

"고양이 목에 방울을 달긴 달아야 하겠는데 그것을 달 쥐새끼가 있어야지."

하는 성철주의 익살이 있었다. 그리고 바로 엊그제 양근환 선생이 시류가 이쯤 되었으니 이 대통령께 면회신청을 해선 가슴을 털어놓고 얘기를 해보시라고 김구 선생에게 권하다가 혼이 났다는 얘기를 했다.

"이승만 박사가 먼저 굽혀야 하는 거여. 칼자루를 쥐고 있는 사람이 아량을 보여야지. 김구 선생께 그런 말씀드린 것이 무리였어. 약자가 강자에게 아첨하는 꼴이 되니 가뜩이나 외골수로 된 어른이 응할 턱이 있겠어?"

문창곡이 한 말이었다.

"대통령께선 김구 선생과 합작할 용의가 있다고 말씀하셨지 않습니꺼."

이종문이 며칠 전에 있었던 이승만의 담화를 상기하고 한 말이었다.

"능구렁이 같은 영감! 사실은 그 담화가 그분들 사이를 더 망쳐놓았단 말요. 느그들이 굽히고 들어오면 내가 받아주겠다, 이런 말 아니었소?" 하고 성철주는 하품을 했다.

"허기야 대竹에다 감나무를 접할라는 꼴인께 잘 안 될끼라."

"이 사장 말이 옳소. 그러나 그분들 사이에 화해가 이뤄져야지 이대론 안 돼요. 이대로 가다간 아무래도 큰 불상사가 날 것 같애. 이쪽저쪽으로 못된 놈들이 있거든. 무슨 장난을 할지, 생각하면 등골이 오싹할 지경이야."

문창곡의 말을 들으며 이종문이 웃었다. 때 묻은 옷을 입고 합숙소의 행랑에 군색스럽게 뒹굴고 살면서도 항상 엉뚱한 걱정만 하고 있는 꼴이 우습지 않을 수가 없었던 것이다.

"엉뚱한 걱정일랑 말고 술이나 마시러 갑시다."

"그거 좋은 소리요."

하고 성철주가 옷을 챙겨 입기 시작했다.

"아까 그 장기가 술내기 장기였는데 이 사장이 맡아주게 되니 반갑소. 이래서 나는 안심하고 장기에 질 수가 있거든."

하며 문창곡도 옷을 챙겨 입었다.

그날 밤 진주의 남도 소리는 과연 절창이라고 할 수 있었다. 창에 문외한인 동식도 진주의 소리만은 음미할 수가 있었다. 그것은 바로 한이었다. 얽히고설킨 고이고 다져진 한, 그 한이 엮어내는 가락이 곧 소리가 된 것이었다.

"한평생의 한만으론 저런 소리가 될 수 없겠죠? 줄잡아 수백 년 동안의 맺힌 한이 아니고서야."

하고 동식이 감탄을 하자

"이 교수의 표현이 맞아. 그렇지, 한평생쯤으로 쌓인 한으로야 어림도 없지. 반만 년 역사라고 하더니만 그 반만 년의 한을 실감했네."

고 문창곡이 받았다. 이어 나라의 슬픈 사정에 대한 푸념이 잇따랐다. 이승만 박사에 대한 비난이 성철주 입에서 나왔다.

"윤 뭣이라고 하는 애숭이를 내무장관으로 앉혀놓더니 이번엔 기껏 바꾼다는 게 무식한 뱃놈이야? 신성모가 아무리 사람이 무던하기로서니 새로 건국한 이 판국에 내무장관을 시킬 사람인가? 이건 나라를 깔보구 백성을 깔보는 짓이 아니고 뭐람! 게다가 사회부장관에 이윤영이가 또 뭐란 말이어. 그 따위 뼈다귀 없는 낙지 같은 목사가 뭣을 알꺼라고, 뭣을 할꺼라고 사회부장관인가, 이 말이어. 독립운동한다고 죽도록 고생한 사람 가운데 인격과 덕망이 훌륭한 사람이 얼마든지 있을 텐데 왜 그러는지 모르겠어. 이 박사가 인사엔 등신이란 말이 항간에 쭉 퍼져 있어. 적어도 일국의 대통령이 인사에 등신이란 말을 들어서 되겠어? 정치가 뭔데, 정치란 따지고 보면 인사야, 인사. 적재적소로 인물을 배치하는 게 정치 아닌가 말야. 등신 대통령 밑에 고생하게 되었으니 민족의 한은 더욱더욱 더 쌓일 판이라니까."

"오늘밤 이 동지 귀 따갑게 됐소."

어설픈 막간 2

하고 문창곡이 빙그레 웃곤 빈정대는 투로 말했다.
 "뭣이 옳고 그른지를 분간 못 하는 모양 같아. 뭣이 중요하고, 뭣이 덜 중요한지도 모르는 것 같구. 일례가 반민법이야. 숫자를 적게 잡는 한이 있더라도 민족반역자에 대한 처벌은 엄격하게 해야 하는 거야. 민족을 반역한 놈은 이렇게 된다는 시중示衆이 있어야 해. 그것을 하지 않고 어떻게 교육이 가능하겠느냐 말야. 그런 줏대가 없으니까 인사의 표준이 설 까닭이 있나. 어느 시대고 적당히 사는 놈만 잘살 수 있다고 해서야. 게다가 신상필벌하는 원칙이 없다고 해서야 뭣으로 국민을 교육시키느냐 말야. 앞으로 나라를 지탱하려면 삼천만 국민 전부를 충신 열사로 만들어도 모자랄 판인데 민족정신을 해이하게 하는 이승만 박사의 정치는 결정적으로 나쁜 짓이야. 오늘의 정치가 다소 나쁘다고 해도 올바른 방향만 지향하고 있으면 희망이라도 있지. 지금 이승만 씨가 하고 있는 짓을 보면 원칙에 대한 이념도 없고, 방향에 대한 감각도 없어요. 아무래도 무슨 수를 내야겠어."
 "선생님들, 제발 정치 얘기는 그만 하이소."
하고 이종문이 손을 내저으며 말했다.
 "이 박사께서도 생각이 왜 없겠습니꺼. 믿을 수 있는 세상이 아니라서 그런 것 아닙니꺼. 믿고 있던 김구 선생이 남북협상하겠다고 엉뚱한 짓을 하고, 한민당은 한민당대로 토라지고, 국회는 사사건건 비위에 거슬리는 짓만 하고……. 아무리 둘러보아도 믿을 만한 사람이 없는 기라요. 그래놓은께 엉뚱한 사람들을 등용하는 것 아닙니꺼. 좀 잠잠하게 한 3년 동안만 기다리고 있으몬 모든 문제가 잘 풀릴 겁니다. 자, 정치 얘긴 그만 하고 술이나 마십시더. 문 선생님 수심가 한가락 뽑으소, 그만."

"이 동지 체면을 봐서 이쯤 해둘까."

하고 문창곡이 술잔을 입에 품었다.

화제는 이동식의 대학 문제로 옮아갔다.

"재단이사회에서 몇몇 교수를 파면시킨 게 분규의 도화선이 된 겁니다."

하고 이동식은 간단하게 학내 사정을 설명했다.

"파면한 이유가 뭔데."

성철주가 물었다.

"사상이 불온하다는 이유였는데 그것만은 아닐 겁니다."

동식이 답하자

"사상이 나쁜 놈은 몰아내야 하는기라. 그런디 이 교수는 그들과 한패가 돼갖고 재단 측과 싸움질인가?"

하고 이종문이 말했다.

"재단도 나빠요. 학생들의 등록금을 받아가지고 학교 이외의 일에 유용하고 있거든요. 말하자면 재단이사회 자체가 배임과 횡령행위를 하고 있는 겁니다. 책을 사서 도서관을 충실하게 할 생각도 않고, 교수를 우대해서 좋은 교수를 모실 생각도 않고, 이를테면 대학의 운영이 엉망인 거죠. 그래 그런 문제를 지적해서 시정을 요구하는 교수가 있으면 사상이 불온하다는 등 이유를 내세워 해임통고를 하니 명색이 교수들이라면서 가만있을 수 있겠어요? 물론 교수 가운덴 좌익에 가까운 사람도 있습니다. 그러나 문제를 일으킨 것은 그 사람들만이 아니거든요."

"하여간 말끔 도적놈들 판이라. 사립대학을 한다는 놈들이 글쎄 학생들의 등록금만 뜯어먹고 살자는 판인데 그래갖고 옳은 대학이 되겠어? 관리라는 놈은 세금 도적질 하려고 덤비고, 교육하는 놈은 학원모리學

圜謀利 하려구 들구……. 어 더러워 더러워."
하며 문창곡이 얼굴을 찌푸렸다.
"다이나마이트를 터뜨리는 수밖에 없어요. 몽땅 수라장을 만들어 놓고 체로 거르는 거라. 그래서 삼천만 인구가 천만쯤으로 줄어들고 나면 모두들 정신을 차릴지 모르지."
"성 선생, 징그러운 소리 그만하고 우리 술이나 마십시다. 애국자 속에 협잡꾼 하나가 끼어 있으니 당최 얼떨떨하고만요."
하고 이종문이 큰 잔에 술을 가득 부어 성철주에게 돌렸다. 그 술잔을 받으며 성철주는
"이 사장은 자신이 협잡꾼인 줄 알고 있으니 양심적이란 말야."
하고 너털웃음을 웃었다.
"이 동지, 아니 이 사장, 거리낄 것 없소. 실컷 협잡을 해서 돈이나 많이 벌어요. 무슨 협잡을 한들 부끄러워할 게 없소. 이 대통령부터가 협잡을 하고 있는 나라인데, 그리고 국회의원이란 놈들이 거의가 협잡꾼인데 부끄러워할 게 뭐 있단 말요. 내게 협잡할 기술이라도 있었더라면 서슴없이 협잡꾼이 되겠소. 이왕 망할 나라라면 빨리 끝장이 나도록 서둘러야지."
하고 문창곡은
"내게도 그 큰 잔을 돌려요."
하며 자청을 했다.
"그라몬 참말로 협잡을 한번 해볼까."
이종문이 은동하를 염두에 두고 한 말이었다.
"해요, 해. 내가 거들 일이면 얼마라도 거들겠소."
성철주가 이종문을 추겼다.

"민족 반역자 놈들을 협잡하는 건 괜찮겠지."

이종문의 말이 떨어지기가 바쁘게

"그런 놈들이 상대라면 뼈다귀까지 핥아버려도 좋아요."

하고 성철주가 다부지게 말했다.

"그럼 자신을 얻었소만."

이종문은 진주를 통해 자기의 말이 미연이나 은동하의 귀에 들어갈 것을 짐작하고 말했다.

"아직 이름을 말할 계제는 못 되지만 아주 흉칙한 반역자가 있는 기라. 가만 생각하니 안 되겠구만. 이놈부터 요절을 내야지. 내가 시작했다쿠몬 가루를 만들어버릴긴개."

"이 사장 힘이 모자란다 싶으면 내게 원병을 청하슈. 요즘 온몸이 근질근질해서 견딜 수가 없는 판이니 한번 해봅시다. 나라가 못 하는 민족반역자의 처벌을 도맡아보는 것도 괜찮을 일일 꺼여."

하며 성철주는 팔뚝을 걷어붙이기까지 했다. 그런 말을 듣고 있으니 이종문이 용기가 솟았다. 그리고 아슴푸레하게나마 방법 같은 것이 짜여지기도 했다. 이종문인 신이 나서 뒤켠에 있는 북을 끌어당겨 북채를 들었다.

"진주 씨, 장부가 한 번 뽑으소."

4

1949년의 신정.

국무위원을 비롯한 각계의 인물들과 신년하례를 끝내고 이승만 대통령은 거실로 돌아와 앉았다. 차를 한 모금 마시고 새해를 맞은 심정을 첫 휘호에 택할 양으로 먹을 갈았다.

조용히 먹을 갈고 있으면 심정이 차분해진다. 백지에 무엇이 쓰일지 모르는 그 가능성으로 해서, 차분해진 심정이 잠시 보랏빛으로 물들기도 한다. 일필휘지하면 바람을 일으키고 구름을 부르는 재간이 하얀 종이 위에 묵흔도 선명하게 새겨질 판인 것이다.

이승만은 붓을 들었다. 영감을 기다리는 듯 눈을 감았다. 적막의 저편에서 스팀이 파이프를 통하는 소리만이 들릴 뿐이다. 적막간중 증기성寂莫間中 蒸氣聲으로선 시의 운치완 멀다. 시의 운치에까진 이르지 못할지라도, 신정을 맞은 원수다운 기백은 있어야 하는 것이다. 이승만은 북녘땅을 선뜻 생각했다.

'북방근역北方槿域은 아인俄人의 작폐에 시달리고 있으니 그 실지失地를 언제나 회복할꼬.' 하다가, 이승만은 붓에 먹물을 먹여 휘둘렀다. '기축지년 가기회실'己丑之年 可期回失이란 글자가 쓰였다. 그런데 그 글자 모두가 자기를 비웃는 듯 획이 들뜨고 있었다. 이승만은 얼른 그 종이를 구겨 던졌다. 그러곤 눈을 다시 감고 영감을 청했다. 영감은 끝내 나타나지 않았다. 그 대신 어릴 때부터 즐겨 외던 장자莊子의 문장이 뇌리를 스쳤다. 이승만은 기억을 더듬으며 써 내려갔다.

鵬之徙於南冥也, 水擊三千里
搏扶搖而上者九萬里, 去之六月息者也.

붕이 남극으로 나를 때는 날개로 삼천 리를 치고,
날아오르길 구만 리, 여섯 달을 날아 이르러서야 쉰다.

이승만은 자기의 필적을 바라보면서 스스로가 붕이 된 것처럼 일순 황홀해졌다. 한 날개로 수면의 삼천 리를 치고, 날아오르길 구만 리 장천할 수 있으면 실지의 회복도 간단한 일이 되는 것이다.

'연작의 무리들이 그 뜻도 모르구.'

연작이란 물론 국회의원을 비롯해 자기에게 반대하는 뜻을 품고 있는 자들을 말한다.

프란체스카가 문을 열었다가 곧 닫았다. 이승만이 붓을 들고 있을 때는 파적破寂을 해선 안 되게 되어 있었다.

"마미, 끝났어요."

하고 이승만은 붓을 놓고 소파에 가 앉았다.

프란체스카가 다시 들어와 이제 막 이승만이 써놓은 글을 바라보고 섰다.

"마미, 그것은 장자라고 하는 중국 고대의 사상가가 지은 저술 가운데의 한 구절이오."

하고 그 전후를 합쳐 글귀의 설명을 했다. 프란체스카는 원더풀을 연발했다.

"아마 장자만한 상상력을 가진 사상가는 그리스에도 없었을 거요."

이승만이 제법 뽐내며 말하자 프란체스카는 어깨를 으쓱하며 말했다.

"이왕이면 파파의 사상을 적으시지 않구."

이승만은 빙그레 웃고 일어섰다.

"그럼 내 사상을 적어볼까?"

하고 잡은 붓이 써내려 간 것은 다음의 문장이었다.

대망은 무망에 통하고, 만감은 무감을 닮았지만, 만감이 무감일 수 없는 것은 대망이 무망하진 않기 때문이다. 오늘 기축신정己丑新正에 일봉一峯의 정상頂上을 극하고 보니 첩첩군중疊疊群衆이 사위四圍에 용립聳立하더라. 하일何日 그 군봉을 제하고 근역槿域의 안태安泰를 송訟할 날이 있을까!

이승만이 글의 뜻을 설명하자 프란체스카가 그의 목에 매달렸다.
"근사해요. 참 좋아요. 파파의 신념이 그러할 때 곧 그날이 올 거예요. 언제 파파의 소원이 이루어지지 않은 게 있었어요? 용기를 내세요."
"내 용기가 여기에 있지 않소?"
"어디에요?"
"바로 당신, 마미가 내 용기요."
"고마와요, 파파. 그럼 오늘 샴페인으로 이날을 축하해요."
"샴페인?"
"빈에서 보내온 샴페인이 있어요. 샴부런 궁정에서 마셨다는 샴페인입니다. 한 잔의 샴페인은 파파의 기력을 도울 거예요."
"고맙소, 마미. 그러나 샴페인은 이따가 마시기로 합시다. 나는 비서들을 만나보아야 하겠소."

이기붕·윤석오·김종회 등 비서들을 둘러보고 편히 앉으란 시늉을 하고서 이승만이 입을 열었다.
"1949년은 1948년이 아니외다. 새 문제가 시작하는 해인데다가 작년으로부터 넘어온 문제 또한 산더미 같소. 오늘 우리는 새해를 축하만 하고 있을 것이 아니라 어떤 일이 가장 중한가를 따져보기로 하십세다. 각기 가장 중요하다고 생각하는 일을 기탄없이 말해보도록 하십세다.

먼저 기붕이부터 말을 하게."

너무나 돌연한 일이라 이기붕이 뭐라고 할 말이 없었다. 그저 머리만 조아렸다.

"평소에 생각한 일이 있을 것 아닌가. 기탄없이 말해보게나."

"민족청년단을 빨리 대한청년단에 합류시키는 문제가 중요하다고 생각합니다."

"뭐라고 했어?"

하다가 이승만은

"허기야, 그것도 중요한 문제지."

하고 고개를 끄덕거렸다.

이기붕이 용기를 얻었다.

"그 일은 결코 작은 일이 아닙니다. 대통령 각하의 위령을 빨리 통하게끔 해야 할 일 아닙니까. 국무총리가 대통령 각하의 분부를 시행하는데 주저하는 꼴을 보여서야 될 말이 아닙니다."

"다음, 윤석오가 말해보게."

윤석오는 이미 생각하고 있었던 모양으로

"가장 중요한 것은 각하의 건강입니다. 각하만 건강하시면 만사는 형통하리라 믿습니다."

하는 대답을 했다.

"내 건강은 내가 알아서 처리하겠어. 그것 말고 중요하다고 생각한 일은 없는가?"

"그 다음으로 중요한 일은 김구 선생을 위시한 임정요인들을 한시바삐 귀순시키는 일이라고 생각합니다. 그들의 중구난방을 막지 못하면 나라의 위신상 이만저만하게 곤란한 일이 생겨난다고 안 할 수 없습니다."

"그 방법을 어떻게 했으면 좋겠는가?"

"아직 그것까진 생각해보지 못했습니다."

"김 비서 생각은 어떤가?"

"국회에 대한 단호한 대책이 있어야 하겠습니다. 윤 비서의 말도 있었습니다만 김구 선생을 위시한 임정요인들의 세와 명분을 믿고 국회가 하는 짓이 너무 도에 넘친 것 같습니다. 그리고 현재 국회 내에는 김구 선생과 김규식 박사에게 마음을 기울이고 있는 자가 반 이상은 되지 않을까 합니다. 그들은 어떤 요행을 기다리고 있는 것 같습니다."

"어떤 요행이라니?"

"김구 선생을 업고 세상을 바꿔볼, 그런 의향도 없지 않은 것 같습니다."

"세상이 그렇게 될 것 같은가?"

"천만의 말씀입니다."

"그렇다면 걱정할 일이 아니잖은가?"

"그러나 국회를 이냥 방치해두면 좋은 일이 없을 것입니다."

"또 다른 문제는 없을까?"

"민족청년단의 몇몇 간부와 중도좌파라고 할 수 있는 인사들 사이에서 모종의 음모가 진행되고 있다는 말을 들었습니다."

이기붕이 조심스럽게 말했다.

"모종의 음모라니, 그게 뭔가?"

"그들이 합쳐 당을 만들 작정인가 봅니다. 민족청년단이 청년단으로선 해나가기가 곤란한 듯싶으니 탈바꿈을 하는 것입니다."

"경찰은 그런 사실을 파악하고 있는가?"

"아마 파악하고 있을 겁니다."

그러자 이승만의 안면근육이 격렬한 경련을 보였다.

"아마라고? 국사를 보살피는 입장에 있는 놈이 그런 중요한 일을 아마라는 정도의 말로써 얼버무려?"

"대강 들은 말이라서, 전……."

이기붕이 어물어물하는 꼴이 또 이승만의 비위를 거슬렸다.

"대강 들었다니, 그게 말이 돼? 뭐든 철저해야 해요. 대강이니 아마니 그 따위 태도는 안 됩네다. 무슨 불미한 일이 있으면 철저하게 따져야지. 비서라는 것이 뭣 하는 직책인지 모르나? 내 귀가 되고 눈이 되란 말입네다. 그 따위 대강이나 아마로써 내 귀가 되고, 눈이 될 순 없습네다."

이승만은 신정의 첫모임이라는 것을 깨닫고 마음을 억누르기로 했다.

행정을 담당하고 있는 김종회가 다음과 같은 보고를 했다.

"민족청년단의 간부와 혁신파들 사이에 신당을 조직하려는 움직임이 있다는 것은 이기붕 비서실장이 말한 그대로입니다. 그런데 그 움직임 속에는 조봉암 농림부장관이 한몫 끼어 있는 것 같습니다."

"그건 곧 철기와 조봉암이 서로 통하고 있다는 말 아닌가?"

"아직 그것까진 확인하지 못했습니다만, 철기 뒤를 이어 민족청년단을 맡고 있는 노태준과 조봉암의 왕래가 빈번하다고 들었습니다. 앞으로 민족청년단이 해체되어 한청으로 합류된다고 해도 노태준 일파만은 한청에 들어올 생각이 없는 것으로 알고 있습니다."

"그들과 중경에서 들어온 사람들과는 관계가 없는가?"

"아직 그런 기색은 없습니다."

"노태준은 중국에서 철기와 같은 일을 한 사람인데 백범과 전연 관계가 없다고는 할 수 없을 것입니다."

이기붕이 한마디 거들었다. 이승만은 눈을 반쯤 감고 한동안 생각에 잠기더니 부드럽게 언성을 꾸며 말했다.

"어떤 조직을 만들려고 하는 것인지, 그리고 어떤 사람을 포섭하고 있고 앞으로 포섭하려고 하고 있는지, 그리고 조봉암이나 노태준의 배후에 어떤 사람이 날뛰고 있는지를 잘 챙겨보도록 해요. 미리 탄로가 나지 않도록 말이야."

"알겠습니다."

하고 이구동성으로 말하며 비서들이 머리를 조아렸다.

"새해답지 않게 언짢은 얘기가 되어버렸군. 그러나 모두들 안심해요. 새해는 좋은 해가 될 거요. 미국무성이 우리 한국이 자력으로 국방을 감당할 수 있을 때까진 미군을 철수하지 않겠다는 정책을 세웠어. 머잖아 발표될 겁네다. 그리고 미 국회에선 한국의 부흥을 위해 원조할 안도 마련하고 있어. 많은 국가가 금년 내로 우리 한국을 승인하게 될 거구. 나라 안에 복잡한 일만 없으면 우리 정부의 앞날은 매우 밝아. 그러니까 우리는 나라 안에 불미스러운 일이 없도록 조심해서 해나가면 됩네다. 모두들 경찰과 긴밀한 연락을 취해 모자람이 없도록 하시오."

이승만은 비서들을 물러가게 해놓은 뒤, 멍청히 천장을 쳐다보며 한숨을 쉬었다. 아무래도 비서진이 약체인 것 같았다.

이기붕은 그 충성은 인정할 수 있으나 머리가 돌아가질 않았다. 윤석오는 너무나 고지식했다. 김종회만이 기민한 통찰력을 가지고 있는 듯한데 그 한 사람만을 믿고 안심할 수는 없었다. 그렇다고 해서 많은 비서를 두고 주위를 시끌덤벙하게 만들기는 싫었다. 자기가 싫다기보다 프란체스카가 싫어하는 것이다. 똑똑한 놈은 충성심이 모자라고, 충성심이 있는 놈은 능력이 모자라고……. 세상에 수월한 일이란 없는 법이로구나 생각하며 이승만은 다시 한 번 한숨을 쉬었다.

그러는 가운데 이승만은 몇 가지의 생각을 다듬어 나갔다. 자기를 반대하는 입장을 취하고 있는 이른바 임정요인들을 굴복케 하는 한편 끝내 굴복하지 않는 인사들은 어떤 방법으로든 처치한다는 생각이 그 하나였고, 국회를 반정부 방향으로 이끌어가려고 책동하는 분자들을 철저하게 숙청해야겠다는 것이 생각의 둘째였고, 대한청년단을 작용시켜 한민당을 거세하고 그 기반을 송두리째 자기 아래로 흡수해야겠다는 것이 셋째였고, 정부 각료 안에 엉뚱한 야심을 가진 놈을 철저하게 적발해선 거세해버려야겠다는 것이 넷째 번 생각이었다.

이와 같은 생각을 실천하는 덴 오직 강경한 태도가 있을 뿐이란 각오를 하고 이승만은 그날 밤 프란체스카와 더불어 샴페인 잔을 들었다.

"마미의 조국 오스트리아에도 행운이 있기를 빕네다."

하고 이승만이 자기의 잔을 프란체스카의 잔에 갖다 대려고 하자 프란체스카는 황망히 자기 잔을 피하며

"내 조국은 파파의 나라 코리아예요. 오스트리아는 나의 고국일 따름이에요."

하고 웃었다.

"그럼 당신의 고국 오스트리아를 위해서."

"아녜요. 우리의 조국인 한국을 위해서 먼저."

프란체스카는 잔을 살짝 갖다대며 이승만의 뺨에 가벼운 키스를 했다. 아득히 청춘이 사라진 주름의 촉감에 프란체스카가 무엇을 느꼈는가는 아무리 소설가라고 해도 상상할 방도가 없는 것이다.

1월 4일, 소련은 소련군의 철수를 완료했다는 발표를 했지만 미국무

성은 한국의 자위가 가능할 때까진 미군을 철수하지 않겠다고 선언했다. 이승만은 자기의 외교정책이 성공한 것이라고 뽐내고, 좌익을 비롯한 비판자들은 미국이 제국주의의 근성을 드러냈다는 악담을 퍼붓고, 이승만이 미 제국주의의 앞잡이에 불과하다는 것을 새삼 증명한 것이라고 떠들었다. 김구는 소련이 군대를 철수했으면 미국도 군대를 철수해야 할 것이 아니냐고 말했다.

이승만은 김구의 그런 성명을 듣고 "이 사람은 이미 제 정신을 잃은 사람이다."고 혀를 끌끌 찼다. 동시에 김구가 그런 태도를 취하고 있는 한 그의 몰락은 분명한 것이라고 측근에게 말했다. "애국청년이 공산당에 동조하는 듯한 김구의 말을 그냥 들어넘길 순 없을 것 아니냐."는 애매한 말을 덧붙인 것도 이 무렵의 일이다.

이승만은 미 국무성이 한국의 부흥을 위해 8,500만 달러의 돈을 책정했다는 발표가 있자 희색을 만면에 띄고 집무실에 나타났다. 그리고 영접하는 비서진을 둘러보며 말했다.

"누가 뭐라고 하고, 누가 무슨 책동을 해도 소용없다는 것을 모두들 알았을 겁네다. 미국은 군대를 철수하지 않을 뿐 아니라 우리나라의 부흥을 돕겠다고 나서지 않았습네까. 우리나라에 대한 미국의 원조는 그 정도로서 끝나는 건 아닐 겁네다. 미국은 한번 시작했다고 하면 끝까지 돕는 나라입네다. 우리들은 1949년의 벽두에 우리 친구로부터 거대한 선물을 받은 겁네다. 우리나라의 장래는 이로써 큰 서광을 보았소. 자, 모두들 용기를 내어 일을 허도록 허세요."

그리고 외무장관을 시켜 미국 대통령과 국무성에 감사의 메시지를 보내라고 지시했다.

내무장관 신성모가 경찰의 고위간부를 대동하고 경무대에 나타난 것

은 그날 오후의 일이었다. 모두들 자리에 앉자 이승만은
"민족청년단은 한청과 합류했는가?"
하고 물었다.
"아직 합류하지 않은 것으로 압니다."
하는 신성모의 대답이 있었다.
"합류할 의사가 없다는 겁네까?"
이승만의 소리에 노기가 차 있었다. 모두들 숙연히 고개를 숙였다.
"도대체 민족청년단이 어떤 건지 알기나 합세다. 알고 있는 사람이 있거든 설명을 해보시오."
이승만이 부드러운 말로 꾸미며 일동을 돌아봤다. 대답에 나선 사람은 최운하였다.
"민족청년단은 1946년 10월 19일에 창단된 단체이온데 처음 300명으로 시작한 것이 지금은 120만의 단원을 헤아리게 되었습니다."
"120만이라구? 그게 사실인가?"
이승만이 적이 놀란 표정으로 말했다.
"사실입니다. 그리고 그 조직적인 강도가 보통 청년단과는 다릅니다."
"어째서?"
"수원에 훈련소를 두고, 맹훈련을 시킨 청년들을 핵심으로 하고 있어, 종래의 청년단처럼 신청을 받고 입단시키는 그런 것이 아닙니다."
"흠."
"게다가 이사회니 상임이사니 하는 배후조직이 있고 그 배후조직은 쟁쟁한 명사로써 구성되어 있습니다. 예를 들면 김활란·백낙준·현상윤·최규동 같은 교육계의 거물이 있는가 하면 실업계를 지배하는 대재벌도 끼어 있습니다. 게다가 웨드마이어라는 미국의 장군이 측면에

서 돕고 있어 미국에도 상당한 뿌리를 박고 있다는 이야깁니다."

"그렇게 해서 도대체 무엇을 하자는 겁니까?"

"민족지상, 국가지상을 표방하고 비군사, 비정치를 표방하고 있습니다."

"비군사란 뭔가?"

"군사단체완 다르다는 취지인 것 같습니다. 그러나 훈련소의 훈련은 군대식이고 청년단원은 모두 정복을 입고 군사단체와 조금도 다름없는 행동을 하고 있습니다."

"비정치는 또 뭔가?"

"현재의 정치 싸움엔 개입하지 않는단 얘깁니다. 그래서 좌우익의 충돌 같은 건 피하고 초연한 입장을 취하고 있습니다."

"좌익과의 투쟁을 회피한다면 누구와 투쟁을 하겠다는 말인가?"

"자체의 힘이 어느 정도 강화되기 전엔 절대로 실력행사를 안 하겠다는 태도라고 봅니다."

"그 조직이 어느 정도로 퍼져 있는가?"

"지금은 거의 면 단위까지 퍼져 있습니다."

"120만 단원이 모두 이범석에게 충성을 맹세하고 있단 말인가?"

"그렇게 보아야 옳지 않겠습니까?"

이승만의 안면신경은 경련의 도를 더했다. 그는 민족청년단에 관해 갖가지로 듣고 있었지만 단원이 120만을 넘었다는 건 금시초문이다.

"120만 명의 잘 훈련된 단원이 이범석에게 충성을 맹세했다면 못할 것이 없겠구먼."

"그렇습니다."

"지금 좌익과 투쟁하길 회피하고 있다는 건 좌익과의 투쟁에 우익세력이 기진맥진하길 기다리고 있다는 것 아닙네까?"

"……."

"왜 대답이 없어? 그러지 않고서야 어떻게 지금 이 시국에 초연할 수 있단 말입네까?"

"……."

"민족청년단이 여순반란사건이나 그 밖에 공산당이 난동을 부리고 있는 지구에 의용대라도 파견한 일이 있습네까?"

"없습니다."

"없어? 그렇다면 시기를 기다리고, 지금은 칼만 갈고 있겠단 얘긴가?"

"민족청년단 조직 그대로를 무장시켜주면 반란군을 소탕할 자신이 있다고 말한 적이 있답니다."

신성모가 끼운 말이었다.

"누가 그런 말을 했어? 철기가 그런 말을 했어?"

"아닙니다."

하고 신성모는 당황했다.

"누구야, 그럼."

"간부의 한 사람이 그런 말을 하더라고만 들었습니다."

"용서할 수 없는 일입네다."

하고 이승만은 안면신경뿐 아니라 손까지 부들부들 떨었다.

"각하께선 해산을 명령하시는 게 좋을 것 같습니다."

신성모가 어름어름 말했다.

"결사의 자유가 있는 나라에서 내가 해산을 명령할 수는 없습네다. 그러나 권고는 하겠소. 지금 당장 권고하겠소. 만일 듣지 않을 땐 내게도 생각이 있소. 내 의사에 거역하면서도 존속을 해야겠다면 그 저의를 알 수 있는 것 아니겠습니까. 지금 당장 권고를 할 테니 여러분은 돌아가서 그들의 동태를 파악하도록 하시오. 조그마한 범법사실도 놓치지 않게 잘 살피란 말이오."

신성모와 경찰간부가 돌아가고 난 뒤 이승만은 국무총리실로 전화를 걸라고 했다. 국무총리가 나왔다고 수화기를 건네주자 이승만은 부드러운 목소리로 다음과 같이 말했다.

"총리 들으시오. 오늘 처음으로 철기가 만들어 놓은 민족청년단에 관한 소상한 얘길 들었는데 참으로 신통한 일을 하셨소. 그 능력과 덕망을 높이 치하하는 바이오. 총리, 그 능력을 새로 만든 대한청년단에도 발휘해주셔야겠습네다. 아무래도 대한청년단은 훈련이 모자란 것 같으니 그 잘 훈련된 민족청년단의 단원들을 합쳐 좋은 청년단이 되게 하는 것이 애국하는 길 아니겠습니까. 나는 누가 무슨 말을 해도 철기가 사병을 만들고 있다고는 생각하지 않습네다. 그런데 철기가 만일 국무총리를 그만두고 청년단을 하겠다면 대한청년단까지 맡길 용의는 있습네다. 그러나 철기가 사병을 만들고 있다는 오해는 있을 것 아닙네까. 우리 둘 사이의 우의를 보더라도 그런 오해를 피하는 것이 피차에 유리하지 않을까 해서 권고하는 바이고, 철기가 계속 국무총리직을 맡아주어야 나라 일이 잘될 것 같아서 이렇게 말하는 바이오."

이때의 이범석의 표정이 어떠했는가는 짐작 밖의 일이다. 철기 이범석은 다만

"각하의 간곡하신 말씀 헛되이 하지 않도록 하겠습니다."

하고 이승만의 전화가 끝나길 기다렸을 뿐이었다.

5

 그로부터 열흘 동안 이범석으로선 고민의 연속이었다. 이승만으로부터 계속 압력을 받아오던 터라 새삼스러운 문제는 아니었지만, 그럼에도 불구하고 결단을 내리지 못한 데는 그만한 이유가 있었던 것이다. 이범석은 자기의 포부와 야심을 몽땅 민족청년단에 걸고 있었다. 숙군의 범위가 넓어지고 국군의 존폐가 위태롭게 되는 경우엔 민족청년단을 그대로 무장시켜 송두리째 국군과 대체할 저의까지 있었던 터였다. 그리고 그렇게 되었을 때의 한족의 장래가 어떻게 되리라는 것을 너무나 잘 알고 있는 터라, 그처럼 정성을 다해 가꾼 청년단을 해체시킨다는 것은 살을 깎고 뼈를 에어내는 고통이 아닐 수 없었다.
 국무총리직을 버리고 민족청년단을 해야 한다는 강경파의 압력도 물론 강했다. 이범석이 관직에 연연해서 장차의 웅도를 버렸다고 비난을 받는 것은 일시적인 비난으로만 끝나는 것이 아니라 앞으로의 정치생명을 끊는 소행이 되리라는 것도 알고 있었다.
 그러나 과연 국무총리직을 내던졌다고 해서 민족청년단을 존속시킬 수 있을까가 문제였다. 만일 이범석이 그런 태도로 나간다면 정면으로 이승만에게 도전하는 행위로 취급 받을 것은 너무나 뻔한 일이었다. 그런 취급을 받고도 민족청년단을 끌어나갈 수 있을까. 문제는 여기에 있었던 것이다.
 사실 120만 명의 단원이 경찰의 평가 그대로 이범석에게 충성을 맹세하고, 일사불란하게 그의 의도를 따를 수 있게 훈련이 되어 있다면 쿠데타를 일으켜도 무난할 세력이었다. 그러나 이범석은 거기까진 자신이 없었다. 또 그렇게 훈련시켜놓은 것도 아니었다. 먼 훗날을 위해

제1단계쯤의 훈련을 끝내놓은, 아직은 오합지중과 다를 바 없는 조직이었다.

이범석의 뒤를 이어 민족청년단의 단장직을 맡고 있던 노태준은 며칠을 두고 궁리한 끝에 "동지회의 간판을 걸어 외부를 수습하고, 내부적으론 지하조직으로 단결을 강화하도록 하여 일단 청년단을 해산하고, 한청과의 합류는 자의에 맡기도록 하자."는 제의를 했다.

"해체와 동시에 나도 사표를 내야겠다."

이범석은 침통한 표정으로 말했다.

"안 될 말입니다. 이왕 해체하는 바엔 영감의 비위를 거스르지 않는 게 좋을 겁니다. 사표를 내는 것을 홧김에 한 짓이라고 오해라도 하면 안 될 일 아닙니까?"

이와 같은 노태준의 말엔 일리가 있었다.

"그러나 동지들에 대한 체면이 있지 않은가."

"동지들이 왜 장군의 고충을 모르겠습니까. 이왕 참아야 하게 되었으니 끝까지 참도록 합시다."

"그렇다면 단을 해체하되 단원의 자유의사에 맡기지 말고 합류하는 형식을 취하도록 하게. 자유의사에 맡겨놓으면 한 사람도 한청에 들려고 하지 않을 것 아닌가. 그렇게 되면 무슨 오해를 받을지 모르는 일 아닌가."

이런 구수회의가 있고도 우여곡절을 겪어 민족청년단은 1949년 1월 15일 드디어 자진해체를 하고 한청에 합류했다. 노태준은 한청 최고지도위원이란 유명무실한 직위를 얻고, 각 도의 단장은 한청의 각 도단위 단장단에 끼기도 하고 끼지 않기도 하는 결과로 낙착되었다.

이 보고를 듣고 이승만은 이범석을 청해 간단히 몇 마디 했다.

"철기는 역시 애국자야. 그런데 철기, 너무 조급하게 서두를 건 없어. 철기는 지금 국무총리 아닌가. 내 나이를 생각해보우. 장차 이 나라를 맡아야 할 사람은 철기를 두고 누가 있습네까?"

철기는 그 말을 믿었다. 그리고 그 감격으로 인해 민족청년단도 잃은 것이 아니란 환상을 가졌다.

조병옥이 대통령의 특사로 미국에 있다가 돌아온 것이 바로 이 무렵이었는데, 조병옥은 간단한 보고를 끝내자 이 대통령에게 이런 말을 했다.

"각하께서 잘하신 것이 꼭 한 가지 있습니다요."

"뭔데?"

"민족청년단 해체한 것, 거 잘한 겁니다."

"왜 그런가?"

"암종을 하나 없애버린 거니까 그렇죠."

"그래 내가 잘한 짓이 기껏 그 정도란 말인가?"

이승만도 농조가 되었다.

"다른 것도 잘하신 게 많지요. 하나 그런 것은 각하의 역량으로선 당연한 것이구요. 민족청년단 문제만은 썩 잘하신 겁니다."

"자네가 내 칭찬을 하니 나도 자네에게 상을 줘야겠네."

"무슨 상을 주시렵니까?"

"유엔 대표로 임명하겠네."

"저도 좀 편히 쉬도록 해주십시오."

"아직 편할 날은 멀었어."

"헌데 왜 자꾸만 저를 나라 밖으로 내쫓으려고 하십니까?"

"나라 안의 일은 자네가 없어도 돼. 자네는 당분간 외교에서 그 수완을 부려줘야겠어."

"꼭 그러시다면 교제비나 톡톡히 주셔야겠습니다."

"가난한 나라의 외교관이 교제비를 많이 쓰면 역효과가 나는 겁네다. 상대방의 대접을 받으면서 외교할 줄 알아야 해요. 최대한도가 한 잔의 차야. 그 이상은 절대로 안 돼! 그 이상의 돈을 쓰면 되려 욕먹어. 나라의 돈을 저렇게 아낄 줄 아는 것을 보니 애국자다, 하는 인식을 상대방이 갖도록 해야지. 돈을 쓰며 외교를 하려다간 이 반쪽의 땅을 다 팔아도 감당하지 못할 겁네다."

"유엔엔 우리보다 가난한 나라의 대표도 있습니다. 아프리카의 신생국가 말입니다. 그런 외교관에겐 표를 얻기 위해서라도 다소의 교제비가 듭니다."

"그럴 필요가 있을 땐 미국의 대표를 찾아가요. 사정을 말하고 부탁을 하는 겁네다. 파티가 필요한데 돈이 없으니 기회를 만들어달라고 하면 도움을 줄 겁네다."

"저더러 구걸을 하란 말입니까?"

"나라를 위해선 구걸이라도 해야지. 내가 미국에서 구걸하는 꼴을 유석은 보지 못했나?"

"그건 망명시절 얘기 아닙니까?"

"지금이나 그때나 사정이 뭐 다를 게 있어? 나라 전체가 구걸로써 살아야 할 판인데, 외교관이라고 해서 돈을 헤프게 써보시오. 당장 안 좋은 말이 납네다."

"그러나 정도 문제입니다. 독립국가의 체면은 지켜야죠."

조병옥은 이승만의 말이 결코 농담이 아니란 걸 알자 자기도 정색을 짓고 말하지 않을 수 없었다. 이승만도 정색을 하고 말을 이었다.

"유석, 내 말을 단단히 들으시오. 내가 미국에 있을 때 중국의 외교관들 행동을 보았소. 삼국지에 삼일에 대연大宴하고, 매일 소연小宴한다는 말이 있는데 그들의 수작이 꼭 그 모양이었소. 국무성 관리를 청해서 연회하고, 국방성 관리를 청해서 연회하고, 국회의원을 불러 연회하고 그럴 때마다 푸짐한 선물도 주는 모양이었소. 그 결과가 어떻게 되었는지 유석도 알 겝네다. 저 사람들은 미국의 원조를 얻어 전쟁을 하고 있는 나라의 외교관들인데, 도대체 저렇게 물 쓰듯 돈을 쓰니 어떻게 된 노릇인가 하는 말이 워싱턴에 나돌게 되었단 말입네다. 그런 결과 중국에 대한 원조문제를 재고려해야 한다는 등 물의가 나고, 차이나 로비란 말이 퍼지게 되었소. 차이나 로비란 건 중국 사람들로부터 돈 얻어먹고 중국의 이익이 되게 노력하는 정객들에게 쓰인 말입네다. 그렇게 되고 보니 차이나 로비란 말을 들을까봐서 정치가들이 중국 외교관을 만나길 꺼려하더란 얘깁네다. 그리고 사실 차이나 로비란 말을 들은 정치가는 차례대로 실각되고 있는 형편이거든. 놀랜드란 의원만 해도 그렇지 않습네까? 그러니까 미국에 가선 절대로 돈을 써선 안 돼요. 부자가 가난한 사람이 돈 헤프게 쓰는 걸 보면 저놈 혹시 도둑질한 돈을 쓰는 게 아닌가, 하고 아니꼽게 보는 것과 마찬가지인 심정으로 보게 됩네다."

"저는 물 쓰듯 돈을 쓸 작정은 안 합니다. 돈을 쓰듯 쓰겠습니다. 그러니까 외교비는 톡톡히 주셔야죠."

"유석, 나는 농담을 하고 있는 게 아닙네다."

"저도 농담을 하고 있는 게 아닙네다."

이승만은 돌연 얼굴을 펴고

"유석은 이렇게 솔직해서 좋아."

하고 웃었다.

"그러시다면 이렇게 솔직한 사람을 각하 곁에 두셔야죠."

"헌데, 그 남의 말꼬리를 물고드는 게 안 좋단 말야."

"하하."

하고 유석은 웃었다. 이승만 앞에서 이처럼 너털웃음을 웃어 보이는 사람은 유석 말곤 별로 없었다. 조병옥은 이승만이 기분이 나쁘지 않다는 것을 눈치채자 넌지시 이렇게 화제를 돌렸다.

"각하, 민주주의를 하실 생각은 없습니까?"

"나는 정세가 허용하는 한도 이상의 민주주의를 하구 있는데 그건 무슨 말인가?"

"한도 이상의 민주주의가 아닙니다."

"유석의 말 알겠어. 한민당이 시키는 대로 하면 민주주의가 된다. 그 말 아닙네까?"

"한민당이야말로 민주주의 정당이니까요."

"소작인들을 착취한 지주들이 모여 있으니까 민주주의 정당이란 말인가?"

"전 한민당원입니다만 소작인을 착취한 일은 없습니다."

"그러니까 내가 유석은 좋아하는 게 아닌가."

"참, 귀국하자마자 들은 얘기입니다만 조봉암이 무슨 음모를 꾸미고 있다고 들었는데 그게 사실입니까?"

"무슨 음모라니 그게 무슨 소리지?"

"조봉암이 빨갱이의 본색을 드러낼 요량인가 봅디다."

"구체적으로 말해보게."

"빨갱이식 토지개혁을 구상하고 있다고 들었는데요."

이승만은 어처구니가 없다는 듯 조병옥을 바라보고 있더니

"농지개혁을 해야 한다는 건 내 의견이야. 경자유전耕者有田의 원칙

은 공산당의 독점이 아니거든. 우리나라의 실정에 맞도록 농지개혁을 해야 할 것 아닌가. 농지개혁만 하면 빨갱이식이란 건 지나친 말이야. 개혁방안을 보고 내가 적당하다고 생각하면 국회에 상정토록 할 것인데, 어찌 그게 빨갱이식이라고 미리 단정할 수 있겠는가?"

"혹시 각하께서 그 공산당에게 말려들어간 건 아닙니까?"

"유석, 무슨 소릴 그렇게 합네까? 조봉암은 공산당을 청산하고 나온 사람이야."

"박헌영의 당에 불만을 품고 나온 사람이지 공산주의를 청산한 사람은 아닙니다."

"그렇지 않대두 유석, 말 조심하게."

"그러나 지금 조봉암이 꾸미고 있는 토지개혁이 겉으로만 유상몰수이지 실질적으론 무상몰수 무상분배나 다를 바 없는 방식을 쫓고 있다고 하지 않습니까. 조봉암이 심복부하로서 쓰고 있는 사람들의 성분이 또한 모호합니다."

"무슨 방식을 꾸미든 결정할 사람은 나 이승만입네다. 내 눈이 장님이 아닌 이상 나쁜 방식을 그냥 용인할 까닭이 없어요."

"하여간 토지개혁은 지금 이 시국에선 시기상조입니다. 건전한 지주계급이 나라의 기틀이 되어야 할 판인데 지주계급의 몰락을 초래할지 모르는 토지개혁은 그 내용이야 어떻든 위험하기 짝이 없습니다. 줄잡아 이 제헌국회가 끝나고 새 국회가 등장할 때까진 토지개혁만은 보류해야 할 것입니다."

"차기 국회엔 지주계급의 대변당인 한민당이 다수 의석을 차지하게 될 거다, 그 말입네까? 그렇게 되면 농지개혁안을 막을 수 있다, 그 말입네까?"

이승만이 다소 흥분한 것처럼 보이자 조병옥이 말을 조심해야겠다고 마음을 먹었는지 정중하게 자세를 고쳤다.

"각하, 결코 그런 뜻은 아닙니다. 지금의 국회 사정은 각하도 잘 알고 계시지 않습니까. 거의 반은 공산당, 아니면 그 동조자로 보아야 합니다. 제가 경찰에 있었기 때문에 누구보다도 그런 사정을 잘 알고 있습니다. 그런데 그런 국회에다 토지개혁안을 상정해보십시오. 뜻밖에 수정안 같은 것이 나와 엉뚱한 결과가 되지 않는다고 누가 장담할 수 있겠습니까?"

"그런 걱정은 안 해도 됩네다. 내 마음에 맞지 않으면 거부권을 행사할 테니까."

"이유는 그것만이 아닙니다. 조봉암의 손으로 토지개혁을 이룩해놓으면 차기의 대통령은 조봉암이 될 것이란 풍설이 파다하게 퍼지고 있습니다. 인구의 7할이 농민인 나라에서 그들에게 유리한 결정적 법률을 만드는 공로를 세웠다고 하면 그럴 법도 한 일이 아닙니까? 농지개혁이 되어도 아무도 각하의 선심이라곤 생각하지 않을 겁니다. 공산주의자로서의 경력을 가진 조봉암이 농림부장관이니까 해낸 일이라고 모두들 생각할 것 아닙니까. 또 그렇게 선전하기도 할 거구요."

"흐흠."

하고 이승만은 입을 다물었다.

"각하, 그럼 전 가겠습니다. 마지막으로 건의할 일은 하여간 조봉암의 주변을 샅샅이 캐보도록 지시하십사, 하는 겁니다. 뜻밖의 수확이 있을지 모를 것입니다."

"잘 가게."

해놓고 이승만은 생각에 잠겼다. 농지개혁은 어떤 일이 있어도 서둘러야겠다는 결심이 있었다. 그것은 공산당에게 농민을 선동하는 미끼를 주지 않기 위해서이기도 하고, 한민당의 세력기반을 없애버리는 좋은 방책이기도 했지만 이승만 스스로 농민에게 주고 싶은 선물이기도 했다.

그런데 농지개혁을 단행하기 전에 조봉암 농림부장관을 치워버려야겠다는 결심도 동시에 일었다. 이승만은 신성모 내무부장관을 불러오라고 비서에게 이르고 거실로 돌아왔다.

거실로 돌아온 이승만은 이종문이 와 있다는 소리를 듣고 빨리 들어오라고 했다. 이종문이 그 앞에서
"세배 받으십시오."
하고 카펫에 엎드려 큰절을 했다.
"이 사람 서양식 방에선 그런 절은 말래두."
이승만은 인자하게 웃곤 자리를 권했다. 그러자 이종문이 보퉁이를 들고 일어서는 것이 보였다.
"그 보퉁이는 뭔가?"
"돈입니다. 1,000만 원입니다."
"웬 돈을 1,000만 원이나."
"저번 아부지께서 은동하란 친일파에게 '기서호'란 글을 써주시지 않았습니꺼. 그 은동하가 아부지께 고맙다고 헌상하는 겁니다."
"허어참, 글 석 자 값으론 너무 많은 돈 아닌가."
"아닙니다. 일제 때 지은 죗값으로 건국에 노력하시는 아부지께 헌상하는 긴디 많을 까닭이 있습니꺼."
"그러나 이건 받기가 거북한데. 무슨 뇌물 같지 않은가."
"정치자금이란 게 안 있습니꺼."

"정치자금과 뇌물의 구별은 모호한 거지."

"나라에 유용하게 쓰인다면 그만 아닙니꺼. 그 돈을 미끼로 다른 무엇을 바라는 것도 아니니까요."

이승만은 잠깐 생각하더니 "옳지, 이 돈을 반란군 토벌하다가 죽은 애국자들의 유가족을 위해서 쓰기로 하자."면서 곧 이기붕을 불렀다.

"이 돈을 잘 간수해둬. 1,000만 원의 거액이다. 이종문이 나라를 위해 가지고온 돈이야. 이걸 뒀다가 반란군 토벌하다가 전사한 용사들의 유가족을 위해서 써야겠다."

이기붕이 그 돈을 공손히 받들고 나갔다.

"왜 은동하의 이름을 말하지 않았습니꺼?"

이종문이 다소 볼멘소릴 했다.

"그 사람 이름을 비서들에게 들먹이면 그야말로 뇌물같이 되는 거야. 인지상정으로 그 사람을 잘 봐주게 안 되겠나. 친일한 사람이 자기 죄를 뉘우치고 낸 돈이라면 그 이름을 밝히지 않고 나라를 위해 목숨을 바친 사람을 위해 쓰는 게 더욱 보람이 있지 않겠는가. 자네 이름을 들먹이면 뇌물이 될 까닭이 없지. 부자지간의 일이니까. 그러나 그 은동하란 사람에겐 뭔가 표적을 줘야겠구나."

이승만 대통령 용전이라고 인쇄가 된 종이를 펴더니 모필로 다음과 같이 썼다.

뉘우친 자에겐 복이 있을 것이오. 그 돈으로 애국애족하다가 순국한 열사들의 유족을 돌볼 것이니 은공의 뜻은 보람을 가질 것이오. 앞으로 무슨 일이 있으면 내 아들 이종문을 통하시오.

—기축신년 우남

그러고는 봉함까지 해서 다시 봉피에 쓰고 이종문에게 건네며 말했다.

"이것을 전하게."

"감사합니다."

하고 있는데 신성모가 왔다는 전갈이 있었다.

"좋아. 이리로 들어오라고 해."

하곤 종문을 돌아보고

"자네 아직 신성모 내무부장관을 보지 못했지?"

했다.

"예."

"그럼 됐어. 내가 소개하지."

신성모가 들어왔다. 이승만이

"오늘 신 장관한테 좋은 사람을 소개하지. 이 사람이 이종문이야. 오늘 돈 1,000만 원을 나라에 헌금했어. 내 아들이나 다를 바 없지. 그러고 보니 자네에겐 아우가 되겠군. 서로 호형호제 하도록 해라."

하며 이종문의 손을 끌어 신성모의 손에 갖다 댔다.

두 사람은 감개가 깃든 악수를 했다.

"잘 봐주이소. 무식한 놈입니더."

이종문이 꾸벅했다.

"지도를 받을 사람은 나요."

하고 신성모가 우직한 웃음을 웃었다.

이승만은 계속 이종문의 자랑을 했다. 귀국하자마자 매달 쌀값을 댄 얘기며, 무식하다고 하나 그 총명함이 유식자 뺨칠 정도란 얘기를 늘어놓으며, 한국 서민의 가장 훌륭한 면을 두루 갖추고 있다는 칭찬까지 아끼질 않았다. 그러고는 종문을 잠시 앉아 있으라고 하고 이승만이 그

자리에서 신성모에게 특명을 내렸다.

"조봉암 농림장관에 관해서 묘한 정보가 들어왔어. 혹시 낭설일지도 모르니 각별 주의하고 그 주변을 철저히 살펴보도록 하게. 유능한 경찰관을 시켜야 할 거야. 그리구 국회의원 가운데 불순분자를 찾아내는 작업도 독려를 해서 서두르도록 하고, 민족청년단의 뒷일도 소홀함이 없도록 하게."

얘기가 끝나자 신성모는 돌아섰다.

"저도 같이 갈랍니다."

이종문이 일어서자

"자넨 조금 놀다가 가지." 하다가 "같이 가는 것도 좋지. 처음 만났으니까 어디 가서 차라도 같이 나누고 그 의중에 있는 말이라도 하게." 하고 신성모에게 당부했다.

신성모와 이종문이 떠난 뒤 이승만은 프란체스카를 불러 이종문의 자랑을 한바탕 했다.

"요즘 세상에 그런 놈이 어디 있겠소. 그놈은 벼슬할 생각은 추호도 없는 놈입네다. 내게 대한 순수한 충성이야. 돈 1,000만 원이면 한평생을 차분히 살 수 있는 액수요. 그 돈을 내게 한 성의도 대단하거니와 그것을 그대로 들고오는 성의도 대단하지 않소? 그런 놈이니 일을 안심하고 맡길 수 있지 않겠소. 이번 국무회의에선 무슨 공사이든 전부 이종문을 통하라고 통고를 해야겠어. 그놈이 하겠다면 무조건 그놈에게 시키고, 그놈이 안 하겠다면 다른 사람을 시키도록 말입네다……."

이종문이란 인간이 존재한다는 것만으로도 이승만은 기뻤다. 대통령으로서의 자신과 보람을 느끼게 하는 대표적인 인물이었기 때문이다.

6

신성모는 백년지기를 만난 것처럼 기뻐했다.

"무슨 일이든 내게 말만 하이소. 최선을 다하겠십니다. 아부지가 그처럼 좋아하는 사람인디 내가 뭐라고 하겠소?"

신성모는 마구 경상도 사투리로 이렇게 지껄였다.

"아부지가 호형호제하라 안쿠던기요. 내 형님으로 부를끼게 말씀 낮춰 하이소."

이종문도 이 정도의 호들갑은 떨었다. 이종문의 자동차는 뒤를 따라오게 하고, 신성모의 차를 같이 타고 오는데 신성모가 오늘밤 같이 식사를 하자는 제안을 했다. 이종문이 솔깃하지 않는 바는 아니었으나 아까 들은 말 즉, 조봉암 씨에 관한 말이 마음에 걸려 이 다음에 자기가 초대하겠노라고 사양했다. 그래 수송동으로 차를 돌려달라고 이르고 국민학교 근처에서 내렸다.

대통령의 특명을 발설해서 안 된다는 것쯤은 알고 있었지만 자기가 좋아하는 이영식 씨에게도 관계되는 일이고 보니 가만 있을 수가 없었던 것이다.

이종문은 이영식을 해방되는 바로 그 해의 10월 15일 창신동 백 모씨 집에서 알게 된 이래 간혹 만나는 일이 있기는 했어도 서로 흉금을 터놓고 얘기할 기회는 없었다. 그러면서도 짝사랑하듯 이영식을 좋아하게 된 것은 문창곡을 통해서였다. 문창곡의 말을 빌리면

"젊은 사람으로서 그만한 기백과 재능이 있는 사람은 드물다."는 것이고 "장차 기필 대인물로 성장할 사람이란 것."이었다. "그런데 그 사

이 인민해방군 사건인가 뭔가 터무니없는 사건에 걸려 공연한 고생을 했다."며 아쉬워하기도 했다.

조봉암은 별 사람이 아니지만 이영식이란 청년의 지모를 믿고 모든 점을 신임하고 있다는 그 사실이 볼 만하다고 했다. 문창곡이 그처럼 아끼는 사람이고 보니 이종문도 은근한 애착을 가지고 있는 터였는데 '조봉암의 주변을 철저하게 살피라.'는 엄명을 엿듣고 마음이 편할 까닭이 없었다.

이종문은 수송동 근처의 대폿집에 앉아 문창곡을 불러냈다. 성철주도 친하긴 하지만 그런 문제를 여러 사람에게 알릴 수는 없고 아예 문창곡만을 불러내는 게 무난하다고 생각한 때문이다. 창곡이 앉기를 기다려 이종문이

"내일, 아니 오늘밤이라도 이영식 씨를 만날 수 없을까요?"
하고 물었다.

"그건 왜요?"

창곡이 의아한 표정을 지었다. 종문은 창곡이 비밀을 지켜줄 것을 전제한 것이라며 자기가 들은 대로 얘길 했다. 문창곡이 심각한 표정이 되더니

"그 친구 이 시간에 집에 있을 까닭이 없지."
하고 시계를 보았다. 오후 여덟 시였다.

"다른 때도 뭣할 텐데 요즘은 신정이니 또 어데서 술타령이나 하고 있을 게거든."

"그럼 내일 만나지요, 뭐."
하고 두 사람은 술을 시작했다.

문창곡의 말에 의하면 이영식은 요즘 농업협동조합을 만들 구상으로

전문가들을 망라해놓고 매일 그 궁리라고 했다.

"농민을 위한 협동조합이 절대 필요하거든. 그놈이 돼 있어야 농지개혁이 실효를 거둘 수 있단 말야. 그래 그것을 만들기 위해 억대 넘는 기금도 마련해놓고, 계몽을 위한 신문 발간도 준비하고 있는 참인데 만일 무슨 일이 난다면 수포로 돌아가는 일이 아닌가."

문창곡은 언짢은 표정으로 말했다. 그리고

"사실은 나나 성철주도 그 농업협동조합운동에 끼려고 하고 있는데." 하며 아쉬운 듯, 불안한 듯 입맛을 다셨다.

"아마 그런 좋은 것을 만들려고 하니까 바람이 들어간 기거만요."

"그럴지도 모르지."

"그러나 사전에 그런 눈치를 알았으니 미리 조심하면 될끼 아닐까요?"

"그럴지도 모르지. 그러나 그 운동 자체를 반대하는 뜻이라면 사전 주의고 뭐고 모두 다 필요 없을지도 모르는 일이구."

불안하니까 술맛도 나지 않는 모양으로 문창곡은 일어섰다.

"오늘밤 안으로도 연락이 되면 내 태동여관으로 연락을 하겠소."

그 길로 문창곡과 헤어져 이종문은 태동여관으로 돌아왔다. 이승만 대통령을 배신한 것 같은 죄책감으로 입맛이 쓰기도 했다. 그러나 "혹시 낭설일지도 모른다."는 이승만의 말이 귓속에 남아 있었다. 이렇게라도 해서 불행한 사태를 미연에 방지할 수만 있다면 좋은 일이 아닌가도 싶었다.

문창곡의 주선으로 이종문이 이영식을 만난 것은 그 이튿날 점심시간이었다. 이영식은 창곡으로부터 대강의 얘기를 들었다면서 걱정하는 빛도 없이 활달하게 웃었다.

"특명은 어젯밤에 있었다지만 이상한 눈치는 벌써부터 느끼고 있었습니다. 너무나 맹랑한 세상이니까 각오는 하고 있었죠. 이같이 좋은 아이디어가 그렇게 쉽게 실현될 순 없지 않겠습니까. 결국 우리나라 농부들의 운이 없는 겁니다. 우리의 목적이 만일에라도 좌절되면 말입니다."

"그렇게 좋은 일입니꺼?"

종문은 궁금해서 물었다.

"좋은 안이죠. 선진국의 예를 따서 우리나라 실정을 곁들여 훌륭한 학자들의 지혜를 망라해서 만든 거니까요. 지금 우리나라에서 가장 시급한 문제가 농지개혁 아닙니까. 수백 년 동안을 심한 수탈에 시달려 왔으니 농민의 처참한 처지란 뻔한 것 아닙니까. 이 사장도 농촌에서 나셨으니까 잘 알겠지만요."

"나는 농촌에서 살았어도 주로 기술을 부리고 살았으니께."

하고 종문은 두 사람을 웃겼다.

"전체 인구의 7할이 넘는 농민이 잘살지 못하고서야 나라는 올바르게 서질 못합니다. 반쪽이나마 독립을 했다는 혜택이 먼저 농민에게 주어져야죠. 그런데 농지개혁을 하는 방법은 두 가지가 있지 않습니까. 한 가지는 무상몰수 무상분배를 하는 공산당식 방법이고, 하나는 유상몰수 유상분배하는 방법이구요. 공산당식의 토지개혁은 의미가 조금 다릅니다. 무상분배를 한다고는 하나 그건 명목뿐이고 실질적으론 국유화하는 거니까요. 다시 말해 농민이 개인의 소작인으로부터 국가의 소작인으로 탈바꿈을 하는 거죠. 그러나 우리가 하고자 하는 농지개혁은 실질적으로 농민이 지주가 되는 겁니다. 좀더 구체적으로 말하면 지주도 살리고 농민도 살리는 방법을 강구하자는 겁니다. 우리가 현재 구상하고 있는 것은 3·7제 소작료를 5년 동안 내면 되도록 하자는 겁니다. 자작할 정도밖에 토지를 가지지 않은 사람은 그냥 자기 토지를 경작하면 되는 거니까 문제가 없죠. 문제는 더 많은 토지를 가진 지주인데, 그들도 5년치의 소작료를 받으면 그걸 갖고 다른 사업으로 전환할 수도 있을 것 아닙니까. 자기가 자작을 하겠다면 3정보 상한선 안에서 자작을 하면 되는 게구요. 그러니 지주도 좋고 소작인도 좋은 가장 합법적인 방법이라고 할 수 있겠지요."

"그렇다면 협동조합은 뭣 때문에 필요한 겁니까."

"이런 경우가 있지 않겠습니까. 이미 이곡利穀이나 빚이 있는 소작인은 3·7제 소작료를 겨우 낼 수 있거나 그거나마 못 낼 경우가 있지 않겠습니까. 그런 소작인을 도와주자는 게죠. 협동조합이 우선 대납을 해주고 10년, 또는 20년쯤 기한을 두어 대납한 액을 서서히 거둬들이는 겁니다. 또 영세농민에겐 영농비가 없을 경우도 있습니다. 심한 경우에는 종곡種穀조차 없을 경우도 있죠. 그럴 때 도와주기도 합니다. 농업기술을 보급시키고 비료나 종자·농약 등을 싸게 구입해서 나눠주고, 농산품은 가장 비싸게 팔 수 있도록 공동관리를 한다든가, 하는 방법을 강구하구요. 말하자면 농민의 복지를 위해 만전을 다하는 거죠. 그런데 이런 조치를 취하지 않고 그냥 토지만 분배해주었다고 합시다. 대개 고리대금업자의 먹이가 되어 농지개혁은 유야무야하게 될 겁니다. 자본주의 제도이니까 그 토지를 사고팔 수는 있도록 해야 할 테니까 궁하면 모처럼 자작농이 돼봤자 팔지 않곤 또는 잡히지 않곤 배겨나지 못하는 사례가 생기지 않겠습니까. 그래 농지개혁에 농업협동조합의 결성이 선행되어야 한다는 겁니다. 물론 그것이 일제 때의 금융조합이나 농회처럼 농민의 이득엔 아랑곳없는 착취기관이 되어선 안 되죠. 그렇게 되는 것을 방지하기 위해서 덴마크의 협동조합을 우리는 본받으려고 한 겁니다. 그런 협동조합이 되기만 하면 유무상통하고 상호부조해서 멋진 농촌을 만들 수가 있죠. 지주에게 상환할 가격을 올려주어도 무방하죠. 그러나 작년까지 끝내버린 일본의 농지개혁에 비하면 3·7제에 의한 소작료를 5년 동안 지불하겠다는 우리의 안은 지주들을 위해서도 퍽 유리한 조건입니다. 협동조합을 예상하고 그만큼 고율高率로 책정해본 거죠. 지주들이 이 기미를 알고 벌써 반대적인 태도를 보이고 있는데, 지금 세상에 이 정도의 농지개혁을 놓고 반대한다는 건 시대를 역행할 뿐 아니라 인면수심을 가진 언어도단한 무리라고 할밖에 없죠. 대통령을 쑤셔대서 일을 꾸미려는 자들은 결국 그런 무리들일 겁니다."

"우리 대통령이 그렇게 꽉꽉 막힌 분은 아닐 겁니다. 내가 한번 말씀 드려보겠습니다."

이종문은 이영식의 말에 감동한 나머지 말했다.

"또 다른 복선이 있는지도 모르겠습니다. 협동조합 사무국장으로 민족청년단의 노태준 씨를 꼽아놓았는데 문제가 혹시 그 언저리에 있는지도 모를 일입니다."

그러자 문창곡이 발끈하는 표정이 되며 말했다.

"이 동지, 무슨 말을 하고 있는 거요. 노태준 씨를 협동조합의 사무국장으로 하겠다구요?"

"그 까닭은 여러 가지가 있습니다만 협동조합의 조직이란 그렇게 간단한 게 아닙니다. 민족청년단의 조직을, 그 청년단의 측면에서가 아니라 순전히 인적 측면으로만 이용해서 일거에 조직을 전국화해보자는 의도였습니다. 그 사람들은 좌우투쟁에 비교적 초연한 입장을 취하고 있었으니까 침투력이나 설득력이 강하지 않겠습니까?"

"그것이 화근이로군."

하고 문창곡은 심각한 표정을 지었다.

"지금 생각하면 화근인 것 같습니다만 능률적으로 일을 하자니까 자연……."

"여보슈 이 동지, 이미 되어 있는 민족청년단을 한사코 해체시킨 처진데 생각하기에 따라선 청년단보다도 더 강한 힘을 발휘할 농업협동조합을 민족청년단이 농단하는 걸 가만 보구 있을 어른이오, 이 박사가."

문창곡은 어이가 없다는 듯 웃으며

"제갈량도 층계를 헛디딛는 때가 있는 거로구먼."

하고 덧붙였다.

"제갈량이 왜 튀어나오옵니까?"

이영식도 웃었다.

"나는 이 동지를 당대의 제갈량으로 봤거든."

"농담이 지나치십니다."

"농담이구 뭐구, 이 동지는 지금의 일을 그만두면 뭘 하시려우?"

"글쎄요. 그때 가서 생각하겠습니다."

"그때 가서가 아니라, 지금부터 생각해놓으슈. 일은 틀렸소."

"나도 그렇게 생각합니다만……."

하는 이영식은 자기가 당사자임에도 불구하고 제삼자인 문창곡 이상으로 태연했다. 종문은 그런 점이 대인의 풍모가 아닐까 하는 생각을 했다.

뒤에사 안 일이지만 이종문이 이영식을 만나기 전에 벌써 이영식의 기도는 이승만에 의해 제동이 걸려 있었다. 이영식은 자신의 손으로 협동조합 기금으로 1억 원 남짓한 돈을 적립해놓고 1월 1일엔 『농민일보』의 창간까지 했다. 그리고 조봉암 장관의 명의로 설립의 품의를 대통령에게 품신했는데 이승만 대통령은 그 품신에 대한 회답으로 다음과 같은 쪽지를 보내왔다.

暫而停止更可圖
잠시 정지하고 있다가 다시 계획을 세우도록 하라.

그로써 일은 수포로 돌아간 것이지만, 이영식은 조봉암이 농림부장관으로 있는 한 '다시 계획을 세우도록 하라.'는 말에 아련한 미련을 걸고 있었던 모양이다. 그러나 얼마 안 가 그 미련조차 말쑥이 버려야 할 날이 왔다. 조봉암이 관사수리비를 위해 항목유용을 했다고 해서 사표를 내라는 종용이 온 것이다. 당시는 미군정으로부터 정권이양을 받은 지 얼마 안 되어 1948년은 예산안의 책정과 결의 통과도 없이 적당히 임시비를 책정해서 지출하고 있었던 터라 항목유용이니 과목유용이니 할 근거도 없었지만 무언가 트집을 잡으려는 데는 도리가 없었다.

조봉암은 사표를 냈다. 회계법을 알고 있는 김도연 재무부장관으로선 사태를 그냥 둘 수가 없었다. 김도연은 조봉암의 사임 이유가 순전히 그 점에만 있는 줄 알고 우직하게도 이승만 대통령 앞에 가서 누누한 설명을 했다. 응큼한 영감은

"아아, 그렇게 되었던가."

하고 사뭇 김도연의 말을 경청하는 듯 꾸미며 너그럽게 말했다.

"사표수리는 보류할 것이니 일이나 잘하도록 전해요."

김도연은 굉장한 승리를 거둔 것처럼 조봉암에게 이 사실을 알렸다. 조봉암이 김도연에게 감사한 건 말할 나위가 없다. 그러나 이승만으로

선 조봉암을 기어이 사임시켜야만 했다.
 조봉암이 새로운 심정으로 일할 작정을 세워 신문기자들을 요정에 초청해서 한창 농림부장관으로서 새해의 포부를 신나게 설명하고 있을 무렵 공교롭게 사무실에 남아있던 이영식이 경무대로부터 전해온 쪽지를 받았다. 본인 이외의 사람은 열지 못하게 봉함이 되어 있었지만 예감이 시키는 대로 이영식이 그 봉투를 뜯었다. '귀하의 사표는 수리되었다.'는 간단하고 명료한 사연이었다.

한길사의 신간들

로마인 이야기 14 그리스도의 승리
마침내 기독교가 로마제국을 삼켜버렸다

4세기 말, 로마제국의 나아갈 방향을 크게 변화시킨 것은 황제가 아니라 한 사람의 주교였다. 정·교가 분리되지 않은 국가가 초래하게 된 위기를 참으로 냉정하게 그렸다.

시오노 나나미 지음 | 김석희 옮김
신국판 | 반양장 | 404쪽 | 값 12,000원

권력규칙 1·2
권력, 그 냉혹한 인간세상의 규칙과 원리를 밝힌다

권력을 도모할 때는 수많은 위험과 희생을 감수하고, 권력을 쥘 때는 상황에 맞는 책략으로 온힘을 다해 실행하며, 권력을 견고히 할 때는 살얼음을 밟듯 조심한다.

쩌우지멍 지음 | 김재영 정광훈 옮김
신국판 | 반양장 | 475쪽 내외 | 각권 값 16,000원

메가트렌드 코리아
21세기, 우리 앞의 20가지 메가트렌드와 79가지 미래변화

항상 역사의 반환점에서 미래를 준비하지 못한 국가는 발전의 대열에서 뒤떨어진다. 우리의 메가트렌드 작업은 바로 미래를 대비하기 위한 시금석이다.

강홍렬 외 지음
신국판 | 양장본 | 408쪽 | 값 22,000원

2020 미래한국
창조적 상상으로 그려내는 내일의 모습!

꿈속의 희망이 오늘의 나를 움직인다. 꿈이야말로 미래를 준비하는 자세다. 각 분야 명망가들이 바라보는 다양한 미래상! 그들의 꿈을 통해 미래를 상상한다.

이주헌 외 지음
신국판 | 반양장 | 400쪽 | 값 15,000원

트랜스크리틱 칸트와 마르크스 넘어서기
가라타니 고진의 10년에 걸친 야심작

초월론적인 비판은 횡단적 또는 전위적인 이동 없이는 존재할 수 없다. 그래서 나는 칸트나 마르크스의 초월론적 또는 전위적인 비판을 '트랜스크리틱'이라 부르기로 했다.

가라타니 고진 지음 | 송태욱 옮김
46판 | 양장본 | 528쪽 | 값 22,000원

춘추좌전 1~3
춘추전국시대 역사 이해의 필수 텍스트

중국 사상의 연원은 공자를 포함한 춘추전국시대의 제자백가다. 제자백가에 대한 이해의 출발점이 바로 당시의 인물 및 사건을 정확히 기록해놓은 '춘추좌전'인 것이다.

좌구명 지음 | 신동준 옮김
신국판 | 양장본 | 448~628쪽 | 값 20,000~30,000원

자유주의적 평등
평등권은 인간의 가장 근본적인 권리

드워킨은 대부분 정치사상의 입장들을 평등에 대한 하나의 견해로 해석하며, 고대 그리스 사람들처럼 정치철학의 문제를 진정한 평등이 무엇인가의 문제로 다루고자 한다.

로널드 드워킨 지음 | 염수균 옮김
신국판 | 양장본 | 730쪽 | 값 30,000원

중국사상사론 고대·근대·현대
중국 사상사 전체를 관통하는 방대하고도 뛰어난 저술

리쩌허우는 문화심리 구조와 실용이성의 관점을 이용하여 중국의 사상사와 전통문화를 해석하는 한편, 동시에 현대 중국이 가야 할 길을 제시하고 있다.

리쩌허우 지음 | 정병석 임춘성 김형종 옮김
신국판 | 양장본 | 568~792쪽 | 값 25,000~30,000원

유랑시인
우크라이나의 역사와 시정

우크라이나의 국민시인 셰브첸코의 삶은 우크라이나인들이 겪던 민족적·사회적·경제적·정치적 억압을 한몸에 떠안아 보여주는 응집체이며, 그의 시들은 정서적 대응이었다.

타라스 셰브첸코 지음 | 한정숙 편역
신국판 | 양장본 | 596쪽 | 27,000원

신화학 1 날것과 익힌 것
신화의 구조를 밝히는 레비 스트로스의 거대한 지적 모험

이것은 과거와 현재, 내 문화와 타문화를 초월하여 어디에나 존재했고 또 존재하는 인간 정신 속의 초월적·구조적 무의식의 법칙을 증명하는 일이다.

레비 스트로스 지음 | 임봉길 옮김
신국판 | 양장본 | 672쪽 | 값 30,000원

인간의 유래 1·2
'종의 기원'과 함께 다윈의 또 하나의 위대한 저서

이 책은 세상에 나온 지 130년 이상이 지났지만 오늘날 생물학자, 심리학자, 인류학자, 사회학자 그리고 철학자 들의 마음속에 자리 잡고 있는 많은 문제를 다뤘다.

찰스 다윈 지음 | 김관선 옮김
신국판 | 양장본 | 344, 592쪽 | 각권 값 25,000원, 30,000원

에로틱한 가슴
에로틱의 절정, 여성 가슴의 문화사

시대와 지역, 문명에 따라 때로는 적나라하게 때로는 은밀하게 노출되고 감춰져왔던 여성의 가슴. 그것은 수치스러운 것인가, 에로틱한 것인가, 영예로운 것인가.

한스 페터 뒤르 지음 | 박계수 옮김
46판 | 양장본 | 704쪽 | 값 24,000원

의식의 기원
인간 의식의 문제를 폭넓게 다룬 20세기 기념비적인 저서

거울 속에 보이는 그 어떤 것보다 더 본질적인 '나'라는 내적 세계, 만질 수 없는 기억과 보여줄 수 없는 추억의 보이지 않는 모든 세계의 본성과 기원에 대한 것이었다.

줄리언 제인스 지음 | 김득룡 박주용 옮김
신국판 | 양장본 | 512쪽 | 값 30,000원

앙드레 지드의 콩고여행
지드의 문학적 방향을 바꾼 운명적인 여행

나는 쿠르타우스가 깊은 심연 속으로 뛰어든 것처럼 이 여행에 뛰어들었다. 거역할 수 없는 어떤 운명의 불가피함. 내 인생의 모든 주요 사건들이 그랬던 것처럼.

앙드레 지드 지음 | 김중현 옮김
46판 | 양장본 | 304쪽 | 값 15,000원

파르치팔
도덕적 숭고함과 뛰어난 상상력으로 쓴 위대한 서사시

중세의 심오한 문학작품 가운데 하나. 주인공 파르치팔을 바보 같은 인물에서 현명한 성배지기로 그림으로써 인간의 정신 교육과 계발에 관한 암시적인 우화를 표현했다.

볼프람 폰 에센바흐 지음 | 허창운 옮김
신국판 | 양장본 | 736쪽 | 값 30,000원

편력 내 젊은 날의 마에스트로
나는 그들에게서 진정한 교양인들의 모습을 보았다

에라스무스, 몽테뉴, 괴테……나는 2·30대에 그들을 만나는 축복을 누렸다. 그들의 글은 나의 고전이 되고 나는 그들을 마에스트로, 즉 스승이며 때로는 벗으로서 섬겨왔다.

이광주 지음
46판 | 양장본 | 456쪽 | 값 20,000원

지중해의 역사
물의 역사공간, 무한한 매력이 넘치는 지중해 연구

수많은 현상이 이 '액체 공간'에서 일어나고 있으며, 모든 움직임이 이 바다에 존재한다. 지중해에서는 바로 지금도 인간과 세계의 역사가 전개되고 있다.

장 카르팡티에 외 엮음 | 강민정 나선희 옮김
신국판 | 양장본 | 736쪽 | 값 35,000원

조선통신사
도요토미 히데요시의 조선침략과 우호의 조선통신사

이 책은 역사적으로 지속적이고 첨예한 갈등관계를 겪어온 일본과 한국의 교사들이 학생들에게 어떤 역사를 가르쳐야 하는가에 대해 고민한 결과물이다.

한일공통역사교재 제작팀 지음
46배판 변형 | 반양장 | 172쪽 | 값 10,000원

지중해 문명의 바다를 가다
지중해는 우리에게 무엇인가

시간과 공간은 지중해를 고이지 않는 물로 만들었다. 이 책의 목표는 거기서 나타나고 사라져간 문명의 흔적들을 우리의 맥락에서 모아 '우리의 지중해'를 구상하는 것이다.

박상진 엮음
신국판 | 양장본 | 316쪽 | 값 22,000원

라 로슈푸코의 인간을 위한 변명
17세기 프랑스의 격동적인 역사

라 로슈푸코 공작 집안의 내력에 종횡으로 교차한 프랑스의 내란과 전쟁, 궁정 내 정사와 음모. 17세기 전란의 시대를 살아간 한 모럴리스트가 역사와 인간의 진리를 말한다.

홋타 요시에 지음 | 오정환 옮김
46판 | 양장본 | 500쪽 | 값 18,000원

한길사의 스테디셀러들

대화 한 지식인의 삶과 사상

한국출판문화대상(기획편집) | 예스24 네티즌 선정 올해의 책 | 출판저널 올해의 책 | 한겨레신문 올해의 책 | KBS TV 책을 말하다 방영 | 한국출판인회의 이달의 책 | 책따세 청소년 권장도서 | 간행물윤리위원회 청소년 권장도서

리영희 지음 | 임헌영 대담
46판 | 양장본 | 748쪽 | 값 22,000원

해방전후사의 인식 1~6

80년대 정신적 좌표. 해방전후사 연구에 한 획을 그은 고전

1979~89년에 걸쳐 전6권으로 완간된 이 책은 일명 '해전사'로 불리며 80년대 엄혹한 시대상황에서 이 땅의 학생·지식인들에게 사상적·정신적 좌표 역할을 했다.

송건호 강만길 박현채 외 지음
신국판 | 반양장 | 296~572쪽 | 값 12,000~18,000원

로마인 이야기 13 최후의 노력

더 이상 로마가 로마답지 않다

3세기의 위기. 국난극복에 나서는 로마인들의 최후의 노력이 펼쳐진다. 그러나 다가올 암흑의 중세는 피할 수 없고, '팍스 로마나'는 다시 돌아오지 않았으니.

시오노 나나미 지음 | 김석희 옮김
신국판 | 반양장 | 368쪽 | 값 12,000원

뜻으로 본 한국역사

살아 있는 역사정신 함석헌을 만난다

역사를 아는 것은 지나간 날의 천만 가지 일을 뜻도 없이 그저 머릿속에 기억하는 것이 아니다. 값어치가 있는 일을 뜻이 있게 붙잡아내는 것이다.

함석헌 지음
신국판 | 반양장 | 504쪽 | 값 15,000원

이이화 한국사 이야기 1~22

10년의 대장정, 마침내 가장 큰 한국통사 완성

돌아보면 길고도 긴 여정이었다. 수많은 독자들의 성원으로 나는 이 작업을 진행해나갈 수 있었다. 위대한 역사를 만들어낸 우리 민족에게 이 책을 헌정하고 싶다.

이이화 지음
신국판 | 반양장 | 각권 310~390쪽 | 값 10,000원

다산 정약용 유배지에서 만나다

진보적 지식인 이면의 인간 정약용

국가와 민족의 고난을 이겨내는 위대한 사상과 이론을 창출해내고 인생의 위기를 기회로 만드는 삶의 지혜를 스스로 실천해낸 다산은 오늘 우리들에게 무엇을 말하는가.

박석무 지음
신국판 | 반양장 | 560쪽 | 값 17,000원

이탈리아에서 보내온 편지 1·2

시오노 나나미 에세이. 영원한 도시 로마로의 초대

뒷바라지해주는 남자가 부족해본 적 없는 아름다운 창부…… 타고난 낙천가. 로마는 그런 자유로운 여자만이 가지는 매력으로 언제나 남자의 마음을 흔들어놓는다.

시오노 나나미 지음 | 이현진 백은실 옮김
46판 | 양장본 | 232, 272쪽 | 각권 값 12,000원

지식의 최전선

세상을 변화시키는 더 새롭고 창조적인 발상들

시사저널 올해의 책 | 조선일보 올해의 책 | 한국백상출판문화상 | 한국출판인회의 이달의 책 | 문화관광부 우수학술도서

김호기 임경순 최혜실 외 52인 공동집필
신국판 | 양장본 | 712쪽 | 값 30,000원

간디 자서전

영원한 고전, 간디의 진리실험 이야기

당신도 나의 진리실험에 참여하기 바랍니다. 나에게 가능한 것이면 어린아이들에게도 가능하다는 확신이 날마다 당신의 마음속에 자라날 것입니다.

함석헌 옮김
46판 | 양장본 | 648쪽 | 값 13,000원

월경越境하는 지식의 모험자들

혁명적 발상으로 세상을 바꾸는 프런티어들

지식의 모험자들은 창조적 발상과 능동적인 실천력으로 미래의 시간을 앞당긴다. 그들이 보여주는 미래의 그림을 엿보면서 세계를 향해 지적 모험을 감행한다.

강봉균 박여성 이진우 외 53인 공동집필
신국판 | 양장본 | 888쪽 | 값 35,000원

아니마와 아니무스
분석심리학의 탐구 제2부…남성 속의 여성, 여성 속의 남성

당신은 첫눈에 반한 이성이 있는가. 가까워지고 싶은 조바심, 그리움과 안타까움. 이때 두 남녀는 상대방을 통해 자신의 아니마와 아니무스를 경험한다.

이부영 지음
신국판 | 반양장 | 368쪽 | 값 12,000원

자기와 자기실현
분석심리학의 탐구 제3부…하나의 경지, 하나가 되는 길

자기실현은 삶의 본연의 목표이며 값진 열매와 같다. 우리는 인간의 본성을 좀더 이해할 필요가 있다. 모든 재앙의 근원은 바로 우리 자신이기 때문이다.

이부영 지음
신국판 | 반양장 | 356쪽 | 값 15,000

잊을 수 없는 밥 한 그릇
나는 먹는다, 그리고 추억한다

음식은 기억이며, 음식은 추억이며, 음식은 삶이다. 언제 어느 때, 누구와 어떤 기분으로 그것을 먹고 향유했는가 하는 것으로 음식은 추억이 되고 기쁨이 된다.

박완서 외 12명 지음
신국판 | 양장본 | 224쪽 | 값 10,000원

조선통신사의 일본견문록
기행문을 통해 본 조선과 일본의 교류사

이 책은 조선통신사들의 기행문을 통해 조선과 일본의 교류사를 살펴보고 양국이 어떤 미래를 열어가야 할지를 조망하고 있다. 한일관계의 근원을 살펴보는 의미 있는 책.

강재언 지음 | 이규수 옮김
신국판 | 반양장 | 360쪽 | 값 14,000원

악인열전
풍류가무를 즐긴 우리 역사 속의 예인들

우리 역사에 명멸했던 음악인들과 그들을 둘러싼 문화적 동향을 소개한 책으로 악인들이 세상과 교감하고, 예술적 이상을 실현하는 방식을 보여준다.

허경진 편역
46판 | 양장본 | 626쪽 | 값 25,000원

인류학의 거장들
인물로 읽는 인류학의 역사와 이론

타일러와 모건의 시대로부터 포스트모더니즘에 이르기까지 인류학의 발달과정을, 21명의 '거장 인류학자'들을 통해 설명한다. 인류학의 전체 흐름을 체계적으로 정리했다.

제리 무어 지음 | 김우영 옮김
46판 | 양장본 | 456쪽 | 값 15,000원

문화의 수수께끼
문화의 기저에 흐르는 진실은 무엇인가

힌두교는 왜 암소를 싫어하며, 남녀불평등은 무엇에서 비롯되었으며, 그 결과는 어떤 생활양식을 만드는가? 인류의 생활양식의 근거를 분석한 탁월한 명저.

마빈 해리스 지음 | 박종렬 옮김
신국판 | 반양장 | 232쪽 | 값 10,000원

음식문화의 수수께끼
기이한 음식문화에 관한 문화생태학적 보고서

마빈 해리스의 해석을 따라 기이한 음식문화의 풍습을 하나씩 검토하다보면, 우리는 인간의 놀라운 적응력과 엄청난 다양성을 깨닫게 될 것이다.

마빈 해리스 지음 | 서진영 옮김
신국판 | 반양장 | 328쪽 | 값 10,000원

침묵의 언어
시간과 공간이 말을 한다

홀은 사람들이 언어를 사용하지 않고 서로 '이야기를 나누는' 다양한 방식들을 분석하고 있다. 부지간에 행하는 인간의 모든 몸짓과 행동에 담긴 문화적인 의미.

에드워드 홀 지음 | 최효선 옮김
신국판 | 반양장 | 288쪽 | 값 10,000원

문화를 넘어서
문화의 숨겨진 차원을 초월하라

사람들은 지금까지 자신의 생활방식만을 당연시해왔다. 이제 인류는 잃어버린 자아와 통찰력을 되찾기 위하여 문화를 넘어서는 힘든 여행을 떠나야 한다.

에드워드 홀 지음 | 최효선 옮김
신국판 | 반양장 | 372쪽 | 값 12,000원